JN170650

わたしは潘《はん》金《きん》蓮《れん》じゃない

劉震雲
Liu Zhenyun
水野衛子 訳

我不是潘金蓮

彩流社

わたしは潘金蓮《はんきんれん》じゃない

我不是潘金莲　　刘震云
2012年8月
版权源自长江文艺出版社
孔子学院总部/国家汉办
Confucius Institute Headquarters(Hanban)
※訳註は（　　）番号で示し、各節のあとに入れた。

目次

【主な登場人物紹介】

李雪蓮　リー・シエリエン　主人公　農村の女性
秦玉河　チン・ユイホー　李雪蓮と偽装離婚する夫・化学肥料工場のトラック運転手
趙大頭　チャオ・タートウ　李雪蓮の高校の同級生で李雪蓮に気があるコック
李英勇　リー・インヨン　李雪蓮の弟
王公道　ワン・コンタオ　県裁判所裁判員、のちに裁判所長
胡　フー　李雪蓮に気がある豚肉屋
董憲法　トン・シエンファー　県の裁判所の裁判委員
荀正義　シン・ジョンイー　県の裁判所長
史為民　シー・ウェイミン　県長、のちに故郷に帰り、「又一村」という店を開く
蔡富邦　ツァイ・フーバン　市長
儲清廉　チュウ・チンリエン　省長《しょうちょう》

鄭重　チェン・ジョン　二十年後の県長
馬文彬　マー・ウェンビン　二十年後の市長
秦有才　チン・ヨウツァイ　李雪蓮と秦玉河の息子
賈聡明　ジア・ツォンミン　二十年後の裁判委員
楽小義　ラー・シャオイー　李雪蓮の幼なじみで北京で働いている

第一章　序：その年

一

李雪蓮《リー・シエリエン》が初めて王公道《ワン・コンタオ》に会った時、王公道《ワン・コンタオ》は二十六歳だった。その頃は痩せて、顔も体の色も白い、子どもだった。大きな目をしていた。目が大きい人はえてして眉が濃いものだが、王公道《ワン・コンタオ》の眉は薄かった。薄いというよりも、ほんの数本しか生えていなくて、ほとんどツルンとしていた。李雪蓮《リー・シエリエン》は見た途端、笑いそうになった。だが、頼みごとがあるのだから笑うわけにはいかない。まして、王公道《ワン・コンタオ》に会うのは大変だった。隣家の者が王公道《ワン・コンタオ》は家にいると言うのだが、李雪蓮《リー・シエリエン》が王公道《ワン・コンタオ》の家のドアを手が痛くなるほど叩いても、なんの反応もなかった。李雪蓮《リー・シエリエン》は布袋半分のゴマを背負い、メンドリを手にやって来ていた。メンドリはぶらさげられて羽が痛いものだから、やたらと鳴きわめき、その声でやっとドアが開いた。王公道《ワン・コンタオ》は上に裁判官の上着をひっかけ、下は下着だけだった。李雪蓮《リー・シエリエン》は王公道《ワン・コンタオ》の色白の肌を見て、部屋の壁にダブル・ハッピネスの字(1)が貼ってあるのを見て、すでに夜の十時半であることもあり、王公道《ワン・コンタオ》がドアを開けなかったわけを理解した。夜、訪ねたのは家にいると思ったからだ。十五キロも遠くからやって来たのに無駄足になるわけにはいかない。王公道《ワン・コンタオ》はあくびをしながら言った。

「誰に用だい」

李雪蓮《リー・シェリエン》は言った。

「王公道《ワン・コンタオ》よ」

王公道《ワン・コンタオ》が聞く。

「あんた、誰だい」

「馬家荘《マージアジュアン》の大面の馬《マー》は叔父さんでしょう」

王公道《ワン・コンタオ》は頭を掻いて、うなずいた。

「その女房の実家が崔家店《ツイジアディエン》にあるのは知ってるでしょう」

王公道《ワン・コンタオ》がうなずく。

「その女房の妹の嫁ぎ先が胡家湾《フージアワン》なのは知ってるでしょう」

王公道《ワン・コンタオ》は頭を掻いて考えてから、かぶりをふった。

「私の従妹がその妹が嫁いだ家の甥と結婚してるの。つまり、私たちは親戚というわけ」

王公道《ワン・コンタオ》が眉をしかめた。

「一体、何の用だい」

「離婚したいの」

ゴマの袋を下ろさせるため、というより、鳴き叫び続けるメンドリを下ろさせるため、ゴマ王公道《ワン・コンタオ》は李雪蓮《リー・シェリエン》とメンドリを下ろさせるためというよりも、さっさと李雪蓮《リー・シェリエン》を追い払うため、李雪蓮《リー・シェリエン》を新婚の居間に通した。女が隣りの部屋から顔をのぞかせて、また引っ込めた。

王公道《ワン・コンタオ》が言った。

「なんで離婚したいんだい？　感情の不和？」

「もっと深刻よ」

「浮気か」

「もっと深刻」

「まさか殺人じゃないだろう」

「なんとかしてくれないと、戻ってあいつを殺すわ」

王公道《ワン・コンタオ》はびっくりして、慌てて立ち上がると李雪蓮《リー・シェリエン》にお茶を淹れた。

「人は殺しちゃいけない。殺したら、離婚できないじゃないか」

急須を途中で止めて聞いた。

「そうだ、あんたの名前は？」

「李雪蓮《リー・シェリエン》よ」

「夫は？」

「秦玉河《チン・ユイホー》」

「何をしてる？」

「県の化学肥料工場のトラック運転手よ」

「結婚して何年だい？」

「八年」

「結婚証は持って来てる？」

「持って来てるわ」

そう言うと、コートのボタンをはずし、中に着ていた服のポケットから離婚証を取り出した。

王公道《ワン・コンタオ》は愕然として言った。

「もう離婚してるじゃないか。どういうことだい？」

「この離婚はウソなのよ」

王公道《ワン・コンタオ》は離婚証を受け取った。離婚証はもみくちゃにされて皺になっていた。王公道《ワン・コンタオ》はしげしげと調べてから言った。

「偽物には見えないな。名前も一つはあんたのだし、もう一つも秦玉河《チン・ユイホー》だ」

「離婚証は偽物じゃないけど、離婚したことがウソだったのよ」

王公道《ワン・コンタオ》は指で離婚証を弾いた。

「その時はウソだろうとウソでなかろうと、法律的に言えば、この証明があれば離婚は本物になる」

「だから困っているのよ」

王公道《ワン・コンタオ》は頭を掻いて考えこんだ。

「一体どうしたいんだい」

「まず裁判をして、この離婚が偽物だと証明して、秦玉河《チン・ユイホー》のバカ野郎と復縁して、それから離婚したい」

王公道《ワン・コンタオ》は話が読めず、また頭を掻いた。

「どっちにしろ、あんたは秦と離婚したいんだろう。復縁してもまた離婚するのなら、そんなことをして何になるんだ」

「みんな、そう言うけど、私はそう思わないわ」

訳註
（1）ダブル・ハッピネス＝「囍」という字を二つ、つなげた文字。結婚すると、この字を赤い切り絵で作って家中に飾る風習がある。

二

李雪蓮《リー・シエリエン》も別に騒ぎたいわけではなかった。離婚しているのに、また復縁して離婚する。李雪蓮《リー・シエリエン》はいっそのこと、秦玉河《チン・ユイホー》を殺してやりたいと思った。だが、秦玉河《チン・ユイホー》は身長が百八十五もあり、体格もいい。本気で殺《や》っても、李雪蓮《リー・シエリエン》に殺せるとは思えない。結婚した時は、その体格の良さと力持ちな点が気に入ったのだが、殺そうと思った途端、長所が仇になった。殺すには助っ人を頼まないとならない。最初に思いついたのは実の弟だった。李雪蓮《リー・シエリエン》の弟は李英勇《リー・インヨン》という。李英勇《リー・インヨン》も百八十五あり、体格も良く、一日中四輪トラクターを運転してあちこち出かけて、穀物を仕入れて売ったり、綿花や農薬を転売したりしている。李雪蓮《リー・シェリエン》が実家に帰ると、李英勇《リー・インヨン》一家は昼飯を食べていた。食卓に李英勇《リー・インヨン》が突っ伏して、女房と二人の二歳の息子がズルズルと炸醤麺《ジャージャンメン》(2)を食べていた。李雪蓮《リー・シェリエン》は戸口で言った。

「英勇《インヨン》、ちょっと来て。話があるの」

李英勇《リー・インヨン》がお碗から顔を上げて、戸口を見た。

「姉さん、話ならここで言えよ」

李雪蓮《リー・シェリエン》は首をふった。

「あなた一人に話したいのよ」

李英勇《リー・インヨン》は女房子どもをチラリと見ると、お碗を置いて立ち上がり、李雪蓮《リー・シェリエン》について村の裏手にある土手に行った。立春を過ぎて、土手の下の川は氷が割れて流れていた。

「英勇《インヨン》、私はあんたにどうよ」

李英勇《リー・インヨン》は頭を掻いた。

「よくしてくれてるよ。結婚する時、二万元、貸してくれた」

「あんたに頼みがあるのよ」

「なんだい」

「秦玉河《チン・ユイホー》を殺すのを手伝って欲しいの」

李英勇《リー・インヨン》は愕然とした。李英勇《リー・インヨン》は李雪蓮《リー・シェリエン》と秦玉河《チン・ユイホー》が離婚だと騒いでいるのは知っていたが、まさか殺人まで考えているとは思わなかった。李英勇《リー・インヨン》は頭を掻いた。

「姉さん、豚を殺せと言われたら引き受けるけど、人となると殺したことないからな」

「誰だって、よほどじゃなきゃ、そうそう人を殺したことはないわよ」

「殺すのは簡単だが、殺したら自分も銃殺される」

「あんたに殺せとは言ってないわ。あいつを押さえつけてくれれば、私が殺すから。銃殺になるのは私で、あんたじゃないわ」

李英勇《リー・インヨン》はそれでもためらった。

「押さえつけて殺させたら、俺も牢屋に入ることになる」

李雪蓮《リー・シェリエン》は腹を立てた。

「私はあんたの姉でしょ。姉がバカにされているのを黙って見ているつもり？　あんたが手伝ってくれなきゃ、私には殺せない。だったら、私が首を吊るわ」

李英勇《リー・インヨン》は李雪蓮《リー・シェリエン》の言葉にびっくりして、慌てて言った。

「手伝えばいいんだろ。いつ、やるんだい」

「早い方がいい。明日よ」

李英勇《リー・インヨン》はうなずいた。

「明日なら明日でいいさ。どうせ殺るなら、早い方がいい」

ところが、翌日、李雪蓮《リー・シェリエン》が実家に李英勇《リー・インヨン》を人殺しのために訪ねて行くと、李英勇《リー・インヨン》の女房は李雪蓮《リー・シェリエン》に李英勇《リー・インヨン》は昨夜のうちにトラクターで山東に綿花を仕入れに行ったと言う。人を殺すと言ったのに、なんだって綿花を仕入れに行ったのか。以前は綿花を仕入れによその省まで行ったりしなかったのに、今度はなんだってまた山東なんかに行くのか。逃げ出したに決まっている。李雪蓮《リー・シェリエン》はため息をついた。李英勇《リー・インヨン》が勇ましくないことが分かったばかりか、「虎をやっつけるなら実の兄弟、戦に行くなら実の親子」ということわざは間違いだと分かった。

人殺しを助けてくれる人間として、李雪蓮《リー・シェリエン》は町の豚肉屋の胡《フー》に思い当った。町の名は拐湾鎮《グァイワン》といった。胡《フー》は赤ら顔で、毎日夜中に豚を殺し、夜が白み始めると肉を市に運んで売った。作業台に放りだしてあるのも豚肉で、吊り下げてあるのも豚肉だった。作業台の下の籠には豚の頭と臓物が入れてある。李雪蓮《リー・シェリエン》が市場に行って胡《フー》の屋台で豚肉を買うと、胡《フー》は包丁で作業台の豚の体から肉を一切れそぎ落とし、李雪蓮《リー・シェリエン》の買い物籠に投げてよこすか、籠の中から豚の腸を取って投げてよこした。その豚肉はタダではない。胡《フー》は「姉ちゃん」と言い、いやらしい目つきをした。時には作業台から回って出て来て、李雪蓮《リー・シェリエン》にちょっかいを出し、李雪蓮《リー・シェリエン》に罵られた。

李雪蓮《リー・シェリエン》は市場の胡《フー》の屋台にやって来て、胡《フー》に言った。

「胡《フー》、人のいない所で話があるんだけど」

胡《フー》は少し怪しんだが、少し考えると手にした包丁を置いて、李雪蓮《リー・シェリエン》について市の裏手の静かなところへとやって来た。そこは廃棄された粉ひき小屋で、二人は粉ひき小屋に入って行った。

「胡《フー》、私たちの関係はどう?」

胡《フー》の目が光った。

「いいともさ、姉ちゃん。いつも、まけてやってるだろ」

「だったら、頼みがあるんだけど」

「なんだい」

李雪蓮《リー・シェリエン》は弟の李英勇《リー・インヨン》の教訓があるので、殺人だとは言わずに、こう言った。

「秦玉河《チン・ユイホー》を呼んでくるから、押さえつけてくれない。私があいつを何発かひっぱたけるように」

李雪蓮《リー・シエリエン》と秦玉河《チン・ユイホー》のことは胡《フー》も話には聞いていた。押さえつけるぐらいは胡《フー》にとってなんということもない。胡《フー》はすぐに承知した。

「あんたらのことは聞いたよ。秦玉河《チン・ユイホー》はろくでもねえ野郎だ」

　こうも言った。

「押さえつけるだけじゃない。代わりに殴るくらい、なんでもねえ。だけど、手伝ってやって、俺にはどんないいことがあるんだい」

「私の代わりに殴ってくれたら、あんたとしてもいいわ」

　胡《フー》は大喜びで李雪蓮《リー・シエリエン》にすり寄ると、手もみをした。

「姉ちゃん、やれるんなら、殴るだけじゃなく殺したっていいぜ」

　李雪蓮《リー・シエリエン》は胡《フー》を押しやった。

「人は殺さないわ」

　胡《フー》がまたすり寄って来た。

「殴るだけでもいい。じゃ、先にやって、それから殴ろう」

　李雪蓮《リー・シエリエン》はまた押しやった。

「先に殴るの。するのは後よ」

　粉ひき小屋を出ながら言った。

「でなきゃ、この話はなしよ」

　胡《フー》は急いで李雪蓮《リー・シエリエン》を引き止めた。

「そう慌てるなって。だったら、あんたの言う通りにしよう。まず殴って、それからだ」

さらに念を押した。

「ちゃんと約束は守ってくれよ」

李雪蓮《リー・シェリエン》は立ち止まって言った。

「私は真剣よ」

胡《フー》はうれしそうに胸を叩いた。

「いつやるんだい。こういうことは早い方がいいぜ」

「じゃ、明日ね。まず秦玉河《チン・ユイホー》を捜しに行って、呼び出して来るから」

その日の午後、李雪蓮《リー・シェリエン》は県の西関化学肥料工場に秦玉河《チン・ユイホー》を呼び出しに行った。行く時は生後二か月の娘を連れて行った。ついでに秦玉河《チン・ユイホー》を明日、県の民政所に呼び出し、娘の養育費のことを話し合い、それから町に連れて行こうと思ったのだ。化学肥料工場には十本の大きな煙突がトットッと白い煙を空に吐き出していた。李雪蓮《リー・シェリエン》は化学肥料工場内を隈なく捜したが、会う人は皆、秦玉河《チン・ユイホー》は黒竜江に化学肥料の配送に行って、十日は戻って来ないと言う。秦玉河《チン・ユイホー》も李雪蓮《リー・シェリエン》の弟同様、明らかに逃げたのだった。黒竜江に捜しに行くには四つも五つも省を越えていかなければならない。まして秦玉河《チン・ユイホー》は車で走り回っている。人一人殺すのは容易なのに人一人見つけるのが大変だった。秦玉河《チン・ユイホー》はあと十日か半月、生かしておくしかない。李雪蓮《リー・シェリエン》はプリプリして化学肥料工場を出たが、今度は尿意をもよおしてきた。化学肥料工場の入り口に有料トイレがあり、二角した。番をしているのは中年の女性で、鳥の巣のようなパーマをかけていた。李雪蓮《リー・シェリエン》は二角払うと便所に入って尿をした。尿意は空っぽになったが、腹の虫が膨張していた。李雪蓮《リー・シェリエン》は子どもの頭を叩いて言った。

出てくると、子どもが便所番の女性の腕の中で泣いていた。

「あんたのせいで私はこんなことになったのよ」

李雪蓮《リー・シエリエン》と秦玉河《チン・ユイホー》のもめごとは、この子が原因だった。李雪蓮《リー・シエリエン》と秦玉河《チン・ユイホー》は結婚して八年になる。結婚した翌年に息子が生まれ、その子は七歳になる。去年の春、李雪蓮《リー・シエリエン》は自分がまた妊娠したことを知った。いつだったか、日にちを数え間違えて、秦玉河《チン・ユイホー》に避妊具をつけさせるべきなのにつけさせず、秦玉河《チン・ユイホー》はいい気分になり、李雪蓮《リー・シエリエン》は妊娠したのだった。二人目は違法だ。秦玉河《チン・ユイホー》が農民なら、数千元の罰金を払えば子どもを産むことは出来る。だが、秦玉河《チン・ユイホー》は化学肥料工場の職員だから、二人目を産むと罰金だけでなく、公職を解かれ、十数年の職歴も無駄になる。二人は県の病院に堕胎に行った。李雪蓮《リー・シエリエン》は妊娠二か月で何も感じなかったが、ズボンを脱いで手術台に上がり、足を広げたら、突然、お腹が動くのを感じた。李雪蓮《リー・シエリエン》は足を閉じて手術台を跳び下りるとズボンを穿いた。医者は便所に行くのかと思った。ところが、李雪蓮《リー・シエリエン》は手術室を出ると、そのまま病院の外へと歩き出した。秦玉河《チン・ユイホー》が引き止めて言った。

「どこへ行く。麻酔をかければ痛くなんかないさ」

「ここは人が多いから、家に帰って話すわ」

道中、無言だった。二人は二十キロもバスに乗って村へ帰り、家に帰ると李雪蓮《リー・シエリエン》は牛舎に行った。牛舎には牝牛がいて、二日前に子牛を産んだばかりだった。子牛は母牛に抱えられて乳を飲んでいた。母牛は腹を空かせて、李雪蓮《リー・シエリエン》を見ると、「モウ」と鳴いた。李雪蓮《リー・シエリエン》は急いで母牛に草をやった。秦玉河《チン・ユイホー》が牛舎にやって来た。

「どうする気だ」

「子どもがお腹を蹴ったの。産むわ」

「ダメだ。産んだら、俺は化学肥料工場をクビになる」

「産んでもクビにならない方法を考えるのよ」

「そんな方法はない」

李雪蓮《リー・シェリエン》は立ちはだかった。

「離婚するのよ」

秦玉河《チン・ユイホー》は呆然とした。

「なんだって」

「町の趙火車《チャオ・フオチャー》がそうしたの。離婚すれば私たちは何の関係もなくなる。私が産んだ子は私一人の子になる。あんたとは何の関係もない。息子はあんたの子に、生まれた子は私の子にすれば、独りっ子政策違反にならない」

秦玉河《チン・ユイホー》はすぐには反応できず、ようやく呑みこむと頭を掻いた。

「いい考えだが、さすがに子どものために離婚はできないだろ」

「私たちも趙火車と同じに、子どもを籍に入れたらまた復縁するのよ。子どもは離婚してる時に産んだ。復縁なら連れ子になる。子どものいる者同士が結婚しちゃいけないという法律はどこにもないわ。結婚後、産まなければいいのよ」

秦玉河《チン・ユイホー》は頭を掻いて考えこむと、趙火車に感心した。

「趙火車《チャオ・フオチャー》という奴、よくも考えついたもんだな。趙火車《チャオ・フオチャー》ってのは何をしてる奴だ」

「町の獣医よ」

「獣医にしておくのは惜しい。北京で全国の計画出産を取り締まらせるべきだ。どんな抜け道も気がつくだろうからな」

そう言うと李雪蓮《リー・シェリエン》をしげしげと見て言った。

「腹の中には子どもだけじゃなく、いろいろとあるようだな。おまえを見くびっていたよ」

そこで二人は町で離婚手続きをした。離婚後は面倒を避けるため、会わないようにした。ところが、半年以上過ぎて、李雪蓮《リー・シェリエン》が子どもを産むと、秦玉河《チン・ユイホー》が県で美容院を経営する小米《シャオミー》と結婚したことを知った。結婚したばかりでなく、小米は妊娠していた。離婚はウソだったのに本当になってしまった。李雪蓮《リー・シェリエン》は趙火車の道を歩んだつもりが、歩くうちに終着点が違うものになってしまっていた。李雪蓮《リー・シェリエン》は秦玉河《チン・ユイホー》を訪ねて行ってもめた。李雪蓮《リー・シェリエン》が離婚はウソだと言うと、秦玉河《チン・ユイホー》は離婚は本当で離婚証もあると言い、李雪蓮《リー・シェリエン》は理屈では勝てなかった。李雪蓮《リー・シェリエン》は自分が秦玉河《チン・ユイホー》を見くびっていたことを知った。その事実が納得できないのではなく腹の虫がおさまらなかった。さらに腹立たしいのは離婚のアイデアは自分が言い出したということだ。人に騙されても訴えることも出来ず、自分で自分を罠に陥れてしまったのだから呆れて物が言えない。どうにも腹が立って、李雪蓮《リー・シェリエン》は秦玉河《チン・ユイホー》を殺そうと思い立った。ところが、秦玉河《チン・ユイホー》は黒竜江に行ってしまい殺せないので、その腹立ちを生後二か月の娘にぶつけた。娘は泣いていたのに、叩かれて逆に泣きやんでしまった。今度は便所番の女性が、李雪蓮《リー・シェリエン》が子どもを打つのを見て、いきり立った。

「どういうことよ。私に恨みでもあるの」

李雪蓮《リー・シェリエン》は驚いた。

「どういう意味」

「子どもを打ちたいなら、別の所で打ってよ。こんなに小さい子を打つなんて、どうかしてるわ。あんたが自分の子を殴り殺すのはいいけど、皆がここで死人が出たと知ったら、誰もこの便所に来なくなるでしょ」

李雪蓮《リー・シェリエン》は意味が分かり、子どもを受け取ると便所の階段にペタンと座りこんで、大声で泣いて言った。

「秦玉河《チン・ユイホー》、あんたのせいよ。あんたのおかげで生きていく甲斐がなくなったわ」

子どもも咳き込むと李雪蓮《リー・シェリエン》と一緒に泣き出した。便所番の女性は李雪蓮《リー・シェリエン》が秦玉河《チン・ユイホー》を罵るのを聞いて、李雪蓮《リー・シェリエン》が秦玉河《チン・ユイホー》の前妻だと知った。秦玉河《チン・ユイホー》と李雪蓮《リー・シェリエン》の離婚話は化学肥料工場では有名だった。化学肥料工場前の便所にまで伝わっていた。便所番の女性は李雪蓮《リー・シェリエン》が秦玉河《チン・ユイホー》を罵るのを見て、一緒になって罵り始めた。

「秦玉河《チン・ユイホー》とやらは本当にロクデナシだわね」

李雪蓮《リー・シェリエン》は自分と一緒に罵ってくれたので、思わず親しみを覚えて便所番の女性に言った。

「そもそも離婚はウソだったのよ。それが本当のことになってしまうなんて」

ところが便所番の女性は言った。

「私が言ってるのはあんたたちの離婚のことじゃないわ」

李雪蓮《リー・シェリエン》は驚いた。

「だったら、なんなの」

「秦玉河《チン・ユイホー》は人でなしよ。今年の一月、酔っ払って便所に入ったのよ。便所に入るには金を払わなくちゃならない。私の取り分もそこに入ってるの。うちは年寄りも子どももこの便所のおかげで食べてるのよ。秦玉河《チン・ユイホー》は化学肥料工場に勤めてるというのに、その二角を払わないのよ。払えと言うと、殴って来て、私の前歯を折ったのよ」

　そう言うと、口を開いて李雪蓮《リー・シェリエン》に見せた。確かに前歯が欠けている。李雪蓮《リー・シェリエン》が秦玉河《チン・ユイホー》と夫婦だった時、秦玉河《チン・ユイホー》はそれなりに道理の分かる人間だったが、離婚したら人まで変わってしまったらしい。自分は本当に相手を見くびっていたと思った。

「今日はあいつを見つけられなかったけど、見つけたら必ず殺してやるわ」

　李雪蓮《リー・シェリエン》が殺すと言うと、便所番の女性は驚きもせずにこう言った。

「あんな奴、殺すだけじゃ物足りないわよ」

　李雪蓮《リー・シェリエン》のほうが驚いた。

「どういう意味」

　便所番の女性は言った。

「殺すなんて、あっという間のことでしょ。あんな人間は殺すだけじゃダメよ。騒がないと。他の女と結婚したんでしょ。徹底的に騒いで相手と別れさせて、死ぬに死にきれず生きてもいられないようにしてやって初めて怒りがおさまるというものよ」

　その言葉が李雪蓮《リー・シェリエン》に気づかせた。人を罰するのに殺すよりもいい方法があったとは。殺してしまったら、うやむやになってしまう。徹底的に騒いで女房と別れさせれば、ひっくり返っていたことを元に戻すことが出来るというものではないか。ことをひっくり返すのではない。ひっくり返っていたことを元に戻すのだ。李雪蓮《リー・シェリエン》が子どもを抱いて化学肥料工場に来たのは秦玉河《チン・ユイホー》を殺すためだったが、化学肥料工場を去る時に告訴することを思いついた。誰も思いつかなかったことを便所の番をする人間に思いつかされた。秦玉河《チン・ユイホー》に恨みがあり、秦玉河《チン・ユイホー》に前歯を折られた人間が、思いがけず秦玉河《チン・ユイホー》の命を救ったのだった。

訳註
（2）炸醤麺＝ゆでたうどんに胡瓜などの野菜をのせ、みそをかけて食べる。

三

李雪蓮《リー・シェリエン》が二度目に王公道《ワン・コンタオ》に会ったのは裁判所の法廷だった。王公道《ワン・コンタオ》は裁判官の制服を着て財産訴訟を片づけたところだった。県城の東街の晁《チャオ》家の兄弟が親を早くに亡くし、大人になって県城の十字街で共同で胡辣湯《フーラータン》(3)の店を開いた。兄弟は毎日早朝から店を開き、店がまた繁華街にあったので、商売はだんだん繁盛していった。ところが、一昨年、兄のほうが結婚して兄弟間に人が一人増えると矛盾が出てきて、とうとう分家する騒ぎになった。家の財産は分けるのは簡単だったが、胡辣湯の店は二人とも互いに譲らず、裁判所で争うことになった。王公道《ワン・コンタオ》は晁家の兄のほうと小学校が同級で、その関係から兄弟間の調停に入り、店を手に入れたほうが相手にいくら払うかなどと話をつけようとした。兄の方は王公道《ワン・コンタオ》の話を聞き入れたが、弟の方があれこれと細かいことを言い出してきた。兄は結婚後、朝早く起きて来ないで、この二年というもの、十字街の店は自分が早朝から切り盛りしてきた。まるで下働きのように。だから、店の調停の前に兄はその二年分の損失を支払うべきだと言う。それを聞いた兄は、去年、弟は胃潰瘍で開腹手術をして八千元も使った。その金はどうなると言い出した。二人は言い争ううちに席を立って相手につかみかからんばかりとなり、法廷で喧嘩騒ぎになりかけた。王公道《ワン・コンタオ》は調停は無理だと判断し、閉廷を宣告、日を改めることにした。ところが、弟が閉廷を承知しない。

「手術のことを言い出さなきゃ我慢もするが、言い出されたからには胡辣湯の店のことはどうでもいい。今日は店の話じゃなく、開腹手術の話をしようじゃないか。今日、かたがつかなきゃ、誰もここを出られないと思え！」

そう言うと地団太踏んで言った。

「俺がなぜ開腹手術する羽目になったか。この二人に腹を立てたからじゃないか」

王公道《ワン・コンタオ》は慌てて、開腹手術は余計な話で本件とは関係ないと言った。すると、弟はいきりたち、王公道《ワン・コンタオ》の前に立ちふさがり、王公道《ワン・コンタオ》を指さして言った。

「おい、王、おまえと兄貴は同級生だろう。向こうの肩を持ったりしたら、承知しないからな！」

そして、腕まくりをした。

「言っとくが、俺はここに来る前に酒を飲んでるんだからな」

王公道《ワン・コンタオ》が言う。

「どういう意味だ。殴ると言うのか」

弟は気色ばんだ。

「それはおまえの態度次第だ」

王公道《ワン・コンタオ》も腹を立てて、全身をブルブルと震わせた。

「おまえたち兄弟の争いは俺にはこれっぽっちも関係がない。人が好意で仲裁してやってるのに俺を殴るとはどういうことだ」

木槌で机を叩いた。

「無礼者が」

大声で法廷警備員を呼ぶと、二人を追い出した。その時、李雪蓮《リー・シェリエン》が進み出て来て言った。

「兄弟、私のことを頼むわ」

王公道《ワン・コンタオ》の怒りはまだおさまらず、李雪蓮《リー・シェリエン》が誰だかも一瞬思い出せなかった。

「私のこと？　どういうことだ」

「離婚の件よ。この間の夜、家に訪ねて行ったでしょ。李雪蓮《リー・シェリエン》よ。三日待てと言われたから、こうして来たのよ」

王公道《ワン・コンタオ》はようやく目の前にいるのが誰かを思い出し、晁家の兄弟のことから李雪蓮《リー・シェリエン》のことへと考えが及んだ。王公道《ワン・コンタオ》は改めて座り直すと李雪蓮《リー・シェリエン》の案件を考え始めたが、しばらく考えるとため息をついて言った。

「面倒だな」

「何が面倒なの？」

「何もかもだ。あんたの案件は調べたが、ことはそう簡単じゃない。まず、あんただが、すでに離婚しているのに、さらに離婚すると言う。再度離婚するためには、まず前の離婚が偽だと証明しなきゃならず、それから復縁して、そしてまた離婚しなくちゃならない。面倒だろう」

「面倒は平気よ」

「それと、あんたの前夫だが、なんという名だっけ」

「秦玉河《チン・ユイホー》」

「相手が独身なら、まだいいが、今となっては相手は別の人間と結婚している。あんたたちの離婚が偽で、もう一度結婚したいというなら、まず今の女房と離婚しなくちゃならない。でなければ重婚になるからな。そして、あんたと結婚して、また離婚する。面倒じゃないか」

「その面倒をしたいのよ」

「それと、裁判所もこんな案件は扱ったことがない。一つの案件のようで実はいくつもの案件が絡んでいる。いくつもの案件を審議し、離婚して結婚する。案件がぐるりとひと回りして、またもとのところに戻ってくる。面倒じゃないか」

「それがあんたたちの仕事でしょう、面倒じゃないわ」

「それだけじゃない」

「一体何が言いたいの」

「あんたと秦玉河《チン・ユイホー》が去年離婚したのが偽だとすると、それが面倒を大きくする」

「どこが大きいの」

「そもそもの離婚が偽だとすれば、分かる人にはすぐ分かる。そもそもの離婚の目的が二人目を産むことだったと。子どもを産むために離婚したのなら、あんたたちは計画出産違反の疑いがある。計画出産は分かるな」

「二人目を産ませないこと」

「そんな簡単じゃあない。これは国策だ。国策となると、ことは大きくなる。あんたたちの離婚が偽だとするなら、あんたと秦玉河《チン・ユイホー》のことよりも、あんたたちの家の子どもの話をしないとならない。あんたは人を告訴したようで、実は自分を訴えてることになるんだ。いや、自分を訴えてるんじゃないな。自分たちの子どもを訴えてるんだ」

李雪蓮《リー・シエリエン》は愕然として、ようやく言った。

「そしたら、うちの子は死刑になるの」

王公道《ワン・コンタオ》は笑った。

「さすがにそれはない」

「私が死刑になるの」

「それもない。ただ、行政が介入し、罰金が生じ、公職を解かれる。元も子もないだろう？」

「私は元も子もなくしたいのよ。罰金だって平気だし、公職を解かれてもいい。私には公職なんてない。私は町で醤油を売ってるだけよ。醤油を売らなければいいだけだわ。秦玉河《チン・ユイホー》の野郎は公職があるわ。私はあいつの公職を解いてやりたいのよ」

王公道《ワン・コンタオ》は頭を掻いた。

「どうしてもと言うなら仕方ないな。告訴状は持ってきたかい」

李雪蓮《リー・シエリエン》は懐から告訴状を取り出して王公道《ワン・コンタオ》に渡した。告訴状は県城の北街の「銭《チエン》法律事務所」の銭に頼んで書いてもらったもので三百元かかった。全部で三ページあるので一ページ百元だ。李雪蓮《リー・シエリエン》が高いと言うと、銭は目を剥いて言った。

「重要案件だからな」

こうも言った。

「一枚の告訴状に何件もの案件を書かなきゃならん。一つの案件の料金で書くんだから、高いとは言えん。むしろ、こっちが損してるぐらいだ」

王公道《ワン・コンタオ》は告訴状を受け取ると、また聞いた。

「訴訟費用は持ってきたかい」

「いくら？」

「二百元」

李雪蓮《リー・シエリエン》は言った。

「銭のところよりは安いわ」

また言った。

「二百元でこんなたくさんの面倒が解決できるなら、高くないわ」

王公道《ワン・コンタオ》は李雪蓮《リー・シエリエン》をチラリと見ると、法廷から出ていきながら言った。

「訴訟費用を銀行で払い、家で知らせを待っていてくれ」

李雪蓮《リー・シエリエン》はあとを追いかけて聞いた。

「どれぐらい待つの」

王公道《ワン・コンタオ》は少し考えてから言った。

「訴訟を始めてから、目鼻がつくのに少なくとも十日はかかる」

李雪蓮《リー・シエリエン》は言った。

「兄弟、十日後にまた来るわ」

訳註
（3）胡辣湯《フーラータン》＝胡椒と唐辛子入りのスープ。

四

十日の間に李雪蓮《リー・シェリエン》は七つのことをした。

子どもを産んで以来、秦玉河《チン・ユイホー》を殺すことにかまけていて二か月も風呂に入っていなかった。自分でも自分の体が臭かった。ようやくことが決まったので、李雪蓮《リー・シェリエン》は町の銭湯に体を洗いに行った。熱い湯舟の中に丸々二時間浸かって汗だくになり、体が十分ふやけると、木の床に寝そべって垢こすりをしてもらった。町の銭湯は五元、垢こすりが五元だ。李雪蓮《リー・シェリエン》はいつもは自分で体を洗ったが、今回は垢こすりを頼んだ。垢こすりのおばさんは太った四川人で背は低いが手は大きい。こすった途端、驚いて言った。

「こんなたくさんの垢、何年も見たことがないよ」

「お姉さん、しっかりやってちょうだい。大仕事を控えてるのよ」

「大仕事って、結婚かい」

「そうよ、結婚」

垢こすりのおばさんはしげしげと李雪蓮《リー・シェリエン》の腹を見て言った。

「その年じゃ、二度目だろう」

李雪蓮《リー・シェリエン》はうなずいた。

「そうよ、二度目」

李雪蓮《リー・シェリエン》はよく考えて、ウソを言う必要もないと思った。秦玉河《チン・ユイホー》と訴訟をするのは、気分が軽くなったような気がして、歩みも軽やかになった。町を通り過ぎると肉屋の胡《フー》に見られた。胡《フー》は李雪蓮《リー・シェリエン》を見るとハエが血を見たように、肉を切っていたのが包丁を置くのも忘れて、包丁を手にしたまま追いかけてきた。

「姉ちゃん、待てよ。秦玉河《チン・ユイホー》を殴ると言ってたのは、どうなったんだい」

「慌てることないわ。まだつかまらないのよ。黒竜江に行ってるの」

胡《フー》は李雪蓮《リー・シェリエン》をしげしげと見つめた。銭湯に行ってきたばかりで、顔はツヤツヤとして、黒髪は頭のてっぺんで団子にしてテカテカ光っている。子どもを産んだばかりで、おっぱいもはち切れそうだ。全身から体臭と乳の匂いをふりまいている。胡《フー》はすり寄って来て言った。

「やっぱり先にやって、それから殴ろうぜ」

「言ったでしょ。先に殴って、するのはそれからよ」

実はもう殴る必要はなかった。数日前に殴ると言ったのも、実は殴るのではなく、殺すつもりだった。数日経って、李雪蓮《リー・シェリエン》は殴る必要も殺す必要もなくなり、相手を苦しませるつもりだった。だが、李雪蓮《リー・シェリエン》は本当のことを胡《フー》には言わなかった。いきりたつと思ったからだ。胡《フー》がいきりたっているのは、別のことでだった。

「早く殴らないと気がおかしくなりそうだ。やっぱり、先にやろう。黒竜江に殺しに行ったっていいいんだぜ」

殴る必要がないのだから、まして殺す必要はもっとない。李雪蓮《リー・シエリエン》は胡《フー》が手にした血のついた包丁を見た。

「人殺しはダメよ。あんたに人を殺させたら、大変なことになるわ。人を殺したら、銃殺刑になるのよ」

そう言うと、胡《フー》の胸元をさすって言った。

「ねえ、焦ることないわ。焦ると、ことを仕損じるわよ」

胡《フー》は胸を押さえて、じたばたした。

「そう気軽に言うがな、このままじゃ、たまらねえぜ」

自分の目を指さして言った。

「このままじゃ、秦玉河《チン・ユイホー》を殺さないで別の人間を殺しちまいそうだ」

李雪蓮《リー・シエリエン》は胡《フー》の太い腕を叩いて慰めた。

「焦らないで。仇は討たないわけじゃない。まだ、その時じゃないのよ。その時が来たら、必ずやるわ」

次に髪型を変えた。胡《フー》を追い払うと李雪蓮《リー・シエリエン》は美容院に入った。李雪蓮《リー・シエリエン》は以前はポニーテールにしていたが、切りたくなったのでショートにした。秦玉河《チン・ユイホー》を訴えたので顔を合わさないわけにいかない。二人が顔を合わせれば、また喧嘩になるかもしれない。一緒にいた時もよく喧嘩をした。長髪はつかまれやすい。短かければつかまれる心配がない。するりと手を抜け、身をかわし、相手の下半身を蹴り上げられる。ポニーテールをショートにして、李雪蓮《リー・シェリエン》は鏡の中の自分に驚いた。李雪蓮《リー・シェリエン》はもう以前の李雪蓮《リー・シェリエン》ではなかった。

三番目に美容院から出てくると店に入り、九十五元使って新しい服を買った。王公道《ワン・コンタオ》の言う通り、この案件は簡単ではない。一つの案件のように見えて、いくつもの案件が絡んでいる。裁判にどれだけ時間がかかるか分からない。裁判となればいろいろな人と会わなければならない。みすぼらしい恰好は出来ない。みすぼらしいと、人として見くだされ、ひどい目に遭う。去年のウソの離婚がますます証明できなくなる。

四番目に四十五元使ってスニーカーも買った。ハイカットのひもを通す穴が十六もあるやつだ。靴ひもを結ぶと足がしっかり固定される。左右の足をしげしげと見て、李雪蓮《リー・シェリエン》は満足した。人を苦しめるには自分も苦労がいる。秦玉河《チン・ユイホー》をこらしめるのに、たくさん歩く羽目になるだろう。

五番目に豚を売った。家ではメス豚一頭と子豚二頭を飼っていた。李雪蓮《リー・シェリエン》は全部売った。裁判で金が入用なだけでなく、裁判で忙しいと世話が出来ないからだ。人のこともどうなるか分からないのに、豚の世話どころではない。でも、李雪蓮《リー・シェリエン》は豚を町の豚肉屋の胡《フー》には売らなかった。胡《フー》に売れば、また面倒だ。豚を別の町へ連れて行って、そこの豚肉屋の鄧《タン》に売った。

六番目に子どもを預けた。李雪蓮《リー・シェリエン》はバスに乗って、生後二か月の娘を二十五キロ離れた所に住む高校の同級生の孟蘭芝《モン・ランジー》に預けた。はじめは子どもを実家の弟の李英勇《リー・インヨン》に預けようと思ったが、李雪蓮《リー・シェリエン》が人殺しの手助けを頼むと李英勇《リー・インヨン》は山東に逃げたので、弟はあてにならないと思ったのだ。弟は姉には頼るが、姉は弟には頼れない。高校時代、李雪蓮《リー・シェリエン》と孟蘭芝《モン・ランジー》は特に仲がいいわけではなかった。仲が良くないどころか、ライバルだった。二人ともクラスの同じ男子を好きになったからだ。結局、その男の同級生は孟蘭芝《モン・ランジー》と付き合ったわけでも李雪蓮《リー・シェリエン》と付き合ったわけでもなく、二つ学年が上の女子と仲良くなり、李雪蓮《リー・シェリエン》と孟蘭芝《モン・ランジー》は互いに嘆きあって、大親友になった。李雪蓮《リー・シェリエン》は子どもを抱いて孟蘭芝《モン・ランジー》の家に行った。孟蘭芝《モン・ランジー》も子どもを産んだばかりで乳が出るので預けるのにちょうど良かったのである。会って子どもを預けることになったわけを説明する必要はなかった。李雪蓮《リー・シェリエン》のことはすでに有名で、知り合いで知らない者はなかったからだ。李雪蓮《リー・シェリエン》はこう言った。

「子どもをあんたに預ければ、後ろ髪引かれなくて済むわ」

こうも言った。

「二か月ほど、何もしないであいつを徹底的に懲らしめるの」

そして、孟蘭芝《モン・ランジー》に聞いた。

「孟蘭芝《モン・ランジー》、あんただったら、あんたも私のように相手を苦しめる？」

孟蘭芝《モン・ランジー》は首をふった。

「それじゃ、あんたも他の人と同じで私のすることはムダだと思う？」

孟蘭芝《モン・ランジー》はまた首をふった。

「どうして？」

「そこが私とあんたの違いよ。私は我慢が出来るけど、あんたは我慢出来ない」

そう言って、袖をまくった。

「見て。蔵《ツァン》に打たれた痕よ」

蔵は孟蘭芝《モン・ランジー》の夫だ。

「辛抱するのも一生、辛抱しないのも一生。私には出来ないけど、あんたの勇気には感服するわ。李雪蓮《リー・シェリエン》、あんたは私より強いわ」

李雪蓮《リー・シェリエン》は孟蘭芝《モン・ランジー》を抱きしめて泣いた。

「孟蘭芝《モン・ランジー》、あんたのその言葉で死んでもいいと思ったわ」

七番目に観音菩薩にお参りに行った。初めは観音菩薩にお参りに行くつもりはなかった。子どもを孟蘭芝《モン・ランジー》に預けると、李雪蓮《リー・シェリエン》はバスで戻る時に戒台山(4)を通ったのだ。戒台山には寺があり、寺には観音菩薩像があった。寺の拡声器から読経の声が聞こえて来て、たくさんの老若男女が山を登って焼香に行くのが見えた。李雪蓮《リー・シェリエン》はことの準備はできて、ひと段落したと感じていた。人間とのことばかりにかまけていて、この世に仏様というものがいたことを忘れていた。李雪蓮《リー・シェリエン》は急いでバスを停めてもらい跳び下りると山頂へと登っていった。寺の内も外も人で一杯だった。寺に入るには拝観料が要る。李雪蓮《リー・シェリエン》は十元払って、さらに線香代も五元払った。寺に入り、線香に火を点けて、頭の上に掲げると、たくさんの善男善女に混じって観音菩薩の前にひれ伏した。他の人たちが焼香するのはいいことを願ってだが、李雪蓮《リー・シェリエン》は悪いことを願って焼香した。李雪蓮《リー・シェリエン》は目を閉じてつぶやいた。

「菩薩様、どうかお願いです。この裁判が終わったら、秦玉河《チン・ユイホー》のバカ野郎の家をつぶしてやってください」

さらに続けて言った。

「家をつぶすだけじゃ足りません。あの男を亡き者にしてください」

訳註
（4）戒台山＝架空の寺。北京にある戒台寺ではない。

五

李雪蓮《リー・シエリエン》は裁判に二か月かけるつもりだったのに、開廷してみると、わずか二十分で終わった。被告の王公道《ワン・コンタオ》の席の前に裁判長の札があり、左に裁判員、右に書記が座った。秦玉河《チン・ユイホー》が被告とはいっても秦玉河《チン・ユイホー》は姿を現さず、委託された弁護士の孫《スン》が出廷した。李雪蓮《リー・シエリエン》が起訴状を書くのに頼んだのは弁護士の銭で、孫の弁護士事務所は銭弁護士事務所の隣りにある。法廷ではまず案件が読みあげられ、証拠が示され、証言が読みあげられて、証人が呼ばれる。証拠はすなわち一式二点の離婚証だ。裁判所の鑑定で離婚証は本物と証明された。証言では、李雪蓮《リー・シエリエン》の起訴状の、去年離婚したのは虚偽だったことが読みあげられた。秦玉河《チン・ユイホー》の弁護士の孫は秦玉河《チン・ユイホー》の供述を読みあげ、去年の離婚は本当だと言った。続いて証人が呼ばれた。去年、李雪蓮《リー・シエリエン》と秦玉河《チン・ユイホー》の離婚手続きをした拐湾鎮役所の民政助役の古《グー》だ。古はずっと法廷の柱によりかかり、耳を澄まして裁判の過程を聞いていた。今、前に進み出ると口を開くなり、去年の離婚は本当です、と言った。結婚離婚の手続きを三十年以上しているが、間違ったことはない、と。李雪蓮《リー・シエリエン》はいきりたった。

「古さん、あんたはそんなベテランなのに、どうして見抜けないの」

古も李雪蓮《リー・シエリエン》に噛みついた。

「偽だと言うなら、あんたら二人してわしを騙したことになるぞ」

それから、手を叩いて言った。

「わしを騙すだけならいいが、離婚がウソだと言うなら、政府を騙したことになるんだぞ」

弁護士の孫を指さして言った。

「この人がさっき秦玉河《チン・ユイホー》の言葉を読みあげたが、秦玉河《チン・ユイホー》も離婚は本当だと言っている」

「秦玉河《チン・ユイホー》はロクデナシよ。あんな男の言う言葉を信じるの？」

「秦玉河《チン・ユイホー》の言葉が信じられないなら、あんたの言葉を信じるさ。去年、秦はたいして喋らず、あんたが一人で喋ってた。なんで離婚するんだと聞くと、もう感情がなくなったと言ったじゃないか。あの時はなくなったのに、また元に戻ったのかい？　この一年、顔も合わせていないのに、どうして感情が修復されたんだ。秦玉河《チン・ユイホー》はここに姿も見せない。感情がなくなった証拠だろう？」

李雪蓮《リー・シエリエン》は言い返すことが出来なかった。古はプリプリして言った。

「五十数年生きてきたが、こんなにバカにされたことはない！」

さらに言った。

「この件がひっくり返されたら、俺は拐湾鎮では生きていけない」

まるで李雪蓮《リー・シエリエン》は秦玉河《チン・ユイホー》とでなく、古と裁判で争っているようだった。人証も物証も一目瞭然だった。王公道《ワン・コンタオ》は鉄槌を下した。李雪蓮《リー・シェリエン》の敗訴だった。全員立ち上がって、法廷を出て行こうとすると、李雪蓮《リー・シェリエン》は王公道《ワン・コンタオ》に追いすがった。

「兄弟、これが裁判なの?」

「法律の手順に従って裁判は行われたよ」

「秦玉河《チン・ユイホー》も来てないのに、これで終わりなの?」

「法律の規定で弁護士に出廷を委託できるんだ」

李雪蓮《リー・シェリエン》は目を白黒させた。

「分からないわ。絶対にウソなのに、なぜ本当になってしまうの?」

王公道《ワン・コンタオ》は去年の離婚証を李雪蓮《リー・シェリエン》に渡した。

「法律的にはこれは本物だ。だから言ったのに聞かないからだ」

小声で言った。

「子どものことを言わなかったのは温情だ」

「裁判には負けたけれど、私の味方をしてくれたわけね」

王公道《ワン・コンタオ》はギョッとして、すぐに言った。

「そういうことだ」

六

李雪蓮《リー・シエリエン》が初めて董憲法《トン・シエンファー》に会ったのは裁判所の入り口だ。

董憲法《トン・シエンファー》は裁判所の裁判委員会の専属委員だ。今年五十二歳、背が低く太って腹が出ている。董憲法《トン・シエンファー》は裁判所で働いて二十年になる。二十年前、軍隊を除隊して県に戻って働き始めた。当時、県では三つの役所のポストが空いていた。畜牧局と衛生局と県裁判所だ。県の共産党委員会組織部長は董憲法《トン・シエンファー》の個人資料を見ながら言った。

「資料では特に突出した特徴がないが、名前からして畜牧局に行くのも衛生局に行くのもふさわしくない。裁判所に行くべきだ。憲法が分かるという名なんだから、法律が分かるんだろう」(5)

そこで董憲法《トン・シエンファー》は裁判所にやって来た。董憲法《トン・シエンファー》は軍隊では大隊長だったから、その等級から裁判所は主席判事とした。十年後、主席判事から裁判所裁判委員会専属委員に昇進した。昇進と言っても、裁判所関係の人間は実質的な降格だと知っていた。専属委員というのは職務だけで実権がなかった。名義上は副裁判所長待遇だが、副裁判所長ではない。審査、裁判、専用車、決裁において、主席判事ほどの権力もなかった。つまり、主席判事のポストを追い出されたのである。専属委員を董憲法《トン・シエンファー》はまた十年務め、定年まであといくらもなかった。二十年前は上司の裁判所長も副所長も自分より年上だったが、今の所長、副所長は董憲法《トン・シエンファー》より若い。年齢でいうと董憲法《トン・シエンファー》が一番上だった。歳が歳だからこそ、二十年務めても専属委員にしかなれなかったのである。要するに、主席判事から専属委員は退歩であり、同僚たちからもバカにされた。同僚よりも董憲法《トン・シエンファー》自身が自分をバカにした。同僚が見くだすのは普段だが、董憲法《トン・シエンファー》は肝心な時に自分を見くだした。副所長になるべきチャンスは何度もあったのに、そのチャンスをつかめなかった。専属委員は主席判事より副所長ポストに近いはずなのに、何人もの主席判事が彼を飛び越えて副所長になり、彼だけがそのままだった。肝心な時は普段より重要ではないか。普段の積み重ねが肝心な時に生きるのだ。それより大事なのは、同僚たちは董憲法《トン・シエンファー》が二十年間出世できないのは無能だからだと思っていたが、董憲法《トン・シエンファー》自身は自分が出世できないのは正直だからだと思ってた。自分は人におべっかも使えないし、付け届けも出来ない、収賄も出来ない、だから肝心のチャンスを逃したのだと。董憲法《トン・シエンファー》は悲しかったし、がっかりした。正義が失望に変わると、董憲法《トン・シエンファー》はなるようになれという気になった。それよりなにより、董憲法《トン・シエンファー》はそもそも裁判所の仕事など好きではなかった。法律が重要でないというのではなく、董憲法《トン・シエンファー》は子どもの頃から何でもいっしょくたにするのが好きで、きっちり白黒つけるのが嫌いだった。そして、裁判所の仕事というのは一日中白黒をつけることだった。例えば医者が毎日接触するのは健常人ではなく病人ばかりだというのと同じだ。病院は人が病気になるのを願い、裁判所はもめごとと訴訟を願う。病気と訴訟がなくなれば、病院と裁判所は閉鎖するしかない。董憲法《トン・シエンファー》は職業選択を誤った。それが重要な点だった。家畜市場の家畜業者が袖の中で手をひねり合って売値と買値を調整するほうが裁判所の仕事よりマシだと董憲法《トン・シエンファー》は思った。だが、裁判所専属委員が専属委員の仕事をしないで家畜を売りに行くわけにはいかない。家畜を売りに行けば、董憲法《トン・シエンファー》は良くても世間が放っておかない。董憲法《トン・シエンファー》は気がふれたと思うだろう。だから、董憲法《トン・シエンファー》は毎日専属委員を務め、悶々としていた。他人は董憲法《トン・シエンファー》が悶々としているのは二十年間相も変わらず、専属委員をしているからだと思い、酒を飲むと彼に代わって不平を言った。董憲法《トン・シエンファー》も二十年間それよりも、いっそ専属委員など辞めて市場で家畜売りになりたいと思っていた。さらに悶々とするのは、その悶々としていることを言えないことだった。それで、董憲法《トン・シエンファー》は自分の仕事を適当にやりすごすだけでなく、周囲の環境と人にうんざりしていた。その適当なやりすごしとうんざりのせいで、董憲法《トン・シエンファー》は多少投げやりになり、余暇の唯一の楽しみは酒を飲むことだった。裁判委員会の委員である以上、裁判委員会は裁判を研究しているわけだから、董憲法《トン・シエンファー》も案件に関わっており、原告も被告も彼を飲みに誘った。だが、時が経つうちに人々は彼が研究と参加だけで審判を下すわけではなく、それならいっそ主席判事や裁判官たちと飲んだ方がマシだと分かってきて、董憲法《トン・シエンファー》を誘う者はいなくなった。外の人間が酒に誘わないなら、裁判所の同僚と飲めばいい。だが、裁判所の同僚たちは彼が二十年進歩がないので、今後も進歩はなく定年を待つばかりだと思い、そんな見込みのない人間と酒を飲んで時間を浪費する者はいない。裁判所は毎日のように誰かしらと酒を飲むところなのに、董憲法《トン・シエンファー》は裁判所にいながら誰にも誘われず、長いこと酒を飲みに行っていないので退屈で死にそうだった。そんなこんなで、董憲法《トン・シエンファー》は酒をたかるまでに落ちぶれてしまった。毎日、昼の十一時になると董憲法《トン・シエンファー》は裁判所の入り口でウロウロして、原告か被告が別の裁判官を誘って酒を飲みに出てくると、董憲法《トン・シエンファー》がウロウロしているのに出くわし、同僚は声をかけるしかなくなる。

「董《トン》さん、一緒にどうだい」

董憲法《トン・シエンファー》は初めはためらって言う。

「用事がある」

するとと相手の言葉を待たずに、続けて自分で言う。

「用事と言っても午後やればいいんだ」

あるいは、

「用なんて午後やれば充分さ」

そうして、みんなと酒を飲みに行くのだった。

そんなことが続くと同僚たちは出口で董憲法《トン・シエンファー》を見ると先手を打つようになった。

「董さん、忙しいだろうから今日は無理強いしないよ」

董憲法《トン・シエンファー》は慌てて言う。

「何も言ってないのに忙しいとなぜ分かる。なんだい、独り占めする気かい」

とか、

「あんまり俺を軽く見るなよ。裁判所で二十年も働いているんだ。助けにはならないかもしれないが、足をすくうことは出来るんだ」

すると同僚は気まり悪くなって言う。

「なにもそんなにいきり立たなくても。ただの冗談じゃないか」

そう言って一緒に飲みに行く。さらにそういうことが続くと、同僚たちは外に食べに行くのに裁判所の表玄関からでなく裏玄関から出るようになった。表玄関で董憲法《トン・シエンファー》が待ち伏せしているからだ。李雪蓮《リー・シエリエン》が董憲法《トン・シエンファー》に出会ったのは、董憲法《トン・シエンファー》がそうやって裁判所の入り口をウロウロしている時だった。秦玉河《チン・ユイホー》を告訴するまで、李雪蓮《リー・シエリエン》は裁判などしたことがなかったので董憲法《トン・シエンファー》が誰かも知らなかった。王公道《ワン・コンタオ》が開廷して李雪蓮《リー・シエリエン》を敗訴にしたので、李雪蓮《リー・シエリエン》は納得がいかなかった。王公道《ワン・コンタオ》の判決に不服なだけでなく、王公道《ワン・コンタオ》も信じられなくなった。李雪蓮《リー・シエリエン》は上告したかった。上告するとなると訴えるのは秦玉河《チン・ユイホー》のことだけではない。自分と秦玉河《チン・ユイホー》の去年の離婚をひっくり返す前に、まず王公道《ワン・コンタオ》の判決をひっくり返さなければならない。そうして初めて、ことは改めて話し合うことが出来る。裁判をしてみると、ことはますます複雑となった。だが、李雪蓮《リー・シエリエン》は上告することが王公道《ワン・コンタオ》の判決をひっくり返すことだとは分かったが、どうやったらひっくり返せるのかが分からず、考えた挙句、王公道《ワン・コンタオ》の判決をひっくり返せるのは裁判所の王公道《ワン・コンタオ》の上司だろうと思いついた。王公道《ワン・コンタオ》は県の裁判所の民事第一法廷で働いていたので、李雪蓮《リー・シエリエン》は民事第一法廷の主席判事を訪ねた。第一法廷の主席判事は賈《ジア》といった。賈はそれが面倒くさい案件なのを知っていた。案件より面倒なのは告訴した人間だった。告訴した人間より面倒なのは、ひと目見てこの女性が法律の手続きを知らないことだった。法律の手続きを理解させるのは、案件を一つ片づけるより難しかった。賈も話せば話すほど話がこじれて、自分までが身動きできなくなった。李雪蓮《リー・シエリエン》が賈を訪ねたのは午後の六時で、賈は夜はまた付き合いがあったので急いで酒を飲みに出かけるところだった。そこでひらめいて、この面倒を董憲法《トン・シエンファー》に押しつけることにした。董憲法《トン・シエンファー》に押しつけたのは董憲法《トン・シエンファー》に恨みがあるからではない。他の上司に、何人かの副所長には押しつけられないからだった。まして所長には押しつけられない。賈は常日頃、董憲法《トン・シエンファー》と軽口を叩きあうのが癖だった。二人は顔を合わせれば言い合いをした。昨夜も賈は酒の席で董憲法《トン・シエンファー》と酒を飲み比べした。そこでその仕返しをしようと思ったのだ。賈はわざと歯をしごいて言った。

「この件は難しいなあ」

「難しくなかったのに、あなたたちが難しくしたのよ」

「もう判決が出たのだから、一審の判決は裁判所を代表するものだ。それをひっくり返すには我々の役職ではムリだな」

「あなたに無理なら、誰なら出来るんです」

「一人紹介してやろう。だが、私が言ったとは言わんでくれよ」

李雪蓮《リー・シエリエン》は理解できず聞いた。

「裁判をするだけで泥棒するわけじゃないのに、なぜ隠さなくちゃいけないの?」

「面倒な事件をたくさん抱えている人だから、また押しつけられると腹を立てるんだ」

「誰ですか」

「うちの裁判所の董専属委員、董憲法《トン・シエンファー》だ」

李雪蓮《リー・シエリエン》は分からず、聞いた。

「専属委員って何をする人ですか」

「病院なら専門家だ。難しい病気を専門に治療する人だ」

賈の言い方は合っているか。間違ってはいない。理屈で言えば、董憲法《トン・シエンファー》は裁判委員会の専属委員で、裁判委員会は重大案件を研究するところだからだ。職務で言えば、専属委員は主席判事より偉いので、賈の上司ということになる。だが、裁判所の人間なら専属委員はお飾りだとだれでも知っている。名ばかりの上司なのだ。李雪蓮《リー・シエリエン》は賈の言葉を信じて、翌日の昼の十二時半に裁判所の入り口で、ちょうどウロウロしていた裁判所専属委員董憲法《トン・シエンファー》をつかまえたのだった。董憲法《トン・シエンファー》は今日は一時間以上もウロウロしていた。李雪蓮《リー・シエリエン》は董憲法《トン・シエンファー》のことはよく知らず、ただ裁判所の専属委員で重要案件専門に処理する人だと思っていた。董憲法《トン・シエンファー》も李雪蓮《リー・シエリエン》が誰かを知らなかった。互いに知らないので、李雪蓮《リー・シエリエン》は董憲法《トン・シエンファー》に非常に敬意を払った。董憲法《トン・シエンファー》がさっきからキョロキョロしていても近づいていって挨拶することも出来ずにいたが、半時間しても誰も出て来なかったので、思い切って近づいて声をかけた。

「董専属委員ですか」

突然声をかけられて、董憲法《トン・シエンファー》は驚いて時計を見ると、もう午後の一時だった。今日の昼はどの首席判事にも相伴は出来なさそうだ。そこでふり向いて聞いた。

「誰だね」

「李雪蓮《リー・シエリエン》といいます」

董憲法《トン・シエンファー》は考えたが名前に覚えがないので、あくびをした。

「何か用かね」

「私の事件の判決が間違っているんです」

董憲法《トン・シエンファー》はそう言われても、どの事件のことか思い出せなかった。自分が関わっていたかどうかも。関わっていたとしても判断がつかない。判断がつかないから、自分が関わった案件かどうかも分からないのだった。そこで聞いた。

「裁判所の案件は多い。あんたが言ってるのはどの案件だね」

李雪蓮《リー・シエリエン》はそこで自分の案件を話し始めたが、半分ほど話したところで董憲法《トン・シエンファー》は面倒くさくなった。まったく聞いたこともない案件だったし、李雪蓮《リー・シエリエン》と秦玉河《チン・ユイホー》が離婚して結婚してまた離婚するという過去と将来が複雑すぎた。複雑なゆえに董憲法《トン・シエンファー》は自分が関わっていないと断言できた。そして、複雑であるがゆえに董憲法《トン・シエンファー》は聞いていられなかった。家畜を売るのだってそんな話よりは興味深かった。董憲法《トン・シエンファー》はイライラして李雪蓮《リー・シエリエン》をさえぎった。

「その案件はわしには関係ないな」

「あなたに関係なくても王公道《ワン・コンタオ》に関係あるんです」

「王公道《ワン・コンタオ》に関係があるなら王公道《ワン・コンタオ》を訪ねればいい。なんでわしを訪ねる」

「あなたは王公道《ワン・コンタオ》より役職が上でしょう。王公道《ワン・コンタオ》の裁判が間違ってるなら、あなたを訪ねるべきでしょう」

「王公道《ワン・コンタオ》より役職が上の人間は裁判所にはたくさんいる。どうして他の人を訪ねない」

「裁判所の人があなたは難しい案件を扱っていると言ったから」

董憲法《トン・シエンファー》はようやく読めた。誰かが自分を陥れようとしているのだ。自分に関係ないことを押しつけようとしている。他の人が関わりたくない難題を自分の頭にふりかけようとしているのだ。董憲法《トン・シエンファー》は腹を立てて言った。

「どこのどいつがそんなことを。どいつもこいつも汚い奴らだ。そんなのが裁判所で仕事をしてるから判決を誤るんだ」

そして、李雪蓮《リー・シエリエン》に言った。

「あんたに俺を訪ねろと言った奴を訪ねるんだ」

さらに言った。

「あんただけじゃない。俺もそいつに話がある」

そう言うと踵を返して去って行った。董憲法《トン・シエンファー》は腹が減ったので、他の人の酒席はもう待たずに自分で屋台にでも行って、少し気晴らしに飲み、羊肉の烩麺《ホエミエン》(6)でも食べようと思ったのだ。だが、李雪蓮《リー・シェリエン》はひきさがらない。

「董専属委員、行かないでください。この件をお願いします」

董憲法《トン・シエンファー》は泣き笑いした。

「あんたもしつこいな。裁判所にはあんなに人がいるのに、なんだってわざわざわしなんだね」

「届け物をしたから」

董憲法《トン・シエンファー》は驚いた。

「何の届け物をしたと言うんだね」

「午前中、あなたの家に綿花を一袋とメンドリを二羽届けました」

董憲法《トン・シエンファー》の家は董家荘《トンジアジュアン》にあり、県からは二・五キロ離れている。董憲法《トン・シエンファー》はさらに泣きたくなった。

「綿花一袋とメンドリ二羽でわしを籠絡するつもりかね。さっさと綿花とメンドリを持ち帰ってくれ」

ふり払って行こうとすると、また李雪蓮《リー・シェリエン》につかまった。

「奥さんがちゃんとやらせると私に請け負いました」

「豚を飼うことしか出来ない女だ。豚の言葉しか分からないのに法律が分かるものか」

「つまり私がしたことはムダだったたってことですか？」

董憲法《トン・シエンファー》は李雪蓮《リー・シェリエン》を指さして言った。

「あんたのやったことはムダじゃない。贈賄というんだ。分かったかね。わしはそのことを追及しないのに、あんたはわしをつかんで離さない」

そして行こうとして、また李雪蓮《リー・シェリエン》に引っ張られた。この頃には周りに野次馬が取り囲んでいた。董憲法《トン・シエンファー》はもともと腹が立っていたのに、野次馬に取り囲まれて我慢ならなくなった。

「よせ、人前で引っ張らないでくれ。この愚民め、失せろ」

思いきり李雪蓮《リー・シェリエン》をふり払うと去って行った。

夜になって董憲法《トン・シエンファー》が県城から自転車で董家荘《トンジアジュアン》に帰ると、門を入らないうちに香しいニワトリの匂いがした。家に入ると舅が来ていて女房がニワトリを煮ていた。董憲法《トン・シエンファー》はとっくに李雪蓮《リー・シェリエン》のことを忘れていたが、この時になって思い出し、厨房で鍋の蓋を開けると二羽のニワトリが細かく刻まれて煮込まれていた。董憲法《トン・シエンファー》は思わず女房を怒鳴りつけた。

「一体いつになったら、その意地汚さが治るんだ」

また罵った。

「自分が何をしたか、分かってるのか。これは収賄だぞ」

だが翌日の朝になると、董憲法《トン・シエンファー》はもうその件は忘れてしまった。

訳註

（5）憲法が分かるという名＝董憲法の姓の「董」は、分かるという意味の「懂」と同音。

（6）烩麺＝太くて短いのが特徴の手打ち麺。

七

李雪蓮《リー・シェリエン》が裁判所長の荀正義《シン・ジョンイー》と会ったのは松鶴大酒店の前だった。荀正義《シン・ジョンイー》は酔っ払って、人に両脇を支えられて二階から下りてきた。荀正義《シン・ジョンイー》は今年三十八歳で、裁判所長を務めて三年になる。周りのいくつかの県の裁判所長と比べて、荀正義《シン・ジョンイー》は一番若かった。若いのでまだ輝かしい将来があり何事にも慎重で、荀正義《シン・ジョンイー》は普段は酒を飲まなかった。仕事のため、自分で自分に五項目の禁酒令を課していた。一人では飲まない。勤務時間に飲まない。裁判所関係者と飲まない。地元で飲まない。月曜から金曜までは飲まない。禁酒令の間に重複があるが、まとめればこういうことだ。理由なく酒は飲まない。

だが、今日は荀正義《シン・ジョンイー》は酔っ払った。今日は地元で、裁判所関係で、水曜日なので、禁酒令に真っ向から違反していた。だが、理由がなくはない。理由があった。今日は前任の裁判所長の曹《ツァオ》の誕生日だったのだ。曹《ツァオ》は三年前に引退し、裁判所長のポストを荀正義《シン・ジョンイー》に譲った。曹《ツァオ》には荀正義《シン・ジョンイー》にとって育ての恩がある。かつての上司で退官した上司の誕生日だったから、荀正義《シン・ジョンイー》は元上司に付き合って飲んだ。元上司も酔っ払った。荀正義《シン・ジョンイー》も酔っ払った。元上司の曹《ツァオ》の恩については荀正義《シン・ジョンイー》には実は苦々しい思いもあった。三年前、曹《ツァオ》が退職する時、当時裁判所には四人の副裁判所長がいた。そもそも曹《ツァオ》が後釜として育てていたのは荀正義《シン・ジョンイー》ではなかった。もう一人の副所長の葛《グー》だった。曹《ツァオ》は裁判が好きで酒が好きだった。酒が好きなだけでなく、ブリッジが好きだった。葛《グー》もブリッジが好きだった。ブリッジは人柄が出る。曹《ツァオ》は葛《グー》を深く知り、葛《グー》を自分の後継者にと育ててきた。曹《ツァオ》は葛《グー》をよく知っているので後継者にしても安心だった。ところが、曹《ツァオ》が退職する一か月前、葛《グー》は同級生と夕食を食べ、酒を飲んで酔っ払った。酔って運転し、道路に出て車道を逆走した。葛《グー》は酔っていたのでスピードを出し、対向車が驚いて次々に避けると逆に怒って怒鳴った。

「交通規則を守れ。なんだって逆走してくるんだ。やっぱり法制が不十分だな。明日、おまえたちを処分してやる！」

　そう怒鳴っていると向かいの十四輪の石炭運搬車が避けきれずに、ぶつかって来て、葛《グー》の車を正しい車線に突き飛ばし、車は正しい車線に戻ったが、人はその場で即死した。葛《グー》の死が荀正義《シン・ジョンイー》にチャンスを与えたのだった。曹《ツァオ》が退官する時、あとを引き継いだのは葛《グー》ではなく荀正義《シン・ジョンイー》になった。荀正義《シン・ジョンイー》が曹《ツァオ》の後を継げたことで感謝すべきなのは曹《ツァオ》にではなくて、その石炭運搬車にだった。いや、石炭運搬車にではなくて、葛《グー》の飲んだ酒と葛《グー》と酒を飲んだ同級生たちにだろう。荀正義《シン・ジョンイー》はそう思っていたが、曹《ツァオ》はそうは思わなかった。曹《ツァオ》は自分が後を譲った者はすなわち自分が育てたのだと考えた。荀正義《シン・ジョンイー》が曹《ツァオ》の手から引き継いだのだから荀正義《シン・ジョンイー》は自分の恩に感謝すべきだと考えた。曹《ツァオ》がそう考えるのなら、荀正義《シン・ジョンイー》もそれに合わせるしかない。裁判所長になってから、曹《ツァオ》に会うたびに言った。

「私ごときが裁判所長になれたのは上司のおかげです」

　曹《ツァオ》はその言葉を真に受け、荀正義《シン・ジョンイー》を身内と思うようになった。だが、曹《ツァオ》も分をわきまえているので、退官してからは裁判所の仕事には一切口を出さなかった。ただ、暮らしの上で何か頼みたいことがあると荀正義《シン・ジョンイー》に声をかけた。仕事のことは口を出さないが、暮らし向きの要求だけをしてきた。荀正義《シン・ジョンイー》は曹《ツァオ》はよくわきまえていると思った。暮らし向きのことはちょっと金を払いさえすれば解決できた。三年間、荀正義《シン・ジョンイー》は曹《ツァオ》を元上司として厚くもてなしてきた。曹《ツァオ》の誕生日には毎年、曹《ツァオ》を食事に招待した。酒の席ではまずこう言った。

「仕事に追われて、お世話に報いることができませんが、誕生日だけは私が主催したいと思います」

たったひと言ではあるが、このひと言で一年もつ。たとえひと言であろうとないよりはマシで、曹《ツァオ》は喜んで顔を輝かせた。今年の誕生日祝いは松鶴大酒店の二階で行われた。曹《ツァオ》がまず自分の誕生日の宴席で酔っ払った。今日は飲むだけの理由があるので、荀正義《シン・ジョンイー》も酔っ払う前にこう言った。

「ご存じでしょう、私は普段は飲みません。自分で五項目の禁酒令を課しているんです。でも、毎年、今日のこの日だけは禁酒令を破って、とことんお付き合いすることにしています」

曹《ツァオ》も喜んで顔を輝かせた。だが、曹《ツァオ》は昔から酒が強い。荀正義《シン・ジョンイー》は普段酒を飲まないので、とても曹《ツァオ》の敵ではない。曹《ツァオ》は酒の席で生涯鍛えて来たので、酒の飲み方にも自分なりの方法と独創があった。曹《ツァオ》は酒とタバコを両方やる。酒とタバコは一家、という俗語もある。酒とタバコが一家というのは、別に飲みながらタバコを吸うのではなく、タバコの箱の高さに酒を注ぐということだ。タバコの箱は最初は寝かせておく。酒もその高さに注ぎ、ひと口で飲み干す。今度はタバコの箱を横にして、酒もその高さに注ぎ、また飲み干す。

それからタバコの箱を立てて、またタバコの箱の高さに酒を注ぎ、飲む。タバコの箱を寝かせている時、酒は一両、（7）横にすると二両、縦にすると三両になる。タバコの箱を三度ひっくり返して、半斤の酒を飲み干す。三杯飲むことを「開門紅」という。「開門紅」が済んだら、酒席の正式な始まりだ。じゃんけん飲みをして、一人ずつと飲み比べる。最後にどれだけ飲めるかは知る人ぞ知るである。しかし、曹《ツァオ》は忘れていた。自分はもう退官していることを。裁判所の所長は荀正義《シン・ジョンイー》である。彼らと酒に付き合っているのは副所長、政治処主任、風紀取締係、弁公室主任ら裁判所長直属の部下たちだ。彼らはかつては曹《ツァオ》の部下だったが、今は違う。荀正義《シン・ジョンイー》の部下である。「開門紅」の時、曹《ツァオ》が飲んだのは本物の酒で、荀正義《シン・ジョンイー》が飲んだのも本物の酒だった。曹《ツァオ》続いて、じゃんけん飲みになり、一人一人と飲み始めた時、部下たちは目くらましをした。曹《ツァオ》のグラスには本物の酒を注ぎ、荀正義《シン・ジョンイー》のグラスにはミネラルウォーターを注いだ。八巡すると曹《ツァオ》は酔っぱらい、荀正義《シン・ジョンイー》も酔っ払った。曹《ツァオ》は全酔いで、荀正義《シン・ジョンイー》は半酔いだった。だが、曹《ツァオ》のそばにいる時は荀正義《シン・ジョンイー》は全酔いのふりをした。酒宴が終わり、曹《ツァオ》は二階から担がれて下りてきた。荀正義《シン・ジョンイー》も二階から担がれて下りてきた。その時、李雪蓮《リー・シェリエン》が前に進み出て、荀正義《シン・ジョンイー》を押しとどめた。

「荀所長、お願いがあります」

裁判所長が裁判のことで直訴されるのは日常茶飯事だ。だが、夜中で酒のあとで、さらに突然であったので、荀正義《シン・ジョンイー》はびっくりした。曹《ツァオ》がそばにいるので、完全に酔っ払ったふりをしなければならず、驚きの色を見せるわけにもいかない。むしろ、荀正義《シン・ジョンイー》を支えていた弁公室主任がびっくりして慌てて李雪蓮《リー・シェリエン》を引っ張って言った。

「手を放しなさい。所長は酔ってらっしゃるのが見えないのか。話なら明日にしなさい」

李雪蓮《リー・シェリエン》を押しやると荀正義《シン・ジョンイー》を車に乗せようとした。すると、曹《ツァオ》が階段口で大声で聞いた。

「どうしたね」

もつれた舌でさらに続けた。

「裁判の話かね。私が話を聞こう。よくあることだ」

　酔っていなければ曹《ツァオ》も裁判所の仕事に口は出さなかった。だが、酔っ払っていたので自分が三年前に退官していることを忘れていた。裁判のことで直訴する人を見て、現役当時の興奮が蘇ってきた。人々は曹《ツァオ》が出しゃばるのを見て大いに慌てて、荀正義《シン・ジョンイー》を放り出すと、曹《ツァオ》を車に押しこめようと曹《ツァオ》を支えながら言った。

「曹《ツァオ》所長、ただの農村の女性です。たいした話であるはずがありません。お体のほうが大事です。早くお帰りになってお休みください。あとは荀所長にお任せして」

　曹《ツァオ》はふらつく足で人々に車に押しこめられた。曹《ツァオ》はそれでも車のウインドーを下げて、別の車に乗ろうとしている荀正義《シン・ジョンイー》を指さし、上司ぶって言った。

「正義、どういうことかちゃんと話を聞きなさい。言っただろう。民と共になければ田舎に帰ってイモを売っていろ、と」

　荀正義《シン・ジョンイー》も急いで曹《ツァオ》の車に向かって二、三歩近寄ると、もごもごと言った。

「ご安心ください。お教えはしかと覚えております。この案件はきちんと事情を聞いて、明日ご報告します」

　曹《ツァオ》がまだ口の中で何か言っていると車が走り出した。曹《ツァオ》の言葉のせいで荀正義《シン・ジョンイー》もすぐに自分の車に戻れなくなった。李雪蓮《リー・シエリエン》が曹《ツァオ》の言葉を聞いていたことを怖れたからではなく、曹《ツァオ》が明日酔いが醒めてても万が一このことをまだ覚えていて、自分が口とは裏腹に言うことを聞かなかったと知ったら、醒めている時の言葉は聞き、酔っている時の言葉は聞かないと思われ、まずいことになると思ったからだ。小さなことで大事を逸してはならない。退官した幹部は自分を助けることは出来なくとも、自分を陥れようとすればそれなりのことが出来る。長いこと所長として君臨し、上下にさまざまな人脈があるので、何が自分に災いをもたらすとも限らない。半分酔ってはいても、李雪蓮《リー・シェリエン》を放り出すわけにはいかない。そこで半分酔っているので、煩わし気に聞いた。

「どうしたんだね」

「訴えたい人がいるんです」

「誰をだね」

「董憲法《トン・シエンファー》です」

李雪蓮《リー・シェリエン》がもともと訴えたかったのは秦玉河《チン・ユイホー》だった。その後、王公道《ワン・コンタオ》を加えたのは、王公道《ワン・コンタオ》が自分の裁判の判決を間違ったからだ。今度は秦玉河《チン・ユイホー》と王公道《ワン・コンタオ》を放っておいて、董憲法《トン・シエンファー》を訴えることにした。董憲法《トン・シエンファー》には何の恨みもなく、たった一度会っただけだ。董憲法《トン・シエンファー》に裁判のやり直しを求めたら、自分の管轄ではないと言った。それで話が終わりになることも可能だったのだが、その時、裁判所の入り口で二人の言い争いはますます激しくなり、野次馬もどんどん増えて来て、董憲法《トン・シエンファー》が煩わしくなり、李雪蓮《リー・シェリエン》のことを「愚民」よばわりし、さらには「失せろ」とまで言った。その二言が李雪蓮《リー・シェリエン》を怒らせた。私は冤罪で訴えているのに、あんたは裁判が仕事だろう。それなのに私のことを「愚民」と言い、「失せろ」とまで言うとは。そこで、董憲法《トン・シエンファー》を飛び越えて裁判所長に直訴して、秦玉河《チン・ユイホー》と王公道《ワン・コンタオ》を訴える前に先に董憲法《トン・シエンファー》を訴えたのだった。荀正義《シン・ジョンイー》は事の次第が呑みこめず聞いた。

「董憲法《トン・シエンファー》が何をしたんだね」

董憲法《トン・シエンファー》は李雪蓮《リー・シエリエン》に何もしていない。「愚民」と罵り、さらに「失せろ」と罵っても法には触れない。だが、慌てていたので李雪蓮《リー・シエリエン》は言った。

「董憲法《トン・シエンファー》は賄賂を受け取りました」

董憲法《トン・シエンファー》が賄賂を受け取ったというのは根拠がないではない。董憲法《トン・シエンファー》は他の所で賄賂を受け取ったかもしれない。だが、それは李雪蓮《リー・シエリエン》には関係がない。董憲法《トン・シエンファー》の女房が李雪蓮《リー・シエリエン》の棉花一袋と二羽のメンドリを受け取っただけなら収賄罪には当らない。だが、董憲法《トン・シエンファー》は女房がニワトリを煮たのを見て、女房を収賄だぞと罵った。

この時、冷たい風が吹いてきて荀正義《シン・ジョンイー》はくしゃみをした。さっきまでは半分酔っていたが、風が吹いたら逆に完全に酔いが回った。荀正義《シン・ジョンイー》は素面だと慎重だが、酔うと癇癪持ちになり、酒を飲む前と後では人が違った。これも彼が普段酒を飲まず、自分に禁酒令を課している原因だった。この時、荀正義《シン・ジョンイー》は面倒になって言った。

「あんたが別のことを言えば自分の管轄だが、収賄だと言うなら私の手には余る」

李雪蓮《リー・シエリエン》が聞いた。

「だったら、誰に言えばいいんですか?」

「検察院だ」

荀正義《シン・ジョンイー》が言ったのは本当だった。董憲法《トン・シエンファー》は公職にある身だ。董憲法《トン・シエンファー》が裁判を誤ったのなら、裁判所長の管轄だが、董憲法《トン・シエンファー》が収賄罪に関わったのなら、それは裁判所の管轄ではなくなり、検察院が立案して捜査しなければならない。だが、李雪蓮《リー・シエリエン》はそのへんの事情を知らないので、地団駄を踏んだ。

「誰も彼も私が頼むと自分の管轄じゃないと言うのね。だったら、私のことは一体誰の管轄なの？」

続けてこんなことまで言った。

「荀裁判所長、あなたは所長でしょう。董憲法《トン・シエンファー》みたいに賄賂を受け取ったりしないでよ」

この言葉に荀正義《シン・ジョンイー》は腹を立てた。別の所では賄賂を受け取ったことがあるかもしれないが、李雪蓮《リー・シエリエン》の件に関してはない。酒を飲んでいなければ荀正義《シン・ジョンイー》も腹を立てなかったかもしれない。だが、酒を飲んでいたので本当に腹を立てた。怒りのあまり、荀正義《シン・ジョンイー》は李雪蓮《リー・シエリエン》を怒鳴りつけた。

「会ったばかりで私が収賄だと？　この愚民め、失せろ」

罵り方は董憲法《トン・シエンファー》にそっくりだった。

訳註
（7）一両＝白酒を量る単位で約50ml。十両で一斤、約５００ml。

八

李雪蓮《リー・シエリエン》が県長の史為民《シー・ウェイミン》に会ったのは県政府の門の前だった。史為民《シー・ウェイミン》が車で門を出ようとして、車の中でお粥をすすっていると、女が一人車の前に飛び出してきて道を塞いだ。運転手が慌てて急ブレーキを踏み、史為民《シー・ウェイミン》の頭は前のシートの背もたれにぶつかり、お粥を体にかぶった。頭をこすり、体を元に戻し、顔を上げると、車の前の女が地面にしゃがみこみ、ボール紙の札を高く掲げ、札には大きな字で「冤罪」と書かれてあった。

今日は日曜である。理屈から言えば史為民《シー・ウェイミン》は出勤しなくていい。だが、県長史為民《シー・ウェイミン》は日曜日も休んだことがなかった。百万人余りの人口の県で、工農商学、人のありとあらゆることを司り、やることはいくらでもあった。中央から省、そして市へと毎日発布される書類が百部以上あり、それらをすべて史為民《シー・ウェイミン》が片づけなければならない。普通の労働者は八時間労働だが、史為民《シー・ウェイミン》は毎日十四、五時間は働いており、毎晩会議があった。また、省から市まで、毎日各部門が県に監査に来る。省から市まで、部門は百いくつある。県は毎日、ホテルで上からの監査員に対応しなければならず、それが八組は来る。昼食と夕食で史為民《シー・ウェイミン》は十六組の客に付き合わなければならない。どれも職能部門であり、おろそかには出来ない。史為民《シー・ウェイミン》の胃は酒にやられていた。史為民《シー・ウェイミン》はいつも胃を押さえて部下に愚痴った。

「県長は人間のする仕事じゃないな」

だが、県長になることもまた容易なことではない。一つの県の県長になりたい者だけでも百万人以上はいる。先祖だって何も自分にそれを期待しているわけではない。だが、問題なのは政治には中毒性があり、郷長になれば県長になりたいと思い、県長になれば市長や省長になりたいと思うものだ。だから、他人のせいではなく、自分のせいなのである。

史為民《シー・ウェイミン》にもそれが分かっているので、毎日、仕方なく黙々と働いているのである。胃がやられたら、自分でなんとかするしかない。昼と夜は酒を飲んでも、朝は飲まないでいい。史為民《シー・ウェイミン》は朝はお粥をすすることにした。お粥にはカボチャとサツマイモを入れた。雑穀で胃を休めた。時には前の晩の会議が長引き、翌朝寝過ごして急いで家を出なければならず、車の中でお粥をすすることがある。李雪蓮《リー・シェリエン》が県長に会ったのは、裁判所長荀正義《シン・ジョンイー》に会った時の教訓で、昼や夜に訪ねるのはやめて、朝に変えたのだった。昼と夜は酔っていても、朝なら人の脳みそは醒めている。そこで、この日の朝早く、李雪蓮《リー・シェリエン》は県長史為民《シー・ウェイミン》と県政府の入り口で鉢合わせしたのだった。

史為民《シー・ウェイミン》は今日、家を出て県のホテルの落成式に参列するところだった。このホテルの名は「世外桃源」という。「世外」と言っても世間とそう遠くはない。県城の西南郊外十キロのところに林があり、ホテルはその林の中に開業した。時々鳥も飛んできて、ホテルの支配人は何頭か梅の花のような白い斑点のある鹿を飼い、そこで「世外桃源」と命名したのだ。ホテルの本館より目立つのはホテルの後ろにそびえたつサウナ城で、サウナ、マッサージなどの一連のサービスを供し、しないサービスはなかった。そうした業種は「売春行為」の嫌疑があるので、開業のテープカットに県長は参加すべきではなかった。だが、この「世外桃源」を開いたのが、省の幹部の一人の妻の弟で、県の土地を借りて開いたのだった。土地が自分の所のものである以上、史為民《シー・ウェイミン》は地元を代表して参列したのである。まして、「世外桃源」は開業後は県に税金を納めるわけである。これも県長の仕事の一部である。開業が日曜日になったのも式典をにぎやかに行うためだ。昨夜の会議がまた延びて、史為民《シー・ウェイミン》は早朝また寝過ごし、車の中でお粥をすすった。「世外桃源」のテープカットは九時で、家を出たのがすでに八時半だった。史為民《シー・ウェイミン》は焦った。車が省政府の門を出ると人に車を止められて、史為民《シー・ウェイミン》はさらに焦った。史為民《シー・ウェイミン》よりもっと焦ったのは彼の運転手だ。運転手が焦ったのは県長がテープカットに遅れるからでも、県長がシートに頭をぶつけたからでも、お粥を県長の体にぶちまけたからでもなく、女が突然走り出て来て車の前にしゃがみこみ、急ブレーキをかけて冷汗をかいたからだ。運転手は窓を開けて、いきなり罵った。

「死にたいのか？」

史為民《シー・ウェイミン》はさすがに運転手よりは自制心があり、こういうことも初めてではなく、さらに言えばこれもまた県長の仕事の一部なので、運転手を制止してまず体の粥をふりおとし、車の前の女のところに行った。

「立ちなさい。話があるなら聞こうじゃないか」

李雪蓮《リー・シェリエン》が立ちあがった。史為民《シー・ウェイミン》が聞く。

「誰に用だね」

「県長です」

史為民《シー・ウェイミン》は女の家にはテレビがないので県のニュースを見ないため、目の前にいるのが県長だと分からないのだと思って聞いた。

「県長に何の用があるんだね」

李雪蓮《リー・シェリエン》は頭の上の「冤罪」の字を持ち上げて言った。

「訴訟です」

「誰を訴えるんだね」

「案件は一つじゃないんです」

史為民《シー・ウェイミン》はプッと吹き出した。

「全部でいくつあるんだ」

「一つ目は裁判所長の荀正義《シン・ジョンイー》を告訴し、二つ目は裁判所の専属委員の董憲法《トン・シエンファー》、三つ目が裁判員の王公道《ワン・コンタオ》、四つ目が夫の秦玉河《チン・ユイホー》、五つ目は私自身を訴えるんです」

史為民《シー・ウェイミン》は訳が分からなくなった。分からないのは一度にそんなに大勢を告訴するからではなく、最後の「自分を」に対してだ。自分を告訴する者がどこにいる？　史為民《シー・ウェイミン》はこの案件は生半可ではない、ちょっとやそっとでは話がつかないと思い、腕時計を見るともう八時四十分なのでこう言った。

「県長に用なら呼んできてやろう」

そう言うと役所に向かって駆け出した。駆け出したのは逃げ出して「世外桃源」のテープカットに出るためと、テープカットに出席するには全身お粥まみれではまずいので、執務室で着替えるためだった。李雪蓮《リー・シェリエン》はつかみかかって言った。

「行かないで。あなたが県長でしょう」

史為民《シー・ウェイミン》は全身のお粥を李雪蓮《リー・シェリエン》にふって見せた。

「私が県長に見えるかね」

「車のナンバーを聞いてあるんです。これに乗っていたのだから、あなたが県長だわ」

「県長の車に乗っているからといって県長とは限らない。私は県長の秘書だ。大きな案件のようだから私にはどうしようもない。県長を呼んできてやる」

李雪蓮《リー・シエリエン》は手を放した。史為民《シー・ウェイミン》は執務室に駆け戻って服を着替えながら、陳情担当の責任者に電話をかけさせ、県政府の入り口に来て告訴するという女性のことを処理するように言い含めた。着替え終ると別の車に乗り、県政府の裏門から出て「世外桃源」のテープカットに参加しに行った。

一日は何事もなく過ぎた。夜になって、史為民《シー・ウェイミン》はまたも県賓館に省や市から来た七、八人の客との食事に出かけた。車が県賓館の入り口に着くと、陳情担当責任者が階段に立っていた。陳情責任者の名は呂《リュー》という。史為民《シー・ウェイミン》はすでに朝の女の告訴のことを忘れていた。

史為民《シー・ウェイミン》が車から下りると、呂《リュー》が喜んで迎え出た。

「史県長のおかげです」

「どういう意味だ」

「市の陳情局局長も間もなく到着します。部屋は八八八号室を押さえました。あとで挨拶にお寄りください」

史為民《シー・ウェイミン》は驚いた。

「張《チャン》が来るとは聞いてないが」

「電話したんです。普段なら県長にお願いはしないのですが、今度ばかりはと思いまして。市の第一シーズンの陳情評定がもうすぐ始まるのです」

史為民《シー・ウェイミン》は指を伸ばした。

「君は九番目だそうだな」

「三杯お付き合いいただければいいんです。三杯飲んでいただければ、わが県は三位に入ります」

さらに続けて言った。

「ことは治安に関わる問題です。県の治安に問題があれば、陳情責任者の首が飛ぶだけでは済みませんよ」

「行けばいいんだろう。首が飛ぶなどと脅かさなくてもいい」

呂《リュー》は笑った。その時、史為民《シー・ウェイミン》は突然今朝の県政府入り口の告訴の女のことを思い出して聞いた。

「そうだ、朝早く車を止めて直訴した女性のことはどうなった」

呂《リュー》は平気な顔で手をふった。

「あんなクレーム女、追い払いましたよ」

史為民《シー・ウェイミン》は驚いた。

「命がけで車を止め、あんな大きな字で冤罪と書いてあったんだぞ。ただのクレーム女ではあるまい」

「字は小さくありませんが、小さなことです」

「何だと言っていた」

「去年離婚し、後悔したんですな。どうしても去年の離婚はウソだと言うんです」

「そんなことでなぜあんなに大勢を訴えると言うんだ。訴えるのはそれも裁判所の人間だぞ。裁判所にかけあったのに裁判所が相手にしなかったのか」

「裁判所に聞きました。相手にしなかったのではなく、相手にしたから女は裁判所を訴えるんです。離婚は虚偽なのに裁判所は調査の末、本物だと裁定を下した。女が告訴したからって、裁判所が違法にそれを虚偽だったと再判定できますか」

史為民《シー・ウェイミン》は李雪蓮《リー・シェリエン》のことが気になり始めた。

「なんだって離婚したのに後悔しているんだ」

「後悔したにしても、夫に言うべきでしょう。役所に文句を言うことではありません。役所が離婚させたわけじゃなし」

史為民《シー・ウェイミン》はプッと笑った。

「腹を立てて告訴しているのに水を差すものじゃない」

その時、省の水利庁の副庁長が県の副県長の一人に伴われて賓館の玄関に到着した。史為民《シー・ウェイミン》は呂《リュー》を放り出し、急いで迎えに出て、副庁長と握手すると一緒に賓館に入って行った。

九

李雪蓮《リー・シェリエン》は頭の上に「冤罪」の字を掲げて、市政府の入り口に坐りこみ、三日後には市長の蔡富邦《ツァイ・フーバン》の知るところとなった。三日も坐りこんでいるのに市長の蔡富邦《ツァイ・フーバン》が気づかなかったのは見て見ぬふりをしたからではなく、北京に出張に行っていたからだ。北京から帰って市政府の入り口に坐りこみをしているのに気づいたのである。周囲は野次馬が取り囲んでいた。市政府に勤める人たちは自転車を押しながらその人だかりをよけて通り過ぎていた。蔡富邦《ツァイ・フーバン》はそれを見ると激怒した。蔡富邦《ツァイ・フーバン》が怒ったのは李雪蓮《リー・シエリエン》が坐りこんでいることではなく、自分の右腕であり、常務副市長である刁成信《ディアオ・チョンシン》を怒ったのだった。蔡富邦《ツァイ・フーバン》は北京に出張に行っていたが、刁成信《ディアオ・チョンシン》は出張していないにもかかわらず、三日も放っておいて自分で処理せず、蔡富邦《ツァイ・フーバン》が帰って来て処理するのを待っていたからである。市政府の者たちは皆、市長と常務副市長との間に軋轢があるのを知っていた。軋轢というと蔡富邦《ツァイ・フーバン》には苦々しい思いがある。というのもその軋轢は市長が生んだのではなく、長い歴史があったからだ。十年前、二人は共にそれぞれの県の党書記だった。当時の二人の関係は良かった。よく互いの県に行き来して酒を飲んだものだった。その後、一緒に副市長に抜擢され、姓の画数で刁成信《ディアオ・チョンシン》は蔡富邦《ツァイ・フーバン》よりも序列が先だったぐらいだ。その後、順番に昇進して、一人は市の党宣伝部長となり、一人は組織部長となった。さらに蔡富邦《ツァイ・フーバン》が刁成信《ディアオ・チョンシン》の上になって市の党副書記となり、刁成信《ディアオ・チョンシン》は常務副市長となった。さらに、蔡富邦《ツァイ・フーバン》は市長となり、刁成信《ディアオ・チョンシン》は残留し、蔡富邦《ツァイ・フーバン》の右腕となった。二人は相前後して昇進した。あるいは片方が昇進したから片方は昇進できなかった。気にしないではいられないし、恨まないではいられない。ライバル視しないではいられない。もちろん、それは顔には出さない。会議の席上では二人は相変わらず礼儀正しかった。だが、陰では刁成信《ディアオ・チョンシン》は常に蔡富邦《ツァイ・フーバン》の足を引っ張った。市政府の入り口で三日も坐りこみをしている者がいるのに、ぐずぐずと処理もせず、蔡富邦《ツァイ・フーバン》が戻って処理するのを待ったのもその一つだった。蔡富邦《ツァイ・フーバン》が刁成信《ディアオ・チョンシン》に腹を立てたのは、足を引っ張ったことに対してではなく、刁成信《ディアオ・チョンシン》が愚かで考えが足らないことに対してだ。二人が相前後して昇進したのは別に蔡富邦《ツァイ・フーバン》が決めたことではない。省の決定だ。自分が市長になりたければ、もっと頭のいい方法は蔡富邦《ツァイ・フーバン》の仕事をバックアップし、蔡富邦《ツァイ・フーバン》を一日も早く昇進させれば自分は市長になれるじゃないか。こうやって陰険なことをしていれば、市の仕事が立ちいかなくなり、蔡富邦《ツァイ・フーバン》は永遠に市長のまま、自分は永遠に常務副市長のままだ。政治の腐敗とは何か。腐敗とは単に法を曲げた汚職や贈賄、女性関係の乱れだけではない。最大の腐敗は自分の地位にふさわしい働きをしないことだ。そしてそれよりさらに腐敗しているのは刁成信《ディアオ・チョンシン》のように、その地位に反するようなことをすることだ。さらに大きな腐敗は刁成信《ディアオ・チョンシン》が明らかに地位にそぐわないのに自分がそれをどうにも出来ないことだ。なぜなら、常務副市長は蔡富邦《ツァイ・フーバン》が決めるポストではなく、省が決めるポストだからだ。そして、さらに蔡富邦《ツァイ・フーバン》が腹立たしいのは刁成信《ディアオ・チョンシン》の横やりが時期をわきまえないことだ。現在、市はまさに「精神文明都市」の建設を目指しているところだった。「精神文明都市」は全国にも数十しかない。「精神文明都市」になれば市のイメージは大きく向上し、投資のためのハードもソフトも揃うということになる。外部の投資先との商談にも大きなアドバンテージとなる。その建設のために蔡富邦《ツァイ・フーバン》は一年間心血を注いで、市の公園、通り、地下道、学校、市場とバラックの美化に務めてきた。通りに面した住宅建物の壁を塗りかえた。一年かけてきたのはこの日のためだった。あと三日後に中央と省の「精神文明都市」建設を管轄する幹部の委員会が視察に来るのである。その日に備えて、蔡富邦《ツァイ・フーバン》は一か月前から全市の幹部市民(8)に街に出てハエを捕まえさせた。役人は毎日一人十匹ハエを捕まえることが年末調整と関連づけられた。ハエは捕まえられただけでなく、半月後にはハエの指標が達成できないと怨嗟の声があがった。怨嗟の声の中、全市は確かに一匹のハエもいなくなった。蔡富邦《ツァイ・フーバン》は怨嗟の声を知っていた。だが、決まりを変えることは出来ない。ハエを捕まえ、小学生には歌を歌わせ、婦人たちには踊りを躍らせた。今回、蔡富邦《ツァイ・フーバン》が北京に行ったのも、「精神文明都市」

の建設成果を報告しに行ったのだった。帰って来て、「精神文明都市」視察団の歓迎準備をしようとしたら、市に帰った途端、市政府の入り口で三日も坐りこみしている者がいるのに誰も何もしていないという。言葉は悪いが、全市のハエは消滅したのに、市政府の入り口に一匹の大きなハエが現れたようなものだ。これがわざと「精神文明都市」建設活動に泥を塗るものでなくて、何だというのだ。蔡富邦《ツァイ・フーバン》は執務室に入るや秘書長を呼びつけ、窓の外の市政府の門を指さして怒鳴りつけた。

「どういうことだ」

秘書長は竹竿のように痩せた、タバコの吸いすぎで顔が黄色くなった男で、唯々諾々と答えた。

「告訴だそうです」

「告訴は分かってる。もう三日も坐りこんでいるそうじゃないか。どうして誰も対応しない？」

「対応しましたが聞かないんです」

「刁成信《ディアオ・チョンシン》は出勤してないのか。見て見ぬふりか」

秘書長は上司間の争いに関わりたくないので慌てて言った。

「刁市長も自ら女の説得に出向きましたが、聞かないのです。相手は女性ですし、野次馬も多いので、警察を動員も出来ません。聞こえが悪いですから」

蔡富邦《ツァイ・フーバン》は少し怒りが鎮まったが、顔はまだ苦虫を噛みつぶしたままだった。

「そんな大騒ぎするとはどういう案件だ。人殺しか、放火か」

「人殺しでも放火でもありません。くだらないことです。この女は離婚し、後悔してるんです。たぶん、金が欲しいのだと思います。それだけのことなんですが、扱いにくくて困っています。

殺人や放火のほうが話は簡単です」

「どこの県だ。県はなぜ放っておく？」

「県でも説得しましたが、聞き入れません。女は一人だけでなく、たくさんの人間を訴えています」

「誰を訴えているんだ」

「女に手を焼いている全員を訴えてるんです。県の県長、裁判所長、裁判所の専属委員、裁判所の裁判員、それから自分の夫です。あと誰だったか、すぐには思い出せません」

市長はプッと笑った。

「いい度胸だな。それだけのことでこんな大騒ぎをするとは」

秘書長もうなずいた。

「理屈も何もありません」

そして聞いた。

「蔡市長、どうされますか」

蔡富邦《ツァイ・フーバン》はまた腹を立てた。

「おまえたちはどいつもこいつも役に立たなかったんだろう。結局、最後は誰に押しつける？最後は市長、どうしますか、じゃないか。三日後には「精神文明都市」建設活動の視察団が市にやって来るんだぞ。どうするもこうするもあるか。さっさと女を追い払い、話があれば一週間後に聞くと言うんだ」

蔡富邦《ツァイ・フーバン》がそう言ったのは午前中のことだった。午前中一杯、李雪蓮《リー・シェリエン》はやはり市政府の入り口で「冤罪」の看板を頭上に掲げて座っていた。午後も座り続け、誰もどうしようもなかった。夜になり、野次馬も去り、李雪蓮《リー・シエリエン》一人になった。李雪蓮《リー・シエリエン》が袋からマントウを取り出し、口に入れようとした時、数人の私服の警官が飛び出してきて有無を言わさず李雪蓮《リー・シエリエン》を連行した。市長の蔡富邦《ツァイ・フーバン》は追い払えと言ったが、どことは言わず、そう言うと別の仕事に行ってしまった。だが、その命令は下へ下へと伝えられ、市政府から市の警察へ、市の警察から区の警察へ、そして市政大道東大街派出所へと伝えられるうちに、指示に尾ひれがついて、市長はご立腹で女を牢屋にぶちこめと言ったことになっていた。警官たちは李雪蓮《リー・シエリエン》を連行すると、有無を言わさず、「社会秩序擾乱罪」で李雪蓮《リー・シエリエン》を留置所にぶちこんだ。

訳註

（8）幹部市民＝役人ではない市民だが、行政の肩代わり的な任務をする人々のこと。居民委員会の委員など。

十

三日後、市の「精神文明都市」建設活動は認められ、市は「精神文明都市」となることが出来た。七日後、李雪蓮《リー・シエリエン》は留置所から釈放された。「精神文明都市」の建設と李雪蓮《リー・シエリエン》の告訴はそもそもまったく関係がなかったのに、「精神文明都市」建設のため、李雪蓮《リー・シエリエン》は留置所に入れられて二者の間に関係が出来た。だが、李雪蓮《リー・シエリエン》は釈放されても「精神文明都市」の建設を追及しなかった。市の人々は李雪蓮《リー・シエリエン》を捕まえたのは市長の命令だと知っていた。人々が知れば李雪蓮《リー・シエリエン》も知ることになる。李雪蓮《リー・シエリエン》は留置所から出てくると、蔡富邦《ツァイ・フーバン》を訪ねることもなく、市政府前に座りこみも続けず、自分のいる県に帰り、自分のいる町に帰り、町で豚を殺して豚の肉を売っている胡《フー》を訪ねた。胡《フー》は相変わらず市場で豚肉を売り、作業台には豚肉があり、豚肉が吊り下げられていた。李雪蓮《リー・シエリエン》が遠くから叫んだ。

「胡《フー》、来てよ。話があるの」

胡《フー》はちょうど作業台で肉を切っていたが、顔を上げて李雪蓮《リー・シエリエン》を見るとびっくりした。手にした包丁を放り出すと李雪蓮《リー・シエリエン》を連れて市場の裏のひと気のないところにある廃棄粉ひき小屋に行った。

「姉ちゃん、あんた、捕まってたそうだな」

李雪蓮《リー・シエリエン》は笑って言った。

「こうして出てきたじゃないの」

胡《フー》は李雪蓮《リー・シエリエン》を見るといぶかった。

「留置所から出て来たようには見えん。顔色がツヤツヤしているじゃないか」

さらに近寄って言った。

「いい匂いまでしているぜ」

「留置所はいいわよ。中にいると何の心配事もなく、一日三食、上げ膳据え膳なのよ」

李雪蓮《リー・シエリエン》はウソを言った。留置所での七日間は口にしたくもないことばかりだった。

薄暗く狭い部屋に十数人の女が拘留され、身動きも出来ない。一日三食だが、一食は雑穀を蒸かして固めたものとザーサイの塊だけで、ちっとも腹にたまらない。トイレもしたい時に出来ない。風がある時を待ってしないとならない。たくさんの女が風を待ちきれずに尿を薄暗い部屋の中でした。李雪蓮《リー・シェリエン》もしたことがある。部屋の中の匂いは言うまでもない。だが、それよりもっと耐え難いのは暗い部屋の中で一日中、話をしてはいけないことだった。腹が一杯にならないのも匂いも我慢できるが、喋れないのはつらい。李雪蓮《リー・シェリエン》は留置所から出て来て、まず麦畑に駆けて行くと思いきり空気を吸い、遠くの山並みに向かって叫んだ。

「こん畜生！」

それから町の銭湯に行って体を洗った。家に帰ると新しい服に着替え、顔にはたくさん白粉を叩いた。白粉を叩いて、頬紅をつけてから胡《フー》に会いに来たのだが、胡《フー》は無骨者なので気がつかなかった。

李雪蓮《リー・シェリエン》が言った。

「一か月前に言った言葉を覚えてる？」

「なんだい」

「私のために人を殺してくれると言ったでしょ」

胡《フー》はいぶかった。

「言ったけど、あんたは人殺しはダメだと言って、殴れと言ったじゃないか」

「あの時はそうだけど、今は殺したくなったの」

胡《フー》は目をグルグルさせた。

「殺人なら、まず先にやらせろ。それから殺人だ」

「いいわ」

胡《フー》はうれしくて小躍りすると、李雪蓮《リー・シェリエン》の乳をまさぐった。

「いつやる？　今日やろう」

李雪蓮《リー・シェリエン》は胡《フー》の手を押さえた。

「誰を殺すか、知ってるの？」

「秦玉河《チン・ユイホー》じゃないのか」

「秦玉河《チン・ユイホー》だけじゃないわ。他にもいるの」

胡《フー》は驚いた。

「あと、誰だい」

李雪蓮《リー・シェリエン》はポケットから紙を取り出した。リストが書いてあった。

市長　蔡富邦《ツァイ・フーバン》
県長　史為民《シー・ウェイミン》
裁判所長　荀正義《シン・ジョンイー》
裁判専属委員　董憲法《トン・シェンファー》
裁判所裁判員　王公道《ワン・コンタオ》
バカ野郎　秦玉河《チン・ユイホー》

胡《フー》はリストを見て、茫然とした。

「姉ちゃん、牢屋に入って気がふれたのか？」

「こいつらは皆、ろくでなしよ」

胡《フー》は口ごもった。

「俺一人でこんなに殺せるかな」

さらに言った。

「それに、秦玉河《チン・ユイホー》以外は皆、役人ばかりじゃないか。朝から晩まで人が周りを取り囲んでいる。手を出しにくい」

「殺せるだけ殺せばいいのよ。むしゃくしゃしてならないわ」

胡《フー》は胆をつぶした。頭を抱えて粉ひきの溝にしゃがみこむと上目づかいになって言った。

「この取り引きは俺が損だな。あんたと一回やるだけなのに、六人も殺すなんて」

また頭を抱えて言った。

「俺はマフィアじゃないんだぜ」

李雪蓮《リー・シエリエン》はペッと唾を吐いた。

「あんたが私を騙す気だと最初から分かってたわ」

目に涙が溢れて来て、胡《フー》を蹴飛ばすと踵を返して出て行った。

十一

胡《フー》と別れると李雪蓮《リー・シェリエン》は殺すのはやめにした。殺さないだけじゃない。殴るのもやめた。告訴すらやめた。李雪蓮《リー・シェリエン》はそんなことをしてもムダだと突然悟ったのだ。人を苦しめるつもりが、あれこれやった挙句、自分を苦しめることになった。それでも、まだ腹に据えかねるので、やはりはっきりさせたいと思った。天下の人が皆、李雪蓮《リー・シェリエン》が間違ってると言うが、ただ一人だけが李雪蓮《リー・シェリエン》は正しいと知っている。天下の人が皆、去年李雪蓮《リー・シェリエン》が離婚したのは本当だと言うが、ただ一人だけがことの真偽を知っている。ことの次第を知っている。

そして、その人こそが李雪蓮《リー・シェリエン》に真偽をはっきりさせられなくし、留置所に七日間も閉じ込めた張本人だ。その人とは他の誰でもない、彼女の前夫の秦玉河《チン・ユイホー》だ。李雪蓮《リー・シェリエン》は面と向かって秦玉河《チン・ユイホー》を問いつめたかった。去年の離婚は本当なのか、それとも偽装なのか。今回それを聞く目的は以前とは違う。前は裁判のためだったが、今は裁判のためでもなく、真偽をはっきりさせたあと、秦玉河《チン・ユイホー》とまた結婚してまた離婚するためでも、秦玉河《チン・ユイホー》と今の女房を離婚させるためでもなかった。そんなすったもんだはもうたくさんだった。そうではなく、ただそのひと言が欲しかった。世間でただ一人でいいから、自分は正しいと言わせたかった。そうすれば、李雪蓮《リー・シェリエン》はすべてを白紙に戻して、過去に受けた屈辱も二度と口にはしない。真相を他人に証明することは出来ないが、自分にだけは証明出来る。それで終わりにするのは、過去に始末をつけて、未来を切り拓くためだ。李雪蓮《リー・シェリエン》は今年で二十九だ。若いとも言えないが、まだ歳でもない。

李雪蓮《リー・シエリエン》はそう不細工ではなかった。目が大きく、瓜実顔で、胸もあるし、腰もある。でなければ、豚肉屋の胡《フー》が見初めるはずがないし、血を見たハエのようにまとわりつくはずがない。あたら青春をこんな用もないことに浪費するわけにいかない。過去の恨みは忘れて、新しい夫を見つけなければ、けるつもりだった。新しい夫を見つけて、娘を連れて、堅実な日々を送ろう。

過去に見切りをつけ、未来を切り拓くため、李雪蓮《リー・シエリエン》はまた県城の西関化学肥料工場に秦玉河《チン・ユイホー》を訪ねた。一か月前、李雪蓮《リー・シエリエン》は一度秦玉河《チン・ユイホー》を訪ねたことがある。あの時は秦玉河《チン・ユイホー》を騙して町に連れ戻し、殺すためだった。騙すために、生後二か月の娘も抱いて行った。だが、県の化学肥料工場を隈なく捜しても秦玉河《チン・ユイホー》は見つからず、トラックを運転して黒竜江に化学肥料を運んで行ったという。李雪蓮《リー・シエリエン》の弟の李英勇《リー・インヨン》が李雪蓮《リー・シエリエン》の殺人を手伝わずに山東に逃げたように、秦玉河《チン・ユイホー》も逃げたのだった。秦玉河《チン・ユイホー》が逃げて良かった。もし逃げてなかったら、今頃は殺していたかもしれない。あの時、秦玉河《チン・ユイホー》が殺されてたら、李雪蓮《リー・シエリエン》は今頃どこにいるだろう？　監獄で銃殺を待っていたかもしれず、今日のように再び秦玉河《チン・ユイホー》を捜しに来ることはなかっただろう。前回は化学肥料工場を捜しまわっても秦玉河《チン・ユイホー》を見つけられなかったが、今回は李雪蓮《リー・シエリエン》が化学肥料工場に入らないうちに、秦玉河《チン・ユイホー》を見つけた。秦玉河《チン・ユイホー》は化学肥料工場の門の入り口のレストランに座り、悠然とビールを飲んでいた。それも一人ではない。テーブルの周りには五、六人の男が座っていた。李雪蓮《リー・シエリエン》はそのうちの一人のひげ面がやはり化学肥料工場でトラックを運転している張《チャン》だと認めた。男たちはビールを飲みながら談笑していた。化学肥料工場の門の左側は有料の公衆便所で、右側がそのレストランだった。レストランと便所はすぐ近くで、門の両側にあり、便所に行く者は便所に行き、飯を食う者は飯を食い、ビールを飲む者はビールを飲んでいた。

李雪蓮《リー・シェリエン》が裁判所で裁判を起こし、王公道《ワン・コンタオ》が李雪蓮《リー・シェリエン》を敗訴として以来、秦玉河《チン・ユイホー》は二度と李雪蓮《リー・シェリエン》から逃げ隠れしなくなった。秦玉河《チン・ユイホー》はまた正々堂々と暮らし始めた。秦玉河《チン・ユイホー》は二度と黒竜江に化学肥料を運搬しなくなり、化学肥料工場の入り口で友だちとビールを飲み始めた。秦玉河《チン・ユイホー》はこの件は終わったと思っていた。李雪蓮《リー・シェリエン》は秦玉河《チン・ユイホー》が男たちとビールを飲んでいるのを見つけたが、秦玉河《チン・ユイホー》たちは李雪蓮《リー・シェリエン》が来たのに気がつかなかった。李雪蓮《リー・シェリエン》は前に進み出ると、声をかけた。

「秦玉河《チン・ユイホー》」

秦玉河《チン・ユイホー》はふり向いて、李雪蓮《リー・シェリエン》を見つけるとギョッとした。彼がギョッとしただけでなく、周りの友だちもギョッとした。だが、秦玉河《チン・ユイホー》はすぐに気を取り戻して言った。

「なんだ」

「ちょっと来て。話があるの」

秦玉河《チン・ユイホー》は左右の友だちを見たが、そこを動かず、少し考えて言った。

「何の話だ。話があるなら、ここで言えばいい」

「二人でないと話せない」

秦玉河《チン・ユイホー》は李雪蓮《リー・シェリエン》が来た目的と意図が分からないので、ますます動かなかった。

「話なら、ここで話せよ。俺たちのことは全県全市に知れ渡ったんだ。人に隠れて話す必要もないだろ」

李雪蓮《リー・シェリエン》は考えて言った。

「だったら、ここで話すわ」

「話せよ」

「人前で話す以上は、あんたも人前で本当のことを言って。私たちが去年離婚したのは本当なのか、それとも偽装なのか」

秦玉河《チン・ユイホー》は李雪蓮《リー・シエリエン》がまたそのことを蒸し返したので、思わず腹が立った。秦玉河《チン・ユイホー》は李雪蓮《リー・シエリエン》がまたそのことを聞いたのは、ことの決着をつけるためで、李雪蓮《リー・シエリエン》がただそのひと言が欲しいだけだとは思いもしなかった。逆に李雪蓮《リー・シエリエン》がまたその話を蒸し返したのは、またもめごとを起こすつもりだと思い、むしゃくしゃして言った。

「本当かどうか、裁判所に俺を訴えたろ。裁判所はなんて言った？」

「裁判所は私が負けだと言ったわ。今日は裁判のことはどうでもいいの。他の人も構わない。私はあんたに聞きたいだけ。裁判所の判定が正しいかどうか。去年離婚したのが本当かどうか」

秦玉河《チン・ユイホー》はますます李雪蓮《リー・シエリエン》は因縁をつけて、もめたくて、そう聞いてるのだと思い、今度はどんな手を使うつもりなのか、テープレコーダーでも隠しているのじゃないかと思い、仏頂面をして答えた。

「俺はおまえともめるつもりはない。本当かどうか、裁判の判定が出た。まだ言いたいことがあるなら、また俺を訴えればいいだろう」

李雪蓮《リー・シエリエン》は泣き出した。

「秦玉河《チン・ユイホー》、あんたは良心のかけらもないのね。どうして平気でそんなウソが言えるのよ。去年離婚した時、確かに偽装だと言ったのに、なんだってひと言もなしに変わってしまえるの。あんたが変わるだけならともかく、人と組んで私を陥れて。偽装に決まっているのに、どうして偽装だと言えないのよ」

李雪蓮《リー・シェリエン》が泣くのを見て、秦玉河《チン・ユイホー》はますます腹を立てた。

「誰がおまえを陥れたって？　俺が陥れたと言うのか。裁判所から役所までがおまえを陥れたのか。李雪蓮《リー・シェリエン》、おまえのために言うんだぞ。もういい加減にしろ。これ以上、しつこくつきまとうと、一つのことが別のことになってしまうぞ。俺がおまえに無実の罪を着せたと言うなら、裁判員から裁判専属委員、裁判専属委員から裁判所長、裁判所長から県長、市長まで、全員がおまえに無実の罪を着せたのか。おまえが騒がなければ、ことはせいぜい留置所に入れられるだけで済んだが、これ以上おまえが騒いだら、監獄入りにならないとも限らないぞ」

　さらに言った。

「まだ俺に楯突く気か。裁判員から裁判専属委員、裁判専属委員から裁判所長、裁判所長から県長、さらには市長まで、おまえは人様に楯突いて、それで一体どんないいことがあったんだ」

　李雪蓮《リー・シェリエン》が秦玉河《チン・ユイホー》を訪ねたのは、そもそももめるつもりなどなく、秦玉河《チン・ユイホー》のひと言が欲しかったからだった。だが、秦玉河《チン・ユイホー》のこのひと言で李雪蓮《リー・シェリエン》の怒りにまた火がついた。秦玉河《チン・ユイホー》はもはや以前の秦玉河《チン・ユイホー》ではなく、変わってしまったのだ。秦玉河《チン・ユイホー》は李雪蓮《リー・シェリエン》と一緒の時はトラックの運転手で、チンピラではあったが道理はわきまえていて、李雪蓮《リー・シェリエン》を立てる部分もあった。だが、一年が経ち二人は仇同士となり、相手は完全なゴロツキとなっていた。

　ゴロツキでなければ別の女を女房にするはずがない。ゴロツキでなければ、二人きりで話すべきことを人前で話せなどと言うはずがない。さらに腹が立つのは、話の間に裁判員、裁判専属委員、裁判所長、県長、市長を自分の親戚か何かのように自分の側にして、李雪蓮《リー・シェリエン》の側をたった一人にしていることだ。もちろん、この一か月間の事実は確かにそうだった。裁判員、裁判専属委員、裁判所長、県長、市長が皆、秦玉河《チン・ユイホー》の側についた。それよりさらに腹立たしいのは、秦玉河《チン・ユイホー》はそう言い終えると地面にペッと唾を吐くと、酒瓶を取り上げ、喉をのけぞらせて、ゴクッ、ゴクッとビールを飲んだことだ。李雪蓮《リー・シエリエン》は包丁を持っていなかった。包丁を持っていれば、すぐにつかみかかって秦玉河《チン・ユイホー》を殺していただろう。

秦玉河《チン・ユイホー》の友人の張《チャン》が立ち上がって李雪蓮《リー・シエリエン》を諌めた。

「雪蓮、これは簡単に済む話じゃない。ここはとりあえず家に戻ったほうがいい」

李雪蓮《リー・シエリエン》は帰らず、泣き始めた。

「秦玉河《チン・ユイホー》、それでも私たちは夫婦だったことがあるわけでしょう。あんたの心はどうしてそんなに冷たいの」

さらに泣いた。

「裁判のことはどうでもいい。県長も市長もどうでもいいわ。私はただ聞きたいだけなのよ。私が妊娠してる間に女を作るなんて、あんたには良心のかけらもないわけ?」

秦玉河《チン・ユイホー》は李雪蓮《リー・シエリエン》が自分の浮気のことを持ち出したので、さらに怒りが募ってきた。秦玉河《チン・ユイホー》はまた喉を見せて、ゴクッ、ゴクッとビールを飲むとペッと地面に唾を吐いた。

「それなら俺に聞くより、自分に聞くんだな」

李雪蓮《リー・シエリエン》は驚いて言った。

「どういうことよ」

「浮気したと言うんなら、俺のほうが先にやられてる」

「どういう意味?」

「俺と結婚した時、おまえは処女だったか？　新婚の晩、おまえだって人と寝たことがあると認めたじゃないか」

　さらにこう言い放った。

「おまえの名は李雪蓮《リー・シェリエン》じゃなくて、潘金蓮《はんきんれん》(9)じゃないのか」

　李雪蓮《リー・シェリエン》は頭を殴られたようになった。手で壁を押さえてなかったら、その場に倒れていただろう。まさか秦玉河《チン・ユイホー》がそんなことを言いだそうとは。今日まで李雪蓮《リー・シェリエン》は自分と秦玉河《チン・ユイホー》がもめているのは離婚の真偽だと思っていた。もめにもめてなんと李雪蓮《リー・シェリエン》が潘金蓮《はんきんれん》になってしまうとは。もめる原因は秦玉河《チン・ユイホー》だったはずなのに、自分の身の上にふりかかってこようとは。李雪蓮《リー・シェリエン》は娘時代は美人だったので、たくさんの男に追いかけられた。李雪蓮《リー・シェリエン》は秦玉河《チン・ユイホー》と結婚する前、何度か恋愛もした。そのうちの二人とはかなりいい仲にまで進展し、関係も出来た。だが、いろいろあって結婚まで至らず、最後は秦玉河《チン・ユイホー》と結婚したのだった。新婚の夜、秦玉河《チン・ユイホー》は李雪蓮《リー・シェリエン》が処女でないことを知って、そのことを問い質し、李雪蓮《リー・シェリエン》はありのままを話した。いまどき、十八歳以上の娘の何人が処女を守っているだろう。その時、秦玉河《チン・ユイホー》は不機嫌になり、何日かふてくされていたが、それはそれで済んだと思ってたら、まさかずっと秦玉河《チン・ユイホー》はそのことを根に持っていて、八年後にほじくり返すとは思わなかった。それも、蒸し返すのではなく、いいがかりである。潘金蓮《はんきんれん》と西門慶《さいもんけい》が懇ろになったのは武大郎《ぶだいろう》との結婚後だ。李雪蓮《リー・シェリエン》が人と関係を持ったのは結婚前で、秦玉河《チン・ユイホー》とは知り合ってもいなかった。ましてや、李雪蓮《リー・シェリエン》は潘金蓮《はんきんれん》と違い、奸夫と手を組んで実の夫を殺害したりしていない。秦玉河《チン・ユイホー》のほうが新しい女を娶って李雪蓮《リー・シェリエン》を陥れたのではないか。李雪蓮《リー・シェリエン》も秦玉河《チン・ユイホー》は一時的に頭に血が昇ってそう言ったのだと分かったし、そんなことを言ったのは気まずさと怒りのせいからだと思った。あるいは李雪蓮《リー・シエリエン》の追及から逃れるためだ。だが、それゆえに李雪蓮《リー・シエリエン》はことの次第の変化を悟った。秦玉河《チン・ユイホー》がそう言った時、周りにはたくさんビールを飲んでる人たちがいた。ことわざはよく言ったものだ。悪事千里を走る、である。明日の朝には李雪蓮《リー・シエリエン》が潘金蓮《はんきんれん》だったということが全県に広まり、明後日には全市に伝わるだろう。告訴の件ですでに李雪蓮《リー・シエリエン》は全県全市の有名人だ。潘金蓮《はんきんれん》の話は離婚の真偽より面白い。離婚の真相はたいしたことではなくなった。それより重要なのは李雪蓮《リー・シエリエン》が潘金蓮《はんきんれん》なら、秦玉河《チン・ユイホー》が李雪蓮《リー・シエリエン》と離婚したのは本当だろうとウソだろうと理解できるということになる。誰が潘金蓮《はんきんれん》と所帯を持ちたいだろう。言葉を換えて言えば、李雪蓮《リー・シエリエン》が潘金蓮《はんきんれん》ということになれば秦玉河《チン・ユイホー》が何をしようと当然と言うことになる。李雪蓮《リー・シエリエン》はたちまち原告から元凶になってしまった。その言葉の怖ろしさはそこにあった。李雪蓮《リー・シエリエン》はやって来た時は過去に区切りをつけ、未来を切り拓くつもりで、新しい夫を見つけるつもりだった。潘金蓮《はんきんれん》のレッテルを貼られた今は未来を切り拓くのは難しくなった。世間のどこに潘金蓮《はんきんれん》を娶ろうという男がいる？　李雪蓮《リー・シエリエン》が壁にもたれたまま震えていると、化学肥料工場の張《チャン》が秦玉河《チン・ユイホー》を叱った。

「秦、言いすぎだ。話が別の話になってるぞ」

さらに言った。

「言うだろう。殴っても顔は殴るな。罵っても欠点をあげつらうな、と」

それから李雪蓮《リー・シエリエン》にも言った。

「雪蓮、これ以上話しても話がこんがらかるだけだ。ここはひとまず帰れ」

李雪蓮《リー・シエリエン》は鼻をかむと踵を返して去って行った。張《チャン》の忠告を聞き入れたからではなく、新たな考えが思い浮かんだからだ。未来を切り拓けないなら、過去にこだわるしかない。過去に過去をもめたのは離婚の真偽を証明するためだ。今度、過去にこだわるのは自分が潘金蓮《はんきんれん》じゃないと証明するためだ。過去のこの件は純粋に秦玉河《チン・ユイホー》を罰するためだったが、今やことは李雪蓮《リー・シェリエン》の潔白の証明のためである。問題の複雑性は李雪蓮《リー・シェリエン》が潘金蓮《はんきんれん》ではないことが彼女と秦玉河《チン・ユイホー》の離婚の真偽を引き出していることで、李雪蓮《リー・シェリエン》が潘金蓮《はんきんれん》でないことを証明するにはまず離婚の真偽をはっきりさせなければならない。二つのことは本来は何の関係もなかったが、秦玉河《チン・ユイホー》がそう言いだしたために麻花《マーホア》(10)のようにこんがらかってしまった。張《チャン》の言う「殴っても顔は殴るな。罵っても欠点をあげつらうな」も李雪蓮《リー・シェリエン》には聞き捨てならなかった。もうすでに人は秦玉河《チン・ユイホー》の言葉を真に受けて、李雪蓮《リー・シェリエン》の欠点にしているじゃないか。李雪蓮《リー・シェリエン》を潘金蓮《はんきんれん》扱いしているじゃないか。もめるつもりはなかったし、しつこくするつもりもなかったが、また新たにもめるしかなくなった。だが、どこにもめごとを持って行く？　すでに県から市までもめまわり、訴えるべきところにはすべて訴えた。訴えてもムダだった。また訴えてもムダだろう。また捕まるかもしれない。そこで李雪蓮《リー・シェリエン》はこの土地を離れ、直接北京に訴えに行くことにした。この件をはっきりさせなければ生きてはいけない。地元には訳の分からない者しかいないが、北京は首都だから、物の分かる人間がいるはずだ。地元では裁判員から裁判専属委員、裁判所長から県長、市長に至るまで、偽装を本当だとみなしたが、北京なら真実を見定めてくれるはずだ。少なくとも偽装を真実とはしないだろう。真偽は大切じゃない。大切なのは私が李雪蓮《リー・シェリエン》だということだ。私は潘金蓮《はんきんれん》じゃないということだ。あるいは私は李雪蓮《リー・シェリエン》でなく、私は竇娥《とうが》(11)だということだ。

訳註

（9）潘金蓮《はんきんれん》＝『金瓶梅』の主人公。金持ちの道楽者の西門慶と姦通して、饅頭売りの夫の武大郎を殺害し、西門慶の妾になる。

（10）麻花《マーホア》＝小麦粉を棒状にして、ねじって揚げたお菓子。

（11）竇娥《とうが》＝夫に先立たれ、姑と暮らしていた竇娥《とうが》がならず者に言い寄られ、拒むと姑を殺されてその罪を着せられ、恨みを残して刑死したという元曲『竇娥冤《とうが》』の主人公。

十二

李雪蓮《リー・シエリエン》が北京に行ったのは時期が悪かった。彼女は北京を知らず、北京も彼女を知らない。李雪蓮《リー・シエリエン》が北京に陳情に行った時はちょうど「全国人民代表大会」(12)が北京で開催されていた。二つのことは本来まったく関係がなかったが、時間がぶつかってしまったために、関係が出来た。「全人代」の開催期間中、北京は閑人と雑多な者は立ち入り禁止となる。閑人と雑多な者が何を指すかについての明確な規定はないが、およそ会議に不利益な人間はすべて閑人と雑多な者とみなされる。北京の街頭でゴミ拾いをする者、物乞いをする者、盗みを働く者、美容院で売春をする者、そして陳情者が一夜のうちにいなくなる。李雪蓮《リー・シエリエン》は北京に長距離バスで行った。汽車に乗りたかったのだが、汽車の切符は長距離バスの切符より十五元高いので長距離バスにした。揺られ続けて一昼夜、長距離バスが河北と北京の境界の料金所に着いて初めて、李雪蓮《リー・シエリエン》は北京で「全人代」が開かれていることを知った。料金所に十数台のパトカーが停まり、パトカーが警告灯をきらめかせていたからだ。北京に入る車はすべて検査を受ける。道端には止められたバス、トラック、バン、乗用車が停車していた。李雪蓮《リー・シェリエン》が乗った長距離バスも止められた。車が多いので検査を受けるにも並ばなくてはならない。二時間並んで、ようやく二人の警官が李雪蓮《リー・シェリエン》が乗っている長距離バスに乗りこんできた。警官は乗って来ると順番に乗客の証明書、荷物を調べ、北京に入る理由を尋問し、北京に入るための証明を調べ始めた。乗客の北京に行く理由はさまざまで、出張あり、商売あり、親戚を訪ねる者あり、病気を診てもらいに行く者あり、行方不明の子どもを捜しに行く者もいた。尋問してOKとなった客もいれば、警官に降ろされた者もいた。降ろされた者は黙って従った。李雪蓮《リー・シェリエン》はじっと見ていたが、警官が残す者と降ろす者との基準が判別しなかった。ついに一人の警官が李雪蓮《リー・シェリエン》の検査にやって来た。まず李雪蓮《リー・シェリエン》の身分証を見て聞いた。

「何しに北京に？」

出張と言えないことも、商売に行くと言えないことも、子どもを捜しに行くと言えないことも分かっていた。そうは見えないからだ。だが、北京に行く本当の理由も言えない。告訴に行くとは。そこで前の乗客に習って言った。

「病気の診療です」

そう答えて、頭を窓にもたれかけ、具合の悪そうな様子を装った。

警官がじっと彼女の様子を見る。

「何の病気だ」

「子宮下垂」

警官の顔の筋肉がブルッと震えて、続けて聞いた。

「北京のどの病院？」

李雪蓮《リー・シエリエン》は困った。北京に行ったこともなければ、北京で病気にかかったこともないので、北京に何という病院があるのかもそれぞれの病院の事情も知らず、口から出まかせで答えた。

「北京病院」

李雪蓮《リー・シエリエン》が「北京病院」と答えたのはその名の通りだったが、警察はチラリと李雪蓮《リー・シエリエン》を見ると次の質問をした。李雪蓮《リー・シエリエン》はホッとひと息ついた。どうやら本当に「北京病院」があるらしい。

警官がまた聞く。

「カルテは？」

李雪蓮《リー・シエリエン》は愕然とした。

「カルテ？　カルテって？」

警官はイライラして言った。

「病院に診察に行くなら、これまでのカルテはどうした」

李雪蓮《リー・シエリエン》はひらめいた。

「北京に診察に行くのは三度目です。過去のカルテはすべて北京病院にあります」

警官はしばらく李雪蓮《リー・シエリエン》を見つめると、「カルテ」にこだわるのはやめて、また聞いた。

「証明は？」

「証明？　何の証明？」

警官はまたイラつき始めた。

「なんでそう何にも知らないんだ。全人代期間中は北京に行く者は県政府以上の紹介状が必要なんだ。でなければ北京に診察に行くと言ったたって、誰がそれを証明するんだ？」

李雪蓮《リー・シェリエン》は困り果てた。全人代期間中、北京に行くには紹介状、それも県政府の紹介状がいるとは知らなかった。知っていたとしても、県政府に紹介状をもらいにいって県政府が出してくれるはずもない。そこで言った。

「全人代期間中とは知らなかったから、忘れてました」

警官はついに李雪蓮《リー・シェリエン》の綻びをつかみ、ホッとした。

「だったら、ダメだ。証明がなければ北京には入れない」

「病気が進行したら、どうしてくれるんです」

「全人代期間は半月だ。半月後に北京に行けばいい。今は降りなさい」

李雪蓮《リー・シェリエン》の頑固虫がうごめき、座ったまま動かなかった。

「降りません」

「他の者は皆、降りてるのに、どうして降りないんだ」

「子宮がもう外まで垂れてるんです。引き延ばせません」

警官の顔の筋肉がまたブルッとして、厳しい声になった。

「それとは話が別だ。勝手なことを言うな。たかだか半月じゃないか」

李雪蓮《リー・シェリエン》は立ち上がった。

「降りてもいいけど、責任を取って」

警官はびっくりして言った。

「何の責任を取るんだ」

「私だって北京になんか行きたくないのよ。お金も使っちゃったのに、病気も治らないで、死にたいわ。降りろと言うなら、半月なんか待たずに降りてすぐ木に首をくくって死ぬわ」

警官は愕然としていた。李雪蓮《リー・シェリエン》は警官の胸の警察番号をじっと見つめて言った。

「あんたの番号は覚えたわ。遺書にあんたのせいだと書くわ」

警官はさらに驚き、口をパクパクさせてしばらく開いた口が塞がらなかった。ようやく口を塞いだと思うと、窓の外にペッと唾を吐いて言った。

「話の分からない奴だな」

頭をふって言った。

「愚民もいいところだ」

眉をひそめると李雪蓮《リー・シェリエン》を通りこし、後ろの座席の乗客に質問を始めた。

夜の闇の中、李雪蓮《リー・シェリエン》は窓の外に向かってホッと息をついた。

訳註

(12) 全国人民代表大会＝中国唯一の立法機関で一院制の国会に相当し、全人代と略される。各省、北京や上海などの直轄市、自治区の地方人民代表大会で選ばれた代表と、人民解放軍および在外中国人の選出代表によって構成される。

十三

李雪蓮《リー・シエリエン》は初めて北京にやって来た。北京に着くと眩暈《めまい》がした。まず、北京は大きいと思った。村より、町より、県より、市より大きい。大きすぎて果てしなかった。バスに乗り、どこまで行ってもビルばかりで、さらに行ってもビルだった。どんなに歩いても立体道路で、さらに行っても立体道路。李雪蓮《リー・シエリエン》は北京で道に迷った。小学校の教科書に天安門は長安街の北にあると習ったのに、バスで天安門広場を横切ると天安門は長安街の南側にあった。村での方角を修正したのに、まだ直っていないらしい。北京にいる間は南を北と思い、東を西と思わないとならない。それより困ったのは、李雪蓮《リー・シエリエン》が北京に来たのは告訴するためなのに、北京に着くとどこで告訴したらいいか、誰に訴えればいいか、分からなくなった。告訴しに行くべき場所はどこで、李雪蓮《リー・シエリエン》の告訴を受け入れてくれる人がどこに住んでいるのか。幸い、「全人代」が開催中だった。「全人代」は人民大会堂で開かれているはずだ。人民大会堂は天安門の西側にある。もちろん、李雪蓮《リー・シエリエン》から見れば東側だ。「全人代」が開かれている場所には偉い人がたくさん来る。ただの偉い人ではない。李雪蓮《リー・シエリエン》はひらめいた。北京での落ち着き先を見つけたら、「全人代」が開催中の間に天安門広場に座りこみに行こう。座りこんでいれば、大会堂で会議をしている偉い人たちの注意を引くことが出来るかもしれない。

北京に落ち着くためにはまず自分の泊まる場所だと李雪蓮《リー・シエリエン》は高校の同級生を頼ることにした。この同級生の名は趙敬礼《チャオ・ジンリー》といい、クラスで李雪蓮《リー・シエリエン》の後ろの席に六年間座っていた。趙敬礼《チャオ・ジンリー》は頭が大きかった。てっぺんは出っ張っていて、真ん中はへこんだひょうたん型をしていた。「趙敬礼《チャオ・ジンリー》」が趙敬礼《チャオ・ジンリー》の本名だが、クラスでは誰も趙敬礼《チャオ・ジンリー》と呼ばず、皆が「趙大頭《チャオ・タートウ》」と呼び、そのうちに「趙大頭《チャオ・タートウ》」と呼ばれれば返事をするが、「趙敬礼《チャオ・ジンリー》」と呼ばれても趙敬礼《チャオ・ジンリー》自身が誰を呼んでいるのか分からなくなった。中学の三年間は二人は口を利いたこともなかったが、高校一年になって李雪蓮《リー・シエリエン》は趙大頭《チャオ・タートウ》が自分に気があることに気がついた。趙大頭《チャオ・タートウ》は小さい時に母親を亡くし、父親は町の裁縫師だった。趙大頭《チャオ・タートウ》には三人の弟がいた。父親が一人で一日中ミシンを踏んで兄弟四人を育てているため、家に余裕はなかった。ところが、高校一年から趙大頭《チャオ・タートウ》は三日にあげず、李雪蓮《リー・シエリエン》に「大白兎」[13]のミルク飴を持って来て、机の後ろからこっそりと手渡してきた。その金をどうしているのかは分からなかった。「大白兎」飴を二年余りも貢いだのに趙大頭《チャオ・タートウ》は何も言ってこなかった。高校をもうすぐ卒業するという頃のある日、夜の自習時間に李雪蓮《リー・シエリエン》が教室を出て便所に行き、戻って来ると趙大頭《チャオ・タートウ》が教室の入り口で待っていた。左右に人がいないのを見ると、趙大頭《チャオ・タートウ》は言った。

「李雪蓮《リー・シエリエン》、話がある」

「なに？」

「どこかに行って話そう」

「いいわよ」

趙大頭《チャオ・タートウ》は李雪蓮《リー・シエリエン》を学校の裏手の脱穀所に連れて行った。周囲は夜のこととて真っ暗だった。

「話ってなに？」

趙大頭《チャオ・タートウ》は何も言わず、いきなり李雪蓮《リー・シエリエン》に抱きついて来るとキスをしようとした。動作がいきなりで途中経過が何もなかったため、李雪蓮《リー・シエリエン》は不意を突かれた。不意を突かれたので本能的に趙大頭《チャオ・タートウ》を押しやった。趙大頭《チャオ・タートウ》は足をもつれさせて地面に倒れた。他の男子生徒なら、這い上がってまた李雪蓮《リー・シエリエン》にキスしようとして、もみあいになり、李雪蓮《リー・シエリエン》が「怒るわよ」「人を呼ぶわよ」と言って揉みあううちに目的を達しただろう。だが、趙大頭《チャオ・タートウ》は尻餅をついて地面から起き上がると、チラリと李雪蓮《リー・シエリエン》を見て茫然自失の態でこう言った。

「俺たちはいい仲だと思ったのに」

こうも言った。

「このことは同級生には言うなよ」

そして、踵を返して逃げて行った。趙大頭《チャオ・タートウ》が逃げると、李雪蓮《リー・シエリエン》はククククと笑った。抱きしめられキスされても怒らなかったが、くるりと逃げ出したことに腹を立てた。翌日、二人が顔を合わせると、趙大頭《チャオ・タートウ》はうつむいて顔を赤らめ、二度と李雪蓮《リー・シエリエン》を見ようとしなかった。それで李雪蓮《リー・シエリエン》には分かった。趙大頭《チャオ・タートウ》はおとなしい子なのだ、と。李雪蓮《リー・シエリエン》はむくれて、趙大頭《チャオ・タートウ》を相手にしなかった。高校を卒業し、李雪蓮《リー・シエリエン》は大学に受からなかった。趙大頭《チャオ・タートウ》も合格しなかった。李雪蓮《リー・シエリエン》は村に戻った。趙大頭《チャオ・タートウ》は叔父が省都のホテルでコックをしていたので、省都で叔父についてコックの修行をすることになった。さらに叔父が省の北京駐在事務所(14)のコックになったので、趙大頭《チャオ・タートウ》も叔父について行った。叔父が退職して故郷に帰ると、趙大頭《チャオ・タートウ》は一人で北京に残った。李雪蓮《リー・シエリエン》は北京に親戚はいないし、知り合いでは趙大頭《チャオ・タートウ》一人が北京にいたので、趙大頭《チャオ・タートウ》に頼ることに決めた。高校で二年余り趙大頭《チャオ・タートウ》の「大白兎」飴を食べ続けたのに脱穀所では趙大頭《チャオ・タートウ》を逃げ帰らせたので、趙大頭《チャオ・タートウ》は自分のことを恨んでいるのではないかと心配ではあったが、李雪蓮《リー・シエリエン》は腹を決めた。趙大頭《チャオ・タートウ》が恨んでなければ、落ち着き先は出来る。趙大頭《チャオ・タートウ》が恨んでいたら、他に行くまでだ。他というのも考えてあった。汽車の駅である。北京駅には行ったことがないが、およそ世の中の汽車の駅は夜になれば屋根の下で寝られるようになっているものだ。

趙大頭《チャオ・タートウ》は省の北京駐在事務所で働いていると知ってはいたが、李雪蓮《リー・シエリエン》が省の北京駐在事務所を捜し当てるまでがひと苦労だった。李雪蓮《リー・シエリエン》は人に聞きながら八回バスを乗り換えて、三回乗り間違え、違う道をずいぶん歩いた。朝早く北京に着いたのに、夜になってようやく省の北京駐在事務所、趙大頭《チャオ・タートウ》がコックをしている場所を捜し当てた。三十階以上あるビルだった。事務所には着いたものの、ビルには入れなかった。ビルの前に庭があり、庭の入り口には牌坊(15)がある。牌坊に沿って警戒線が引かれていた。警戒線には五、六人の守衛が立っていて、人を入れないようになっている。ここには「全人代」に参加する省の百名以上の代表が泊まっているのだった。李雪蓮《リー・シエリエン》が前に進み出ると守衛は李雪蓮《リー・シエリエン》が泊まりに来たのだと思ったが、着衣を見ればこのビルに泊まれそうな人物にも見えない。それでも守衛は礼儀正しく言った。

「他を当たってください。ここは全国人民代表しか泊まれません」

李雪蓮《リー・シエリエン》はまたしても全人代とかちあったことに気づいた。だが、李雪蓮《リー・シエリエン》は慌てず騒がず、中を見て言った。

「泊まりに来たんじゃないの。親戚を訪ねて来たのよ」

別の守衛が聞いた。

「親戚というのは全人代に来た代表ですか」

李雪蓮《リー・シエリエン》は頭をふった。

「全人代じゃないわ。ここのコックよ。趙敬礼《チャオ・ジンリー》と言うの」

守衛は下を向いて考えこんだ。

「ここのコックは皆知っていますが、趙敬礼《チャオ・ジンリー》という人はいませんよ」

李雪蓮《リー・シェリエン》は茫然とした。

「県中の者が知ってるわ。ここで食事を作ってると」

そして、焦り始めた。

「なぜいないの？　千キロ以上も遠くから来たのに」

李雪蓮《リー・シェリエン》が焦るのを見て、また別の守衛が聞いた。

「コックは皆知ってるけど、確かに趙敬礼《チャオ・ジンリー》という人はいませんよ」

李雪蓮《リー・シェリエン》は思い出して言った。

「そうだわ、もう一つ、名前があった。趙大頭《チャオ・タートウ》と言うの」

「趙大頭《チャオ・タートウ》」と聞いた途端、五、六人の守衛は全員笑った。

「なんだ、趙大頭《チャオ・タートウ》か」

一人が言った。

「早く言えばいいのに。待ってて、すぐに呼んでくるから」

五分後、趙大頭《チャオ・タートウ》が現れた。白い制服を着て、白い筒型の背の高い帽子をかぶっている。背の高さは高校の時と同じだが、何回りも太っていた。高校の頃は痩せて、棒のようで頭だけが大きかったのに、今はデカいデブになって、頭はむしろ小さく見え、筒型の帽子の中に納まっていた。通りで会ったら趙大頭《チャオ・タートウ》だとは分からなかっただろう。趙大頭《チャオ・タートウ》は李雪蓮《リー・シェリエン》を見ると、ちょっと驚いたが、すぐに分かって手を叩いて言った。

「なんだよ、なんで来たんだ?」

そう言うと大口を開けて笑った。李雪蓮《リー・シエリエン》は安心した。十数年経って、趙大頭《チャオ・タートウ》は高校時代のことは恨んでないらしい。

「東北に叔母に会いに行くついでに北京に寄って、あんたに会いに来たのよ」

趙大頭《チャオ・タートウ》は一歩前に進み出ると、李雪蓮《リー・シエリエン》の鞄を受け取った。

「入ってお茶でも」

だが、守衛の一人が手を伸ばして李雪蓮《リー・シエリエン》を押しとどめて、趙大頭《チャオ・タートウ》に言った。

「大頭、話なら外でしろよ。全人代の最中だ。知らない人は中に入れないんだ」

趙大頭《チャオ・タートウ》は驚き、李雪蓮《リー・シエリエン》も驚いた。ビルには入れないのか。ところが、趙大頭《チャオ・タートウ》は驚いてから、守衛を押すと言った。

「バカを言え。俺の妹が知らない人間か?」

「決まりなんだ」

趙大頭《チャオ・タートウ》は地面に唾を吐いた。

「番犬のくせに偉そうにするな。中にいるのは皆、おまえの親父か?」

言われた守衛は顔を赤くして、腹を立てそうになった。

「大頭、話があるならちゃんと言えよ。なんだって人を罵るんだ」

「妹を入れないから、恩知らずと言ったんだ。毎日厨房にやって来て、俺がどんだけ便宜を図ってやったと思ってるんだ。昨日もおまえに牛の筋肉をひとかけら、切ってやったよな。罵らなくてもいいさ。ぶちのめしてやる」

手をふりあげて相手を打ち始めた。守衛は顔を赤くして言った。

「待ってろよ。上に報告してやるからな」

そう言いながら、頭を抱えて牌坊前の石の獅子の陰に隠れた。他の守衛たちが笑った。

趙大頭《チャオ・タートウ》は子どもの頃はグズだったが、今は違うようだと李雪蓮《リー・シエリエン》は思った。

趙大頭《チャオ・タートウ》は李雪蓮《リー・シエリエン》を連れて警戒線を越えると、庭に入った。だが、趙大頭《チャオ・タートウ》は李雪蓮《リー・シエリエン》をビルの中には入れず、小道に沿ってビルの裏へと連れて行った。裏には二階建ての建物があり、入り口に看板があった。「厨房用地」。厨房用地に入ると、李雪蓮《リー・シエリエン》を貯蔵室に連れて行った。貯蔵室にベッドがあった。李雪蓮《リー・シエリエン》は理解した。どうやら、ここが趙大頭《チャオ・タートウ》の住まいらしい。趙大頭《チャオ・タートウ》は弁明した。

「上司の信頼を得て、ここに住みながら倉庫番をしてるんだ」

それから李雪蓮《リー・シエリエン》に顔を洗わせ、お茶を淹れ、厨房に行ってしばらくすると熱々のあんかけうどんを運んできた。飲み終えて、食べ終えるともう夜の九時だった。趙大頭《チャオ・タートウ》は聞いた。

「北京に何しに来たんだ」

李雪蓮《リー・シエリエン》は告訴に来たとは言えず、言った。

「言ったでしょ。東北に叔母に会いに行って、帰りについでに遊びに寄ったのよ。北京に来たことないから」

趙大頭《チャオ・タートウ》は手もみして言った。

「観光ならいい」

それから言った。

「夜はここに泊まれよ」

李雪蓮《リー・シエリエン》は相手を見つめた。

「私がここに泊まったら、あんたはどこに寝るの」

「ここは良く知った場所だ。泊まるところなんかいくらでもある。安心しろよ」

そして言った。

「早く寝るといい。俺はまだ人民代表に夜食を作らなくちゃならん」

夜、李雪蓮《リー・シエリエン》は趙大頭《チャオ・タートウ》のベッドに寝た。趙大頭《チャオ・タートウ》がどこに寝たのか、李雪蓮《リー・シエリエン》は知らなかった。

翌朝早く、李雪蓮《リー・シエリエン》がまだ起きないうちに外でトントンと扉を叩く者がいる。李雪蓮《リー・シエリエン》が上着をひっかけて起きて扉を開けると、趙大頭《チャオ・タートウ》が慌てて入って来て言った。

「早く、早く」

李雪蓮《リー・シエリエン》は自分がここにいることがバレて追い出されるのだと思い、驚いて聞いた。

「どうしたの」

「北京に遊びに来たんだろ。休暇を取ったから、今日は万里の長城に連れて行くよ。朝早いバスが前門《チエンメン》(16)から出る」

李雪蓮《リー・シエリエン》はホッとして、それから困った。北京に来たのは遊ぶためでなく、告訴に来たのだ。昨日、口から出まかせで「遊びに」来たと言ったのを、趙大頭《チャオ・タートウ》が本気にするとは思わなかった。だが、趙大頭《チャオ・タートウ》が本気にしているのを見ると、好意をむげにするのも悪いし、昨日の今日で違うとも言えなかった。違うと言えば、告訴に来たことがバレて、ことが大きくなりそうだ。それに告訴は一日やそこらのことではない。全人代だって半月あるのだ。一日やそこらのことでないなら、一日ぐらい、どうってことはない。そこで急いで歯を磨き、顔を洗い、趙大頭《チャオ・タートウ》と前門に行き、一緒に観光バスに乗って長城に行った。一日観光しても李雪蓮《リー・シエリエン》の頭の中は考えごとで一杯で観光を楽しむどころではなかったが、趙大頭《チャオ・タートウ》は観光に夢中で、翌日は李雪蓮《リー・シエリエン》を連れて故宮と天壇(17)に行った。天壇の入り口の美容院では李雪蓮《リー・シエリエン》にパーマをかけさせた。パーマをかけると趙大頭《チャオ・タートウ》は李雪蓮《リー・シエリエン》をつくづくと眺めて言った。

「ずっとさっぱりして北京人らしくなったな。田舎者らしく見えるかどうかはやはり髪型だ」

というとププッと笑った。李雪蓮《リー・シエリエン》も鏡の中の自分を見て、恥ずかしそうに笑った。パーマをかけ終えると趙大頭《チャオ・タートウ》は今度は李雪蓮《リー・シエリエン》に「老北京の羊のしゃぶしゃぶ」をご馳走した。火鍋が湯気を立てていた。しゃぶしゃぶを食べながら、李雪蓮《リー・シエリエン》は急に感動して、湯気と鍋の向こうの趙大頭《チャオ・タートウ》に言った。

「大頭、北京に来てこの二日、時間をつぶさせ、お金も使わせて申し訳ないわね」

趙大頭《チャオ・タートウ》はその言葉を聞くと少し腹を立てたように言った。

「なんだよ。俺を他人扱いするのか？」

「そういうわけじゃないけど、ただ礼を言いたかったのよ」

趙大頭《チャオ・タートウ》は大喜びで手でテーブルを叩いた。

「まだ終わってないぜ」

「どういうこと？」

「明日は頤和園《い　わ　えん》(18)に連れて行くよ。ボートが漕げるぞ」

その夜、李雪蓮《リー・シェリエン》は趙大頭《チャオ・タートウ》のベットに横になり、眠れなくなった。前のふた晩はよく眠れたのに、今夜は眠れなかった。去年から今年にかけてのあれやこれや、先月から今日までの告訴のあれこれがすべて頭に浮かび上がってきた。告訴がこんなに難しいとは思わなかった。ひと言、本当のことを言わせるのがこんなに難しいとは思わなかった。秦玉河《チン・ユイホー》との離婚はウソだという、ウソをウソと認めさせることがこんなに難しいとは思わなかった。まして、そのひと言が李雪蓮《リー・シェリエン》が潘金蓮だという別のひと言を引きだすとは思いもよらなかった。そして、その言葉をはっきりさせるため、北京にまで告訴に来た。北京に告訴には来たものの、どう告訴したらいいか分からず、天安門で座りこむことだけは思いついたが、座りこんだ結果がどうなるのかも分からない。趙大頭《チャオ・タートウ》は良くしてくれるし、自分よりは北京に詳しいが、他のことは相談できてもこのことは相談できない。思わず、ため息が出た。

　すると突然、娘のことを思い出した。先月、告訴を始めてから、ずっと同級生の孟藍芝《モン・ランジー》の家に預けっぱなしだ。預けた時は生後二か月だったから、今は三か月以上になる。一体どうしていることやら。子どもを産んで以来、秦玉河《チン・ユイホー》とのもめごとにかかりっきりで、告訴にかかりっきりで、子どもにまだ名前すらつけてなかった。さらに北京にまで告訴に来たことを思い、遊びに来たわけじゃないのに、趙大頭《チャオ・タートウ》と観光なんかして自分の大事を放ったらかしにしている。李雪蓮《リー・シェリエン》は告訴については分からないが、告訴も他のこと同様に遅いよりは早いほうがいいはずだ。そうあれこれ考えていると、突然、扉の鍵が回る音がして李雪蓮《リー・シェリエン》はハッとして体を強ばらせた。暗闇の中、扉がそっと開いて、人影が忍び入って来たのが見えた。その丸々と太った輪郭から趙大頭《チャオ・タートウ》だと分かった。二日も北京で遊んだ結果がとうとう来たと李雪蓮《リー・シェリエン》は思った。

李雪蓮《リー・シエリエン》は目を閉じて、じっと動かないでいた。趙大頭《チャオ・タートウ》がそろそろとベッド近くにやって来ると、李雪蓮《リー・シエリエン》の顔をのぞきこんだ。そのまま五分もじっとしている。李雪蓮《リー・シエリエン》は思いきって目を開けて言った。

「大頭、眺めてないで、さっさとやることをやったら」

暗闇の中、李雪蓮《リー・シエリエン》が突然口を利いたので趙大頭《チャオ・タートウ》はびっくりした。続けて李雪蓮《リー・シエリエン》が灯りをつけると、趙大頭《チャオ・タートウ》は気まり悪げに突っ立っていた。着ているのは下着だけで、上はランニング、下はブリーフで大きなお腹が突き出ていた。李雪蓮《リー・シエリエン》に「やることをやったら」と言われて、趙大頭《チャオ・タートウ》は逆にどうしていいか分からなくなっていた。李雪蓮《リー・シエリエン》のその言葉のせいで趙大頭《チャオ・タートウ》は宙ぶらりん状態になっているのかもしれなかった。趙大頭《チャオ・タートウ》は真っ赤な顔をして、床で手をこすっていた。

「何を言うんだよ。俺を何だと思ってるんだ」

急いで貯蔵室で捜し物をするふりをした。

「酵母を捜しに来たんだ。夜中に発酵させて、朝になったら油旋を蒸さないとならない。うちの省長は俺が蒸す油旋が大好きなんだよ」

李雪蓮《リー・シエリエン》は上着をひっかけて座った。

「やれと言ってもやらなかったんだから、後悔しないでよ」

趙大頭《チャオ・タートウ》は茫然とした。

「でなければ、この二日の観光はムダだったものね」

その言葉に趙大頭《チャオ・タートウ》はまた宙ぶらりんになった。趙大頭《チャオ・タートウ》は地団駄踏んで言った。

か」

「李雪蓮《リー・シエリエン》、どういうことだよ。観光がどうした？　俺たちは六年間も同級生だったんじゃない

李雪蓮《リー・シエリエン》が言った。

「大頭、明日は頤和園はやめるわ」

「どこに行きたいんだ」

李雪蓮《リー・シエリエン》は天安門に座りこみに行くとも言えず、こう言った。

「明日は買い物に行くわ。子どもに何か買ってやりたいの」

趙大頭《チャオ・ダートウ》はまたノッてきた。

「それもいいな。付き合うよ」

「仕事の邪魔をしたくないわ」

「言っただろ。休みを取ったんだ。おまえが北京にいる間はどこにだって付き合うさ」

李雪蓮《リー・シエリエン》は自分の上着を脱いだ。

「大頭、仕事はやめて、やりたいならやりなさいよ。まだ間に合うわよ」

趙大頭《チャオ・ダートウ》は目を見張って李雪蓮《リー・シエリエン》を見た。しばらく見つめていたが、しゃがみこんでタバコを吸った。それから、突然、言った。

「そんなこと言うなよ。やるにしたって、少しは時間をくれよ」

そう言うのを聞いて、李雪蓮《リー・シエリエン》はプッと笑った。十数年経って、趙大頭《チャオ・ダートウ》は変わったようでも、相変わらずおとなしい子どもだった。そこで言った。

「大頭、明日は一人で出かけたいの。一人で行かせてよ。よく言うでしょ。私だけの空間が欲

しいのよ」

李雪蓮《リー・シエリエン》がそう言うのを聞いて、趙大頭《チャオ・タートウ》もそれ以上は言わず、笑った。

「一人で出かけたいなら、一人で行けよ。本当のところ、二日もおまえに付き合ったんで、料理長は機嫌が悪いんだ」

李雪蓮《リー・シエリエン》も笑って、趙大頭《チャオ・タートウ》の頭をこづき、顔にキスしてやった。

翌朝早く、李雪蓮《リー・シエリエン》は新しい服に着替えると、趙大頭《チャオ・タートウ》の部屋を出て、「厨房用地」を出て、天安門広場に座りこみに行った。座りこむのに新しい服に着替えたのは、天安門広場だからだ。みすぼらしい身なりではいかにも陳情に来たようで、天安門広場に入らないうちに警察に捕まってしまう。一か月前、告訴を決意した時、李雪蓮《リー・シエリエン》は新しい服を買った。一か月間、着る場所がなかったのがついに役に立つ日が来た。故郷では着る場所がなかったが、北京で着る場が出来た。だが、ビルを回って前庭の池に来たところでいきなり呼び止められた。

「どこに行く」

李雪蓮《リー・シエリエン》はびっくりした。ふり向けば中年の男で、太ってスーツを着てネクタイを締めて、左胸には駐在事務所のバッジをつけていて、見たところ、事務所の偉い人のようだ。李雪蓮《リー・シエリエン》は自分が趙大頭《チャオ・タートウ》のところにこっそり泊まっているのが見つかったのだと思った。だが、相手が李雪蓮《リー・シエリエン》に「どこに行く」とは聞いても「どこに泊まってる」と聞かなかったので、安心もした。でも、「どこに行く」という質問にも、慌てているのでなかなか答えられない。天安門広場に座りこみに行くと本当のことは言えない。他の場所も思い浮かばないのでこう言うしかない。

「ちょっとブラブラしに」

すると相手は怒って言った。

「ブラブラするな。さっさと運べ」

李雪蓮《リー・シエリエン》には訳が分からない。

「何を運ぶの？」

その人は池の階段のところの数個の紙包みを指さして、また門のほうを指さして言った。

「その資料を早く車に運ぶんだ。今日は政府業務報告をするんだろう」

さらに言った。

「早くしろ。もうすぐ代表たちが大会堂に行く」

李雪蓮《リー・シエリエン》はその時初めて気がついた。門の警戒線の外に七、八台の乗用車が停まっていて、乗用車はエンジンをかけ、人が乗って、話したり笑ったりしている。この中年の男は李雪蓮《リー・シエリエン》がきれいな服を着て、パーマをかけ、ビルの後ろから出て来たので、李雪蓮《リー・シエリエン》をビルで働いていると思ったのだろう。李雪蓮《リー・シエリエン》は彼が誤解しているのが分かったが、自分に指示しているので、池のところの紙包みを運ばないわけにいかないし、運ばなければここにこっそり泊まっているのがバレてしまうと思った。運んでみると非常に重い。紙包みを乗用車の列の一番後ろのバスへと運んで来ると、バスの上の人間がまた言った。

「一番後ろの席に置いて」

李雪蓮《リー・シエリエン》がバスを見ると、バスにも省の人民代表たちが乗っており、胸に人民代表の札をつけて話したり笑ったりしている。李雪蓮《リー・シエリエン》は彼らを見たが、向こうは誰も李雪蓮《リー・シエリエン》など気にも止めていない。バスの下から見ると満員に見えたが、乗ってみると後ろのほうの半分は空いていた。

李雪蓮《リー・シェリエン》はまたいくつか紙包みをバスの後ろの座席に運んだ。資料を後ろの空いた席一列に載せ終ったところで、バスの扉がシュッと閉まり、バスが発車した。運転手は彼女も人民代表だと思ったのだろう。バスに乗っている代表たちはそれぞれの話に夢中で誰もそんなことは気にもしていない。彼らは李雪蓮《リー・シェリエン》をスタッフだと思っているのだろう。李雪蓮《リー・シェリエン》は驚いて、ふり向いて「停めて」と叫ぼうとして、突然、このバスは人民大会堂に行くのだと気がついた。人民大会堂は天安門広場の西側にある。もちろん、李雪蓮《リー・シェリエン》に言わせると東側だ。これに乗って天安門まで行けば、混んだ路線バスに乗る手間が省けるし、バス代も節約できる。天安門広場に着いたら、彼らは大会堂に会議に行き、李雪蓮《リー・シェリエン》は天安門広場で座りこみをすれば誰にも迷惑はかからない。そこで、座席に腰を落ち着けた。

ちょうど出勤時間で、通りは車でなければ人ばかり。だが、この一行は非常にスムーズだった。なぜなら、一行の前をパトカーが先導しているからだ。一行が通りかかると赤信号すら青信号になり、別の車や人の流れはせきとめられた。十五分後、バスは天安門広場に到着した。天安門広場に着いて初めて李雪蓮《リー・シェリエン》は「全人代」が非常におおがかりなことを知った。自分たちの車だけが人民大会堂に向かっているのではない。全国三十余りの省や市や自治区から三十余りの車の隊列がそれぞれの方向から人民大会堂に向かっていた。大会堂の前には数十人の警官がその三十余りの車の隊列一行を指揮していた。警官たちは慣れたもので、三十余りの車の隊列一行と何百台のバスを人民大会堂東門の外に整然と停車させた。続いて、数百台のバスから数千名の人民代表たちが降りて来て、脇の下にファイルをはさみ、話したり笑ったりしながら大会堂の階段を登って行く。李雪蓮《リー・シェリエン》は呆然としていた。バスはからっぽになり、紙包みの書類も人々が持って行ってなくなった。李雪蓮《リー・シェリエン》はバスの中に立って、キョロキョロした。この時、運転手がまだ李雪蓮《リー・シェリエン》を人民代表だと思って、ふり向いて聞いた。

「どうして入らないんです」

その言葉が李雪蓮《リー・シェリエン》に気づかせた。人民代表たちと一緒に大会堂に入れたら好都合だ。今日は政府業務報告があるのだ。きっと大勢の国の指導者たちも会議に来るはずだ。その人たちに会って、彼らに自分の冤罪を訴えられれば、一人で天安門広場で座りこんでるよりいい。そこで、ほかのことは構わず、慌ててバスを跳び下りて大会堂へと進む人波に続いた。李雪蓮《リー・シェリエン》は人民代表たちの車で来たので、バスは何重もの警戒線をパスしており、李雪蓮《リー・シェリエン》を見咎める者は誰もいなかった。李雪蓮《リー・シェリエン》は無事大会堂前の階段を登り、少しずつ大会堂入り口へと近づいてきた。

だが、人民大会堂の入り口は安全検査を通らないとならなかった。当時の安全検査はまだ人力だった。たくさんの人民大会堂のスタッフが手にテニスのラケットのような機械を持ち、人々の体の上を動かしている。数千人が一度にガヤガヤと安全検査を受けるのでスタッフたちは安全検査に夢中で一人一人の代表に注意を払ってはいない。李雪蓮《リー・シェリエン》は代表の一人の後ろに潜りこんで、どさくさに紛れて検査を通過し、人の流れに従って大会堂の会場へと進んで行った。会場の入り口に来たところで、入り口の一人の警備員が彼女を押し止めた。警備員は中年で私服だが、非常に丁寧に笑って李雪蓮《リー・シェリエン》の胸元を指さして言った。

「代表、ようこそ。代表証を胸につけてください」

警備員は李雪蓮《リー・シェリエン》を代表扱いしていた。李雪蓮《リー・シェリエン》は人民大会堂に入って以来、人民大会堂の雰囲気に圧倒されていた。人民大会堂は金ぴかで、全人代開催中なのであちこちに花が飾られ、花畑のようだった。李雪蓮《リー・シエリエン》は生まれてこのかた、こんな豪勢で厳粛な場面を見たことがなく、胸がドキドキしていたところを突然、押しとどめられたので慌てまくった。だが、精一杯、心を落ち着けて言った。

「代表証は来る時にホテルに忘れて来てしまったの」

中年男は穏やかな表情を崩さず言った。

「大丈夫ですよ。どちらの代表団ですか」

李雪蓮《リー・シエリエン》は機転を働かせて、自分の出身地の省の代表団だと答えた。

「代表のお名前は？」

これには答えが詰まった。自分の名前を名乗ることは出来るが、その名では役に立たない。代表団の人たちの名は一人も知らない。そこで呆然と突っ立っていた。

中年男がまた聞いた。

「お名前を教えてください」

李雪蓮《リー・シエリエン》は覚悟を決めた。イチかバチかで当たるしかない。

「私の名は李雪蓮《リー・シエリエン》よ」

自信がないので、しどろもどろになった。他人の名ならどもらなかったかもしれないが、自分の名を名乗るのにどもった。中年男は笑って言った。

「分かりました。李雪蓮《リー・シエリエン》代表。一緒に来てください。照会しましょう」

そして言った。

「これも大会の安全のためですので」

李雪蓮《リー・シェリエン》は彼について行くしかなかった。中年男は李雪蓮《リー・シェリエン》を連れて、大会堂ホール左側の通路を歩いていった。歩きながら男は手にしたトランシーバーでひそひそと何か言った。角を曲がるとまた長い通路があり、静かで誰もいなかった。その時、李雪蓮《リー・シェリエン》は自分の周りを四、五人の私服の若い男が迫ってくるのに気がついた。李雪蓮《リー・シェリエン》はバレたと分かり、ポケットから告訴状を取り出して頭の上にふりかざして叫んだ。

「冤罪です」

ふた言目を叫ぶ前に若い男たちが突進してきて、李雪蓮《リー・シェリエン》を床に押し倒した。李雪蓮《リー・シェリエン》は若者たちにのしかかれ、口をふさがれ、手足を七、八本の手で押さえつけられ、まったく身動きが出来なくなった。

それはほんの三、四秒の出来事だった。ホールでは会場に入って来た代表たちが談笑しているが誰も気づかない。全員が無事に会場に入っていった。九時のチャイムが鳴り、会場内は万雷の拍手が鳴り響いた。指導者が「政府事業報告」を始めた。

訳註

(13) 大白兎＝戦前からある上海の老舗ブランドのミルク・キャンディー。白い兎の絵の包装紙で有名。結婚式などに配る高級品キャンディーとして長らくその地位を誇ったが、一時メラニン入りが指摘され販売禁止となる。

(14) 北京駐在事務所＝各省の北京にある出張所。省の役人や関係者の北京出張時のホテルとなっていて、その地方の特色料理のレストランが附設されている。

(15) 牌坊＝中国の伝統的建築様式の門。牌楼ともいう。

(16) 前門＝北京内城の入り口である正陽門の通称。天安門広場をはさんで天安門の向いに立っている門。

(17) 天壇＝皇帝が天を祭るための儀式をとりおこなう場所。明の永楽帝が建てたといわれ、現在は天壇公園になっている。

（18）頤和園《いわえん》＝北京の西北にある、元・明・清代の皇帝の行宮。清末に西太后が増改築に北洋艦隊の軍事費を流用したため、日清戦争に負けたといわれている。

十四

この日の全国人民代表会議の議程は、午前が「政府事業報告」で、午後は各代表団の分科討論会だった。李雪蓮《リー・シエリエン》の省の代表団の午後の討論会の会場は大会堂のホールの一つだった。大会堂で討論するのは、代表たちが午前の報告を聞いて、午後も引き続き討論するのに代表たちの移動の手間を心配したからではない。こういう設定なので、むしろ代表たちは移動が大変だった。なぜなら、お昼はそれぞれ宿泊先に戻って昼食を食べるので、普段なら討論は宿泊先で行われたのだ。だが、この日は事前の知らせで省の代表団の討論にある国家指導者が参加することになっていた。指導者が討論に参加する場合、たいていは半日でいくつかの省の代表団討論会に参加するので、指導者が討論会に参加する省は指導者の便宜を図って大会堂で討論会が行われるのである。

討論会に指導者が参加するのとしないのとでは、その討論会の結果が違ってくる。指導者が参加すれば討論会はすぐ夜のニュースで報道された。結果が異なれば、討論会の開き方も違ってくる。指導者がこの種の討論会に参加する場合、まず最初に代表の発言を聞き、最後に総括として演説がある。討論会をうまく運ぶために、省の代表団は細心の心配りをし、十人ほどの発言者を指定する。発言者の身分はできるだけ、市長、村長、鉄道労働者、企業家、大学教授など、各業界業種にわたるようにする。発言者の発言原稿は事前に何度も手を入れてある。発言の長さも決まっていて、一人十分を超えてはならない。討論会は午後二時に始まるので午後一時半には代表たちは人民大会堂に着く。代表団の中の数名の少数民族の代表には民族衣装を着てもらう。代表たちは会場に入って座ると、最初は互いに挨拶したり笑ったりして、一時五十分になると静かになり、指導者の到着を待った。だが、二時になっても指導者は現れなかった。指導者は普通はめったに遅刻しない。指導者は多忙を極めるので、まれに遅刻することもある。皆、心静かに待った。二時半になっても指導者は現れない。会場はざわつき始めた。省長の儲清廉《チュウ・チンリエン》は茶碗を鳴らし、静かに待つように合図した。二時四十五分に扉が開いた。皆が指導者が来たと思って拍手の用意をしたが、入って来たのは大会の秘書処の人だった。急ぎ足で儲清廉《チュウ・チンリエン》のそばに歩み寄り、耳元にかがんで何やらひそひそ言うと、儲清廉《チュウ・チンリエン》は愕然とした表情をした。秘書処の人間が出て行くと、儲清廉《チュウ・チンリエン》は言った。

「急用で指導者は午後の討論会には参加されなくなった。自分たちで始める」

会場はざわついた。だが、こうなったら誰にも指導者の決定は変えられない。自分たちで始めるしかない。代表団だけでの会議となると指導者が参加するのとは違う。皆、同じ省で仕事をしていて、互いによく知っている。発言が決まっている者が居ずまいを正して、堂々としたことを喋っても、どうしてもわざとらしさは否めない。省長の儲清廉《チュウ・チンリエン》が会議方法の変更を提案した。誰でも喋りたい者が自由に発言するというのだ。会議の雰囲気はたちまち活発になり、すぐに十数名が挙手をして発言を求めた。発言を求める時は嬉々としていたが、実際に発言すると皆の発言は似たり寄ったりで、「政府業務報告」を支持するだとか、「政府業務報告」が求めるものと地元の実際を結合させるだとか、各部門各企業の実際と結合させ、自分たちとの差異を見つけ出すだとか、改善措置をリストアップするだとか、積極的に迎え入れるだとかに過ぎない。六人が発言すると、もう中休みの時間になった。省長の儲清廉《チュウ・チンリエン》が休憩を宣言しようとした時、会場の扉が開いた。全員が意外に思ったことに、国のもう一人の別の指導者が入って来た。テレビ局のカメラも何台かついて来て、照明をつけた。当初の予定では、この指導者が代表団の討論に参加するとは聞いてなかったので、突然入って来るとは思わず、全員が驚いた。ようやく反応して、会場に雷のような拍手が沸き起こった。指導者は色艶のいい顔で、まず皆に手をふって応え、それから掌を下に向けて拍手を抑えた。

「別の代表団の討論を聞いて、ふと思い立って皆さんに会いに来た」

会場にまたもや割れんばかりの拍手が起こった。

指導者はしっかりとした足取りで会場の真ん中にやって来て省長の儲清廉《チュウ・チンリエン》のそばのソファに座ると、女性スタッフが手渡した熱いタオルを受け取りながら儲清廉《チュウ・チンリエン》に言った。

「清廉、会議を続けてくれ。皆の意見を聞きたい」

そして、皆を指さして言った。

「先に言っておくが、今日は私は聞くだけで口は出さない。発言はしないよ」

省長の儲清廉《チュウ・チンリエン》が笑った。皆も笑った。指導者が来たので中休みはなくなり、会議が続行された。指導者が来たので会議の仕方はまた元に戻された。発言予定者だった代表は指導者が来たので、また記録を取り出し、あらかじめ用意してあった話をし、もったいぶった話とはいえ、自由な発言よりも明らかに興奮していた。半分まで喋ると原稿から離れ、自分の地方での仕事の報告、あるいは地元の関係部門関係企業の仕事の報告を始めた。指導者も興味津々で聞いていて、さきほどのもったいぶった話より興味を示し、時折うなずいては自分のノートにメモを取った。省長の儲清廉《チュウ・チンリエン》は指導者が興味を持った様子なので原稿から脱線しても止めなかった。ようやく指名された代表たちの発言が終わり、省長儲清廉《チュウ・チンリエン》が言った。

「では、首長よりご指示を仰ぎます」

テレビ局のカメラの照明がまた灯された。会場はまたもや割れんばかりの拍手が起こった。

指導者は笑って言った。

「清廉、言ったはずだぞ。今日は喋らないと」

会場の拍手がさらに大きくなった。指導者も笑った。

「どうやら、どうしても喋らないといけないらしい」

全員がまた笑った。指導者は居ずまいを正すと話し始めた。指導者が話し、皆がメモを取る番になった。指導者はまず「政府事業報告」について話をした。報告の言うところのこの一年の業績と不足、来年の計画と予定、すべてに賛成である。指導者は重々しい口ぶりで、経済建設をしかと把握し、経済体制改革を推進し、政治体制改革を徐々に推し進め、党の指導を改善し、民主と法制の建設を強化し、チームワークを強め、調整可能なあらゆる要素を調整し、主体性と緊迫性を強め、社会主義物質文明と精神文明を共に豊かに実らせるべきだと説いた。ここまで話して、さきほどまでの何人かの代表が発言原稿から離れたように、指導者も「政府事業報告」から離れて本題から外れた話を始めた。まず国際情勢を語った。北米を語り、ヨーロッパを語り、南米とアフリカを語った。アフリカにかける時間は少し長かった。なぜなら、アフリカ訪問から戻ったばかりだったからだ。続いて、アジアを語った。国際問題から国内に戻り、目下の国民経済の実際状況を語った。都会から農村まで、工業から農業、サービス業までを語り、科学技術を語り…、脱線と言っても実は脱線ではなかった。ホールには指導者の声と代表たちがペンを走らせるサラサラという音だけが響き、床に針が落ちた音でも聞こえるほどだった。それらを語り終わって言った。

「もちろん、全体の情勢は我々にとって有利である。次に問題点を挙げる」

今度は仕事上の問題点を語った。問題点に関しても誠意をこめて語った。人々はメモを取りながら、指導者は実に実際的だなと感じた。仕事上の問題点から幹部の品行の話になり、不正の状況、汚職の実態の話になった。指導者はテレビカメラを指さして言った。

「ここからは遠慮してくれ」

カメラはすぐに下げられた。

「汚職の実態、不正の状況は私が一番頭を悩ませている問題だ。広大な人民大衆が最も不満を持っていることでもある。同志諸君、日に日に事態はひどくなるばかりだ。水は船を浮かべもするが転覆もさせる。この二つの悪性腫瘍を取り除かなければ我々の党と国家はいずれ終わることだろう」

指導者が厳粛な話題に触れたので、皆もつられて厳粛になった。

「我々の党は与党である。我々の党の宗旨は我々が常に群衆の利益を第一に置くことを求めている。だが、そうではない者がいる。汚職も不正も自己の利益を党と群衆の利益の上に置くことだ。なんのための役人か。人民の公僕となるためなのに、役人になることを人民の主人となって、金儲けし、妾を作ることだと思っている。暴かれる事件は人の目を剥くようなものばかりだ。この道を歩む者には崖に落ちる前に手綱を引けと言いたい。毛主席が仰った通りだ。無数の革命の烈士たちは人民の利益のために首を投げ出し、血を流して、自分の生命を犠牲にしたのだ。自分の個人の利益なんか捨てて当然ではないか。私の言う通りだとは思わんかね、諸君？」

全員が声をそろえた。

「その通りです」

指導者はここでお茶をひと口飲み、省長の儲清廉《チュウ・チンリエン》のほうをふり向いた。

「清廉、××県は君のところの省だね」

儲清廉《チュウ・チンリエン》は指導者が次に何を言うのかが分からないのでノートから顔を上げると少し慌てた。でも、××県は確かに彼のところの県だったので急いでうなずいた。

「は、はい」

指導者は茶碗を置いた。

「今日の午前中、極めて稀な出来事があった。一人の女性が人民大会堂に直訴に来た。私の秘書が言うことには、この県の者だという。清廉、この件は知っているかね」

儲清廉《チュウ・チンリエン》は驚いて冷や汗をかいた。自分の省の県の者が、言うにこと欠いて人民大会堂にまで直訴に来るとは。それも全人代開催中に。なんという政治的事件か。省長は確かに何も知らなかったので、急いで首をふった。

「その女性が警備員にテロ分子と思われて捕まらなければ私も知らなかった。理由を聞けば離婚のことだという。農村の女性が離婚のことで人民大会堂に直訴に来るとは稀に見る奇妙な出来事だ。そんなことでどうして人民大会堂まで直訴に来たのか。わざとことを荒立てているのか。そうではない。我々の各レベルの政府とその政府の役人が、人民の暑さ寒さ、病気や苦しみを気にかけず、押し付け合い、嫌がらせをしているからだ。私がこうして発言しているのと同じで人はイヤでもやってしまうことがある。ゴマ粒ほどのことがスイカになることがある。アリがゾウになることがある。女性の離婚はそもそもは夫との争いだったのが、今や七、八人の、彼女のところの市の市長から、その県の県長、裁判所長、裁判員までを訴えようとしている。まさに現代の「小白菜《シャオバイツァイ》」(19)ではないか。清朝の「小白菜」より奇妙なのは彼女が自分をも訴えようとしていることだ。その勇気には実に感服した。告訴したために現地の警察は彼女を拘留さえしたそうだ。誰が彼女をそこまで追いつめたのか。我々共産党員が労働者の血を吸い、労働者の頭にまたがって威張り散らし、私腹を肥やし……」

そこまで話すと指導者の顔は憤怒の色となり、テーブルを叩いた。会場の者は誰も顔を上げられなかった。省長の儲清廉《チュウ・チンリエン》は服の中から外まで汗ぐっしょりとなった。指導者は続けた。

「この小白菜の恨みはそれだけではない。人民大会堂まで訴えに来たのは自分にかぶせられた濡れ衣を晴らすためだ。潘金蓮だという濡れ衣だ。現地の多くの者が彼女に告訴をさせないため、視線をそらすため、身に覚えのない言いがかりをつけ、あることないことを言って名誉を傷つけ、素行に問題があるとした。白菜だけならまだしも、潘金連と言われたら生きてはいかれない。

人民大会堂でなければ、どこに訴えられるというのだ。国連か。誰が彼女を人民大会堂に来るまで追いつめたのか。我々共産党員が労働者の血を吸い、労働者の頭にまたがって威張り散らし、私腹を肥やし……」

指導者は省長儲清廉《チュウ・チンリエン》のほうを見た。

「清廉、役人のくせに偉そうにしている者を我々は必要とするかね」

儲清廉《チュウ・チンリエン》は真っ青になって、キツツキのように何度もうなずいた。

「必要としません、必要としません」

指導者はホッと息をした。

「私の秘書は善人だ。いや、少なくとも今日は善行をした。警備員がこの女性をテロリストとみなして捕まえた時、私の秘書はちょうどそこを通りかかり、事情を聞いて釈放させたのだ。女性は田舎に生後三か月の赤ん坊までいるそうだ。私の秘書は大変な功徳をした。これは単に一人の農村女性に対する態度の問題ではない。人民群衆への態度の問題だ。我々は今、人民代表者会議をしている最中ではないか。我々は誰を代表しているのだ。誰をテロリスト扱いして捕まえたのだ。誰がテロリストだ。その労働者の女性ではない。偉そうに汚職などして人民のために働こうとしない役人だ！」

そう言いながら指導者はまた激昂しそうになったが、幸いにしてその時、会場の扉が開いて、一人のスタッフが急ぎ足で指導者のそばへと歩いて来ると耳元で何やらささやいた。

指導者は、うん、うんと言って怒りを鎮めると穏やかな声で言った。

「もちろん、私の言葉は極論であり、正しいとは限らない。諸君の参考に言ったまでだ」

そう言うと立ち上がり、笑顔を見せた。

「外国の客人に会わねばならないので、今日はここまでとしよう」

手をふって皆に別れを告げると出て行った。

指導者が出て行くと省長儲清廉《チュウ・チンリエン》は呆然としたままで、皆も互いに顔を見合わせた。その時、全員が思い出した。指導者の話が終わったのに拍手をしなかったことを。儲清廉《チュウ・チンリエン》も思い出してハッとした。指導者の話が終わったのに自分が何も言わなかったことを。もちろん、言ったとしても指導者は急いで外国の客人に会うために出て行って自分の言葉など聞く時間はなかったのだが。

その夜、省長儲清廉《チュウ・チンリエン》はまんじりともしなかった。明け方の四時半に儲清廉《チュウ・チンリエン》は省政府秘書長を部屋に呼びつけた。秘書長が部屋に入って来た時、省長は客間の絨毯の上を歩き回っていた。これは儲清廉《チュウ・チンリエン》の癖だと秘書長は知っていた。何か大変なことが起きると儲清廉《チュウ・チンリエン》はひっきりなしに歩き回る。この習慣は林彪《りんぴょう》(20)に似ていた。違いは軍用地図があるかないかだ。儲清廉《チュウ・チンリエン》は普段は寡黙な人だった。寡黙な人というのは絶えず考えをめぐらしているということだ。文書を起草する時、重大な政策にぶつかった時、儲清廉《チュウ・チンリエン》はいつも何時間も歩き回る。歩き回りながら、時折、言葉を発する。良く知らない者は彼の思考の飛躍についていけないので、何を思ってその言葉を発したかが分からない。彼も説明はせず、すべては聞いた者が解釈するしかない。大会で原稿を読んでいる時は、皆も理解できる。単独で話している時、彼が歩き回りながら口にする言葉を多くの人は何を言っているのか分からず五里夢中の状態に陥った。幸い、秘書長は彼について十年以上になるので、その思考の飛躍のリズムについていくことが出来た。儲清廉《チュウ・チンリエン》がこれまで歩き回ったのは、せいぜい数時間である。だが、今日のように、昨夜から今朝までというのは秘書長も見たことがなかった。秘書長は今日はただごとではないぞと思った。儲清廉《チュウ・チンリエン》は秘書長が入って来るのを見ても何も言わず、ただ歩き回り続けた。さらに十数分ほど歩き回り、窓の前で立ち止まると漆黒の窓の外を見つめながら言った。

「昨日の午後のことはただごとではない」

秘書長は省長が昨日の午後の討論会のことを言っているのが分かった。

儲清廉《チュウ・チンリエン》はまた少し歩き回って秘書長を見た。

「彼には他に意図があったのだ」

秘書長はまたしても理解した。指導者が討論会上で例に挙げた、女性が告訴するために人民大会堂に乗りこんできたことを言っているのだと。

儲清廉《チュウ・チンリエン》はまたしばらく歩き回り、立ち止まった。

「綻びを見つけに来たのだ」

秘書長は冷や汗をかいた。儲清廉《チュウ・チンリエン》の考えはこうだ。指導者は談話の中で農村の女性の話を例に挙げた。適当に例に挙げたようでいて、実は適当ではない。さらに言えば、会議の予定では、この指導者は討論会に出席するはずではなかったのに突然やって来た。偶然のようで、「ついでに皆に会いに来た」とは言ったが、酔翁の意は酒にはない。秘書長はさらに儲清廉《チュウ・チンリエン》がここ数日、出世の極めて重要な時にあり、どこかの省の党書記になる予定だったことを思い出した。そして、彼の昇進に関して中央の指導者たちの間に異なる意見があるらしいということも。そんなことを思うと、秘書長は口を開いたものの何も言うことが出来なかった。

儲清廉《チュウ・チンリエン》はまた少し歩き回り、窓の前で立ち止まった。窓の外の北京はだんだん明るくなっていた。

「省委員会に言え。全員クビだと」

秘書長は冷や汗が乾かないうちに、またドッと冷や汗をかいた。秘書長は儲清廉《チュウ・チンリエン》の意図を理解した。女性の告訴をきちんと処理出来なかった者たち、女性を人民大会堂まで乗りこませた者たち、昨日の午後、指導者が例に挙げて言った者たち、ゴマをスイカにし、アリをゾウにした者たち、つまり、女性が所在する市の市長、所在する県の県長、裁判所長たちを全員クビにしろと言っているのだった。秘書長の口はどもりがちになった。

「儲省長、たった一人の離婚女性のために、そんなに大勢の幹部を処分してよろしいのですか」

儲清廉《チュウ・チンリエン》はまた歩き回ると窓辺に行った。

「秘書に調べさせた。ことは首長が言ったことと多少の異同はあるが確かにあったそうだ」

また歩き回ると秘書長の前に来て両目を剥いた。

「こんなことをしでかすとは全省に泥を塗ったも同然じゃないか」

歯ぎしりをして言った。

「昨日の午後、首長が仰った通りだ。奴らは共産党員ではない。人民の公僕ではない。労働者の血を吸い、労働者の頭にまたがり、私腹を肥やしている奴らだ。罰せられて当然だ。奴らこそ、八つ裂きにされるべき潘金蓮なのだ！」

訳註
(19) 小白菜《シャオパイツァイ》＝情人と謀って夫を殺したという濡れ衣をかけられた民間説話の主人公。色白であったことから、このあだ名がついた。
(20) 林彪《りんぴょう》＝共産党の軍人、国防大臣。文化大革命で失脚した劉少奇に代わり、毛沢東の後継人に指名されるが、政権争いで失脚、飛行機でソ連に亡命しようとして墜落死する。撃墜されたという説も。

十五

七日後、省からの直接の通達が下った。

蔡富邦《ツァイ・フーバン》　××市市長の職務を撤回する。当該市人民代表常務委員会は次回の会議で追認すること。

史為民《シー・ウェイミン》　××市××県県長の職務を撤回する。当該県人民代表常務委員会は次回の会議で追認すること。

荀正義《シン・ジョンイー》　××市××県裁判所長の職務を撤回する。当該県人民代表常務委員会は次回の会議で追認すること。

董憲法《トン・シエンファー》　××市××県裁判所裁判専属委員の職務を撤回する。当該県人民代表常務委員会は次回の会議で追認すること。

××市××県裁判所は裁判員王公道《ワン・コンタオ》を行政処分とすること。

………

文書が通達されても市長蔡富邦《ツァイ・フーバン》はどうしていいか分からず、何がどうなっているのかすら分からなかった。調べた末、しばらく前の「精神文明都市」建設の際、彼のひと言が伝わるうちに誤解を生み、市政府の入り口で座りこんでいた女性が留置されていたことが分かった。この告訴に来た女性が彼の職を解き、その間の紆余曲折に蔡富邦《ツァイ・フーバン》は泣きたくなった。だが、さすがは市長である。そこには微妙な理由があり、しかもすでに決まったことだから、いまさら何を言っても取り返しはつかない。省が決めたことをどうして覆せるだろう。ため息をついて言った。

「なにが不正だ。これこそが最大の不正じゃないか」

また、ため息をついた。

「誰が小白菜だ。俺こそが小白菜じゃないか」

県長史為民《シー・ウェイミン》、裁判所長荀正義《シン・ジョンイー》は濡れ衣を訴えた。県長は胃を押さえて怒鳴った。

「通達はこれだけか。他に何もないのか。明日、俺も訴えに行ってやる」

裁判所長荀正義《シン・ジョンイー》は泣いた。

「こうと知ってたら、あの晩、酒など飲まなかったのに」

指しているのは、あの晩、李雪蓮《リー・シェリエン》と会った時、半分酔っ払って、李雪蓮《リー・シェリエン》のことを「愚民」と罵り、「追い出せ」と言い、李雪蓮《リー・シェリエン》を叩きだしたことだった。酔っていなければ別の方法を取っただろう。普段は酒を飲まず、自分に五条の禁酒令を課していたのだ。

裁判員王公道《ワン・コンタオ》の処分は一番軽かった。彼にはもともと地位はないので、撤回するわけにもいかず行政処分となったのだが、それでも腹に据えかねてこう罵った。

「法治国家じゃないのか。法治とか言って、自分たちがやることは法もへったくれもないじゃないか」

ただ一人、騒ぎもせず、泣きもせず、達観していたのは裁判専属委員の董憲法《トン・シエンファー》だった。通達を聞くとそのまま裁判所を後にして、歩きながら言った。

「こん畜生め、おまえらにはとっくに嫌気がさしてたんだ。市場で家畜売りでもするさ」

十六

李雪蓮《リー・シエリエン》は北京から帰ると、まず同級生の孟蘭芝《モン・ランジー》の家に子どもを引き取りに行き、それから戒台寺に観音菩薩を拝みに行った。拝観料を払い、焼香し、四つん這いになって祈った。

「お情け深い菩薩様、おかげさまで法を曲げた奴らはすべてクビになりました。殺すよりも胸がスッとしました」

拝礼を終えると立ち上がり、また線香を点けて、四つん這いになった。

「菩薩様、でも小さなことも忘れてもらっては困ります。奴らは罰して下さいましたが、秦玉河《チン・ユイホー》の奴はまだのさばっています。私が潘金蓮かどうかのお裁きもお願いします」

附録

女性の告訴が原因で、ある省の市から県から県の裁判所まで、たくさんの役人がクビになったことは『国内動態清詳』に載った。あの日、この省の全人代代表団が参加した討論会に行った国家指導者はそれを読むと慌てて秘書を呼び、『国内動態清詳』を指さして聞いた。

「どういうことだ」

秘書も清詳を読んでいて、言った。

「全人代期間中、討論会に参加されてこの件を批判されたので厳しく取り締まったものと思われます」

指導者は『国内動態清詳』を机の上に投げ出した。

「バカなことを。私はその現象を批判しただけだ。こんなに一度にたくさんの幹部をクビにするとは、やり過ぎもいいところだ」

「では、電話して元に戻させますか」

指導者は少し考えて手をふった。

「それもまたやり過ぎだ」

ため息をついて、言った。

「組織の措置を採ることは一番簡単なことなのに、どうしてそう近道ばかり取りたがる？　この件の重要性をなぜじっくり考えようとしない？　なぜ一を聞いて、十を知るということが出来ない？」

さらに言った。

「こうと分かってたら、討論会になど行かなかった。あの日は君も知っての通り、四時に外国の客人と会う予定だった。外国の客人が大会堂に来る途中で腹を壊し、病院に行き、たまたま時間が出来ただけなんだ。あの女性の話をしたのも、一つの例えじゃないか」

そう言うと、部屋の中をグルグルと歩き回って立ち止まった。

「儲清廉《チュウ・チンリエン》め、ずる賢い奴だ」

それから黙りこくって机の向こうに坐ると、文書の批准を始めた。

当該の省長儲清廉《チュウ・チンリエン》は近く別の省の党書記に昇進する予定だった。だが、一か月後、別の省の党書記は同じ省内で誕生した。儲清廉《チュウ・チンリエン》は今も李雪蓮《リー・シエリエン》の省で省長をしている。三年後、省の政治協商委員の主席となり、五年後に退職した。

第二章　序：二十年後

一

王公道《ワン・コンタオ》は李雪蓮《リー・シェリエン》の家の門をもう十五分も叩き続けているが中庭からは応答がなかった。

王公道《ワン・コンタオ》は門を叩きながら叫び続けた。

「従姉《ねえ》さん、俺だ。王公道《ワン・コンタオ》だよ」

それでも返事はない。

「従姉さん、開けてくれよ。中に灯りが点いてるのは知ってるんだ」

やはり返事はない。

「もう外は真っ暗だ。まだ飯も食っていない。豚足を持って来たんだ。煮て、食べようぜ」

中庭はそれでも応答がなかった。

翌朝早く、李雪蓮《リー・シェリエン》が門を開けると、門の前に王公道《ワン・コンタオ》が立っていた。王公道《ワン・コンタオ》の横には県の裁判所の人間が数人立っていたので李雪蓮《リー・シェリエン》はびっくりした。

「ここに一晩中、立っていたの？」

王公道《ワン・コンタオ》は恨みがましく、自分の頭を指さした。

「決まってるさ。頭に霜が降りたよ」

李雪蓮《リー・シェリエン》は彼の頭を見たが、霜は降りていないかった。王公道《ワン・コンタオ》はプフッと笑った。

「そんなバカじゃないよ。昨夜は門を叩いても聞こえないふりをするから帰って、今朝は思いきり早起きして来たのさ」

李雪蓮《リー・シェリエン》は仕方なく、一行を連れて庭に入った。二十年前、王公道《ワン・コンタオ》は若造だったが、今はむくんだ中年男になっていた。二十年前、王公道《ワン・コンタオ》の眉はチョボチョボだったが、まぶたの上には一本の毛もなくなっていた。あごにひげはなく、肉がたぷついていた。二十年前、王公道《ワン・コンタオ》は色白だったが、二十年後は肌も黒く、肌理も荒くなっていた。変わったのは王公道《ワン・コンタオ》だけではない。二十年前、李雪蓮《リー・シェリエン》は二十九歳だったが、二十年後、李雪蓮《リー・シェリエン》はもう四十九歳になっている。二十年前は黒々とした髪だったが、二十年後は半白髪になっていた。二十年前、李雪蓮《リー・シェリエン》は目元涼やかで、胸もウエストもあったが、二十年後は皺だらけなのはともかく、胸とウエストが同じ太さになっていた。二人が中庭に坐ると王公道《ワン・コンタオ》が言った。

「従姉さん、訪ねて来たのは他でもない。家で困ったことはないか、様子を見に来たんだ」

王公道《ワン・コンタオ》の部下が豚足をナツメの木の下の石の上に置いた。

「だったら帰ってちょうだい。うちは何も困ってないわ。豚足も持って帰って。私は仏教徒だから肉は食べないの」

　立ち上がると箒を手に地面を掃きはじめた。王公道《ワン・コンタオ》はスツールから立ち上がると、李雪蓮《リー・シェリエン》の箒から身をよけると、箒を手に取り、代わって掃きながら言った。

「従姉さん、困ったことがなくても、俺たちは親戚だろう。訪ねて来るのもダメなのかい」

「従姉さん、従姉さんって、裁判所長にそんな風に呼ばれたら落ち着かないわ」

　王公道《ワン・コンタオ》が箒を止めて言った。

「だったら、きちんと話そう。一昨年、亡くなった馬家荘《マージアジュアン》のデカ面の馬は俺の叔父だ。知ってるだろう」

「あんたの叔父かどうか、私に聞かないで。あんたのお袋さんに聞いてよ」

「デカ面の馬の女房の妹は胡家湾《フージアワン》の胡《フー》家に嫁に行った。あんたの従妹は彼女の嫁ぎ先の甥っ子と結婚した。ほら、俺たちは遠くはない親戚じゃないか」

「王《ワン》所長、他に用がないなら、いい加減に帰って。私は娘の家に行かなくちゃならないの。娘の所の牛が昨夜子牛を産んだのよ」

　王公道《ワン・コンタオ》は箒を投げ出すと坐りこんだ。

「親戚である以上、単刀直入に言う。あと、十日もすれば全人代が始まる。いつ告訴に行くつもりだい」

「何かと思えば告訴のことなの。今年は告訴には行かないわ」

　王公道《ワン・コンタオ》はびっくりして、それから笑った。

「俺がせっかく単刀直入に言ってるのに、まだそんなことを言うのかい。二十年間、毎年告訴に行っているのに、今年は突然行かないだなんて誰が信じるんだい」

「今年はいつもとは違うの」

「どこが違うんだい。話してくれ」

「いままでは諦められなかったけど、今年は諦めたのよ」

「それは説得力がないな。二十年来の恨みなのは知ってる。だが、はっきり言えば、あんた一人のことではなくなってる。ゴマ粒のようなことだったのが、最後はスイカ大になってしまったんだ。アリほどのことが、ゾウになってしまった。離婚の話だったのが、市長、県長、裁判所長、裁判専属委員までクビになった。こんなことは清朝以来初めてだ。だが、はっきり言って、あんたの離婚が本当かどうか、秦玉河《チン・ユイホー》と復縁して、また離婚できるようにするなんてことは、市長や県長にどうにか出来ることかい？　復縁して再婚できなかったのは市長や県長のせいかい？　濡れ衣と言うなら、あんたも濡れ衣だが、皆、濡れ衣さ。あんたのこの案件の主体は市長でも県長でも裁判所長でも裁判員でもない、秦玉河《チン・ユイホー》だ。秦玉河《チン・ユイホー》の野郎、清朝だったら俺がとっくに銃殺にしているよ。今は法治社会だからな、仕方ない。悪いのはあいつだ。離婚して再婚したこともだが、それだけじゃ飽き足らず、あんたを潘金蓮などと言うとは。ダブルパンチであんたを追いつめた。あんたが二十年間、告訴し続けたことを各級の行政府は理解している。各級の行政府と裁判所の指導者もずいぶん秦玉河《チン・ユイホー》に意見はしたんだ。だが、あいつは実に頑固で二十年というもの絶対に何も言わん。秦玉河《チン・ユイホー》が話が分からないのが、この件の最大の病根さ、そうだろ。俺たちは同じ立場なんだ。従姉さん、そこで相談なんだが、今年は告訴しないで対症療法にして、秦玉河《チン・ユイホー》を相手にしないか。考えたんだが、歳月は人を待たずと言うが、実は人は時間で変わるものさ。あんたと秦玉河《チン・ユイホー》の息子も今年で三十になる。息子にも息子が生まれて、孫も今年は学校に上がるんだろう。二十年だ。秦玉河《チン・ユイホー》だって鉄の板じゃない。石だって、胸に入れておけば温まる頃だ。策略は考えたよ。今年の秦玉河《チン・ユイホー》工作は以前のように簡単かつ直接じゃなく、あんたと秦玉河《チン・ユイホー》の息子から手をつけよう。息子の嫁から手をつけて、彼らに秦玉河《チン・ユイホー》を説得させるんだ。血は水よりも濃いと言うだろう。それから、あんたの孫さ。小学校に上がるんだろう。もう物を分かっていい歳だ。孫からも言わせよう。孫から祖父に言えば、秦玉河《チン・ユイホー》も心を動かすかもしれん。あんたと秦玉河《チン・ユイホー》の間に生まれた娘もいい年頃だろう。あんたのためでも自分自身のためでも、親父を説得に行くべきだろう。実の父親と母親がずっと復縁だの離婚だのともめて二十年になるなんて、娘としても名誉なことじゃない。これだけの人間が総がかりでかかれば、秦玉河《チン・ユイホー》だって聞き入れるさ。今の女房と離婚させて、あんたと復縁すれば、潘金蓮の件は自然と…」

李雪蓮《リー・シエリエン》は王公道《ワン・コンタオ》の長口舌をさえぎった。

「秦玉河《チン・ユイホー》の説得なんかしなくていいわ。説得できたとしても、私は復縁なんかしない」

「復縁しなかったら、どうやって当初の離婚がウソだったと証明するんだい。どうやって、あんたが潘金蓮じゃないと証明するんだ」

「いままでは証明したかったけど、今年は証明しないわ」

「二十年も証明し続けて来て、今年突然証明しないと言って、誰が信じるんだい」

「教えられないけど、今年は私は悟ったの」

「従姉さん、どうしてそう頑固なんだ。そう言うところを見ると、やっぱり告訴するんだろ。

だったら、他の人はともかく、俺の身にもなってくれよ。この二十年間、あんただってよく知ってるはずだ。あんたのせいで俺も過ちを犯した。一度挫折して、また這い上がって、裁判所長にまでなった。あんたが告訴しなければ、この地位は安泰なんだ。あんたが騒げば、俺も二十年前の荀《シン》裁判所長のようにクビになるかもしれん。俺のクビはあんたの手にかかっているんだよ」

「あんたのクビのために、私が心を腹に収めればいいんでしょ。言ったでしょ。今年は告訴しないって」

王公道《ワン・コンタオ》は泣きそうになった。

「従姉さん、そんな口から出まかせ言わないでくれよ。俺たちは姉弟だろう。腹を割って話し合えないか」

李雪蓮《リー・シェリエン》は腹を立てた。

「出まかせなんかじゃないわ。本当のことを言ってるのに、あんたが信じないんじゃないの」

そう言うとナツメの木の下の階段の上の鞄を手に取った。

「何を言っても信じないなら、もう何も言わないわ。娘の家に行かなくちゃならないのよ。ここにいたければいるといいわ。出る時は門の鍵をかけるのを忘れないでよ」

そう言うと庭を出て行った。王公道《ワン・コンタオ》は慌てて追いかけた。

「怒るなよ。親戚が訪ねて来たというのに。待てよ。裁判所の車で送って行くからさ」

二

県長の鄭重《チェン・ジョン》が当県に赴任して三か月になる。上から下までの指導者のうち、鄭重《チェン・ジョン》だけがまだ李雪蓮《リー・シェリエン》のすごさを知らない。李雪蓮《リー・シェリエン》のすごさを知らないからといって、李雪蓮《リー・シェリエン》が現代の「小白菜」であることを知らないというわけではない。彼女の告訴で、かつて市長、県長、裁判所長らがクビになったせいで、また知っているからこそ、上から下までの指導者が一度蛇に咬まれたせいで縄をも怖れるようになり、びくびくしていると感じていた。市から県までの各級行政府がなんだって一介の農村の女性をそんなに怖れるのか。農村の女性に首根っこを押さえられているのか。弱みを握られてでもいるのか。退路を失くして皆が毎年毎年びくびくしている。治安は大事だし、「和諧」も大事だ。だが、いくら治安といっても、こんな治安の法はないし、いくら「和諧」といっても、こんな「和諧」の法はないだろう。テロリストに対抗するのと同じで、譲歩してはいけない。一旦譲歩すれば、相手は新たな要求を出してきて、きりがないからだ。交渉は万能ではない。鄭重《チェン・ジョン》は指導者たちは上から下まで軟弱すぎると思った。強硬に出るべき時は強硬にやらないと。ことが爆発するなら、爆発させないと。テロリストが銃をぶっぱなすなら、ぶっぱなさせないと。もちろん、二十年前に爆発はした。市長、県長、裁判所長らがクビになった。だが、二十年前に爆発したのだから、今はもう怖ろしくないはずだ。役人社会では一度クビになった地位は二度とクビにはならない。世の中で最も危険な場所こそが最も安全なのである。

鄭重《チェン・ジョン》は以上のような認識の他に、別の県で常務副県長をしていた時に集団陳情事件を処理したことがあり、その経験からの教訓があった。その県の事態は李雪蓮《リー・シエリエン》の告訴よりもっと深刻だった。県が工業団地を建設するため、ある村の三千ヘクタールの土地を取り上げたのだが、土地の補償金に関して農民と折り合いがつかなかったのだ。村の千人余りの農民の男女が集結して、県政府の入り口に座りこみをした。県長の熊《シオン》と農民代表の話し合いは十回に及んだが、決着がつかなかった。県政府前に座りこむ人間はますます増えた。熊《シオン》は市長の馬文彬《マー・ウェンビン》に警察を動員していいか指示を仰いだが、馬文彬《マー・ウェンビン》の返事はこうだった。

「穏便に処理せよ」

上と下の板挟みとなった熊《シオン》は入院してしまった。熊《シオン》が病気になり、事態は鄭重《チェン・ジョン》にのしかかってきた。鄭重《チェン・ジョン》は熊《シオン》の病気がこの騒ぎから逃れるための仮病であると分かっていた。だが、鄭重《チェン・ジョン》には鄭重《チェン・ジョン》の考えがあった。鄭重《チェン・ジョン》は引き継ぐと、誰にも指示を仰がず、先頭に立って騒いでいる農民代表数名を県政府の会議室に呼んで、十一回目の交渉を行った。農民代表が会議室に入ると、警官が大勢いるのに気づいた。警官は有無を言わさず、騒ぎの先頭に立っている農民たちを捕まえ、手錠をかけて、猿轡を咬ませると、県政府の裏口から連行した。自分たちの代表が警察に捕まったと聞くと、県政府前の一千人余りの農民たちはさらに大騒ぎになり、県政府に押し寄せ、建物の窓ガラスを割り、建物の前に停まっていた三台の乗用車をひっくり返して火をつけた。鄭重《チェン・ジョン》が待っていたのはこの時だ。大騒ぎをした群衆がふと気がつくと、県政府の周囲には警官が集まり出していた。警官はますます増えて三、四百名になり、実弾銃を持っている警官も警棒を持っている警官もいる。鄭重《チェン・ジョン》は県の三、四百名の警察力をすべて動員したのである。農民と警官の間でこぜりあいが起きた。鄭重《チェン・ジョン》は警察に空に向けて発砲させた。銃声が鳴り響くと、農民たちは一目散に散り散りとなった。流弾が二発、二人の駆けていた農民に怪我を負わせて、事態は収束した。捕まった数名の農民代表も解放され、壊したり、奪ったり、焼いたりした者たちが捕まり、「社会秩序擾乱罪」、「公務執行妨害」、「公共物破損」の罪でそれぞれ三年から五年の刑に処せられた。政府は当初定めた村の土地の補償額を支払い、村民も金を受け取り、誰も騒ぐ者はなくなった。工業団地はすぐに着工した。発砲して怪我を負わせたため、鄭重《チェン・ジョン》は党内の警告処分となった。市長の馬文彬《マー・ウェンビン》はそれまで鄭重《チェン・ジョン》のことを良く知らなかったが、今回の件で鄭重《チェン・ジョン》をおおいに買うようになった。鄭重《チェン・ジョン》が発砲させて怪我を負わせたからではなく、重要なことにぶつかっても指示を仰がず、自分の判断で行動したからである。言葉を換えて言えば、責任を負ったからである。市長馬文彬《マー・ウェンビン》は鄭重《チェン・ジョン》をこの県に異動させ、県長にした。同県の裁判所長の王公道《ワン・コンタオ》は鄭重《チェン・ジョン》に李雪蓮《リー・シエリエン》の状況を報告し、今年も彼女が告訴に行くかもしれないと話した。王公道《ワン・コンタオ》は半べそをかいていたが、鄭重《チェン・ジョン》は気にもかけなかった。

「二十年になります。あの女ときたら、ますます扱いにくくなっています。告訴しないと言えば言うほど安心できません。何を考えてるか分からないんです」

「分からなければ放っておけ。告訴させればいい」

王公道《ワン・コンタオ》は慌てて手をふった。

「鄭県長はいらしたばかりでご存じないんです。告訴させるわけにはいきませんよ」

「憲法のどこに公民が告訴してはいけないと書いてある？」

「うちの県の裁判所に告訴するんじゃないんです。県の裁判所に告訴するのなら、私だって怖くはありません。北京に告訴に行くんですよ。普段の北京なら私たちだって怖くありません。北京はもうすぐ全人代じゃないですか。人民大会堂で騒ぎを起こされたら、市長からあなたまで、そして私までが全員がクビになるんです」

鄭重《チェン・ジョン》は笑って、二十年前にそれらの人がクビになったからこそ、今はクビにはならないという道理を説いた。ところが王公道《ワン・コンタオ》は納得しない。

「鄭県長、言いにくいことですが、言わせていただきます。私にだって、それはそれ、これはこれという道理は分かりますよ。でも、それはそれ、これはこれだからこそ、指導者が考えることは李雪蓮《リー・シエリエン》の考えることと同様、我々には推測しかねるんです。幹部をクビにして指導者の心が痛みますか。中国は何が欠けようと幹部だけは欠けてないんです。一連の人間をクビにすれば自分のところの人間に換えられるんですから」

王公道《ワン・コンタオ》のこの言葉は鄭重《チェン・ジョン》には思いがけないものだった。鄭重《チェン・ジョン》は体を椅子の背に倒した。

「クビにするならすればいいさ。ちょうど辞めたいと思ってたところだ」

王公道《ワン・コンタオ》は慌てた。

「この件は県長の一存ではどうにもなりません。県長は辞めたいと思ってらしても市長がまだ辞めたくないと思っていたらどうなります?」

それから、うつむいて言った。

「それに私もまだ辞めたくないんです」

鄭重《チェン・ジョン》は王公道《ワン・コンタオ》は正直な人間だと思い、思わず、プッと笑った。

「つまり、各レベルの行政府がたった一人の農村の女性に操られているわけか」

「そうなんです。それも二十年間、毎年なんです」

そして、また言った。

「面倒なのは、彼女一人ならまだ何とかなるんですが、実は三人になっているんです」

鄭重《チェン・ジョン》は解せなかった。

「どういう意味だ」

「我々は彼女のことを小白菜だと思ってますが、彼女の前夫は彼女を潘金蓮だと言うんです。彼女自身は自分は竇娥《とうが》のように濡れ衣だと言うんですから、三人じゃありませんか。この三人の女はどれも一筋縄ではいきません。一人だけでも大変なのに、三人の扱いにくい女が一緒になったら、三面六臂じゃありませんか。白娘子《はくじょうし》(21)が修行したみたいに二十年修行したら化け物にもなるというものです」

さらに言った。

「彼女をなだめすかせるために、この二十年間ずいぶんやってきたんですよ。豚足だけでも、十七、八本はやりました」

さらに言った。

「役人に付け届けするなら分かります。役人が農村の女に付け届けするなんて話がどこにありますか」

さらに恨めしそうに言った。

「国も全人代を頻繁に開き過ぎですよ。毎年小規模のがあり、五年ごとに大規模のがある。今年は例年と違い、大規模の年です。政権も交代することですし、彼女を行かせるわけにはいきません。油断は禁物ですよ」

そして、ため息をついた。

「問題はことが逆転していることです。一介の農村の女が国の一大事と絡むなんて」

「おまえたちが彼女をつけあがらせたのだろう」

「鄭県長、でもそれが現実なんですから。私ごときでは話になりませんから、鄭県長がご自分で彼女とお話になってはいかがですか」

鄭《チェン》重《ジョン》は笑った。王公道《ワン・コンタオ》は自分の荷を卸して面倒を避けようとしている。正直者のようで、なかなか油断がならない。だが、鄭重《チェン・ジョン》はそれには構わず、方向を変えて聞いてみた。

「その女性には別の事情がないのか、調べてみてくれ。たとえば、窃盗、ケンカ、賭博、その他の違法行為はないのか」

王公道《ワン・コンタオ》には鄭重《チェン・ジョン》の意図が分かった。

「あればいいんですが、他の犯罪事実があればとっくに捕まえていますよ。そうなれば私もせいせいします。警察の出番ですからね」

頭を掻いて言った。

「彼女に注意して二十年になりますが、農村の女ですからね。犯罪を犯したくてもその度胸はなし、博打をしたくても金がありませんよ」

鄭《チェン》重《ジョン》はそうは思わなかった。

「おまえの言う通りなら、そんな度胸がないということは人間としては悪くないということじゃないか」

また言った。

「考え方を変えてみよう。彼女の前夫を説得して復縁させることは出来ないのか。二人が復縁すれば告訴はしなくなるのだろう？」

「その方法は二十年前に考えました。説得も百回はしました。でも、前夫も強情でして、この二十年の騒ぎがなければ考えても良かったが、二十年間も騒がれたから、たとえ世の中にあの女しか女がいなくなってもあの女とだけは復縁しないと言うんです」

さらに言った。

「それに、男は再婚しています。生まれた子も、もうすぐ二十歳になります。李雪蓮《リー・シェリエン》と復縁するなら、まずそっちと離婚しなくちゃなりませんからね」

さらに言った。

「それに、李雪蓮《リー・シェリエン》が前夫と復縁するというのも夫婦になりたいからじゃなく、復縁後に離婚するためなんです。とにかく、すべては自分が潘金蓮じゃないと証明するためなんです」

感慨深げに言った。

「前夫には迷惑をかけず、私たちを悩ませるんです。二十年ですよ、鄭県長。私も時々イヤになり、裁判所長を辞めて小商いでもしようかと思うことがあります」

鄭重《チェン・ジョン》はプッと笑った。

「そんなに悩まされてるのなら、一度会ってみようかな」

王公道《ワン・コンタオ》はすぐに立ち上がった。

「そうですよ、鄭県長。会って、なだめてください。一か月なだめれば全人代も閉幕します。

そうなれば、どこに行って告訴しようと平気です」

鄭重《チェン・ジョン》はかぶりをふって言った。

「この県にはなんだってまた彼女のような潘金蓮が出現してしまったんだ」

「たまたまです。まったくの偶然ですよ」

翌日の午前、県長鄭重《チェン・ジョン》は李雪蓮《リー・シエリエン》の村に李雪蓮《リー・シエリエン》を訪ねた。同行したのは裁判所長の王公道《ワン・コンタオ》ら一行だった。鄭重《チェン・ジョン》が李雪蓮《リー・シエリエン》を訪ねたのは、別に王公道《ワン・コンタオ》が昨日さんざん道理を説いて、鄭重《チェン・ジョン》を説得したからではない。王公道《ワン・コンタオ》が帰ってから、市長の馬文彬《マー・ウェンビン》が電話してきて、十日後に全人代代表として北京に会議に行くことになったが、鄭重《チェン・ジョン》の県に李雪蓮《リー・シエリエン》という女がいて、二十年前に大会で騒いだそうで、その後も毎年、告訴に行っているらしいが、注意するようにと鄭重《チェン・ジョン》に促したからだった。馬文彬《マー・ウェンビン》は言った。

「私が北京の全人代に行く以上、李雪蓮《リー・シエリエン》は行ってはならない」

王公道《ワン・コンタオ》の理屈は鄭重《チェン・ジョン》は気に留めても留めなくても構わないが、馬文彬《マー・ウェンビン》のこの電話は気に留めないわけにはいかなかった。と同時に、鄭重《チェン・ジョン》も李雪蓮《リー・シエリエン》にひと目会ってみたくなった。彼女が本当に上から下までの人間を二十年間悩ませた三面六臂かどうか見てみたかったのだ。李雪蓮《リー・シエリエン》に会ってみれば、ごく普通の農村の女性で、半分白髪頭の腰がバケツのように太い、ぶっきらぼうな女だった。李雪蓮《リー・シエリエン》は王公道《ワン・コンタオ》を見ると意外そうに言った。

「昨日も来たばかりじゃないの。今日はまた何しに来たの？」

「従姉さん、昨日は昨日、今日は昨日とは違うよ」

鄭重《チェン・ジョン》を指さして言った。

「俺たちの県の鄭県長だ。俺ごときでは昨日は説得出来なかったから、今日は県長にお越し願ったのさ」

全員で庭のナツメの木の下に座った。

「奥さん、私は単刀直入が好きなので、さっさと本題に入らせてもらうよ。もうすぐ全人代が始まる。告訴に行くのかね」

李雪蓮《リー・シェリエン》は王公道《ワン・コンタオ》を指さして言った。

「昨日もこの人に言ったけど、今年は行かないわ」

鄭重《チェン・ジョン》は昨日、王公道《ワン・コンタオ》に尋ねたように聞いた。

「どうしてだね」

李雪蓮《リー・シェリエン》の答えも昨日と同じだった。

「いままでは諦めがつかなかったけど、今年は諦めがついたからよ」

王公道《ワン・コンタオ》が手を叩いて言った。

「そう言われても信じられない」

そして言った。

「そう言いながら、また訴えに行くんだろう」

鄭重《チェン・ジョン》は手で王公道《ワン・コンタオ》を制して、李雪蓮《リー・シェリエン》に言った。

「王裁判長は信じなくても私は信じるよ。諦めがついたのなら、保証書を書いてくれ」

李雪蓮《リー・シェリエン》はびっくりした。

「保証書って？」

「二度と訴えないと書いて署名するのさ」

「署名したら、どんな効果があるの？」

「それでも訴えたら、法律的責任を負うのさ」

「なら書かないわ」

鄭重《チェン・ジョン》は驚いた。

「訴えないと言うのなら、なぜ保証書が書けないんだね」

「書けないんじゃないわ。そういうことじゃないからよ。それでは理屈が通らない。私は濡れ衣なのに訴えない。でも保証書は書けない。保証書を書いたら私が間違っているみたいだもの。一時の間違いならともかく、まるで二十年間も間違っていたみたいだわ」

鄭重《チェン・ジョン》はまた驚いて、この農村の女性はただものではないと思った。確かにその言葉には道理がある。鄭重《チェン・ジョン》は思いもかけなかった。そこで慌てて言った。

「そんなに深刻な話ではないよ。形式的なことだ」

李雪蓮《リー・シエリエン》は首をふった。

「今は形式でも、将来何か起こったら、その紙を持ち出して私を捕まえることができるんでしょ」

鄭重《チェン・ジョン》はついにこの女性が確かに扱いにくいことを理解した。李雪蓮《リー・シエリエン》はさすがに李雪蓮《リー・シエリエン》であった。鄭重《チェン・ジョン》の罠は簡単に見破られていた。そこで慌てて弁解して言った。

「そんなつもりはない。皆が安心するためだ。でなければ、口約束だけでは我々の協議は成立しないだろう」

王公道《ワン・コンタオ》が書類カバンから一枚の公文書を出した。紙にはすでに数行が印刷してあった。王公道《ワン・コンタオ》は言った。

「従姉さん、保証書も起草してある。鄭県長もいらっしゃる。署名してくれよ」

そして、上着のポケットから万年筆を出した。

「サインさえしてくれれば二度と邪魔しには来ないよ」

李雪蓮《リー・シェリエン》は王公道《ワン・コンタオ》の万年筆をふり払って言った。

「今年は訴えに行くつもりはなかったけど、そうやって迫るのなら、あんたたちを告訴するわ。考えを変えた。今年も訴えに行くわ」

鄭重《チェン・ジョン》は愕然とした。王公道《ワン・コンタオ》は地面から万年筆を拾いあげると手にした保証書を叩いて言った。

「ほうら、とうとう本音を吐いたじゃないか」

訳註
（21）白娘子《はくじょうし》＝『白蛇伝』のヒロインで、人間の青年に恋する大蛇の化身。化け物を退治しようとする僧侶と死闘を繰り広げる。

三

県長鄭重《チェン・ジョン》は市長馬文彬《マー・ウェンビン》に面と向かって批判された。政府と李雪蓮《リー・シェリエン》の矛盾を激化したと批判されたのだ。鄭重《チェン・ジョン》が隣県の常務副県長だった時、農民が県政府を包囲した事件を処理した時も矛盾を激化させた。あの時の激化は正しかったが、今回の激化は過ちだった。一人の農村女性が二十年間訴え続けて、今年になって突然訴えるのはやめたと言った。その言葉が本当だろうとウソだろうと、訴えないと言ったのは二十年間で初めてのことで、言うなれば積極的要素であった。たとえウソだとしても、ウソの中に告訴という過激なやり方を改めようという願望があった。そういう願望があるのであれば我々は積極的な方向に導かなければならない。ところが、裁判所長から県長までが頭から冷水をかぶせて、そう言っているのはウソだと言った。ウソを本当の言葉に変えさせるため、保証書にサインさせ、法律的責任を負わせようとした。その結果は？　せっかくのいいこと、いい願望を死に際に追いつめた。その出発点は何か。相手を信用しなかったことだ。こっちが信用していないのに、どうして相手がこっちを信用する？　犬だって追いつめられれば塀を飛び越えるのだ。結果はまったく反対となり、願望に反してしまった。その女性は今年は訴えないと言っていたのに、考えを改めて今年も訴えるという。これで皆は納得したが、説得工作はさらに難しくなった。相手にいい願望があった時は説得工作は同じ方向で努力すれば良かった。相手が違う方向に変えたのなら、説得工作も違う点から始めなくてはならない。違った点から同じ道へと着手するには、着手するだけでも仕事量が大きくなる。その余分な仕事量は誰が付け加えたのか。その農村女性ではなく、我々、仕事をすべき側の人間ではないか。我々の仕事のやり方に問題がある。問題は仕事のやり方の、それも問題の表面にある。問題の本質は我々の人民に対する態度にある。人民を信頼しなければ、どうして人民が信頼してくれる？　そのやり方自体が自分を人民の公僕としておらず、人民と対立する側に立ち、役人を偉い者としているのだ。そうした過ちより、もっと大きな過ちは、この件を処理する際、大局的な観点が欠けていたことだ。あと半月もすれば国が全国人民代表者会議を開催しようという時に、一人の農村女性が国家の大事と関連づけられた時、彼女はすでにただの農村の女性ではなくなっている。それなのに、自分たちの仕事のやり方はただの農村の女性に対してのやり方だった。二十年前、この女性は人民大会堂に乗りこんだのだ。彼女のせいで我々の前任者たちは一気にクビになったのだ。二十年前、我々の前任者はまさにそういうやり方でこの女性に対応したからだ。我々は二十年前から何も貴重な教訓を汲み取らなかった。それよりも重要なのは政治的観点だ。今年の全人代は例年の全人代とは違う。今年は節目の年で、新しい政権体制が生まれるため、全国全世界が注目している。二十年前に女性が騒いだ時は節目の年ではなかった。だが、今年、騒がれたら、節目の年なのだ。万が一、彼女が乗りこんで、そして二十年前と同じように成功したら、その政治的事故と影響力も二十年前の比ではない。マスコミも二十年前とは違う。インターネットがあり、微博《ウェイボー》(22)がある。一夜の間に全世界がそのことを知ることにならないとも限らない。我々が二十年前の前任者たちのようにクビになるのはたいしたことではないが、国全体の顔が全世界の前で潰れるようなことがあれば、おおごとである…。

馬文彬《マー・ウェンビン》が鄭重《チェン・ジョン》を批判する言葉は厳しかったが、顔にはずっと微笑をたたえていた。これは馬文彬《マー・ウェンビン》がスピーチする時の癖だった。馬文彬《マー・ウェンビン》は背は高くなく、一メートル六十ぐらいだった。壇上でスピーチをする時に舞台の端のマイクの前で話さなければならない時がある。他の人が話し終わり、彼がマイクに近づくと頭がマイクに届くことすら難しい。たいていは誰かがスピーチをし市長の発言の番になると、スタッフが急いで駆け寄り、マイクの高さを調節した。痩せて背が低く、金縁メガネをかけているので、見たところ軟弱な書生のようだった。人と話す時の声も大きくない。話す前にまず笑った。少し話すと、また笑う。だが、その特徴は話し方にはない。同じことであっても他人が一層の道理を説くところ、彼は三層もの道理を語ることが出来た。いいことならまだいいが、悪いことであればその批判は完膚なきものになった。それに加えて、馬文彬《マー・ウェンビン》は平素話す時の声が低い。それが幹部の任用の検討になると声はいきなり高くなった。誰を抜擢し誰を降ろすか、旗幟鮮明だった。市長が誰かを抜擢したいと言えば反対する者はいない。反対したくても、こっちが一層の理しか述べられず、向こうが三層の理を説けば、とても言い負かすことは出来ない。一発で決まってしまう。同じように幹部をクビにしたいと思っても一発で決まった。だから、市から県までの各級の幹部たちは皆、彼を怖れた。馬文彬《マー・ウェンビン》が鄭重《チェン・ジョン》を批判した時は他の人を批判する時と同様に批判してから笑った。笑われた時、鄭重《チェン・ジョン》の体は何度も冷や汗をかいていた。鄭重《チェン・ジョン》の冷や汗は馬文彬《マー・ウェンビン》の批判を怖れたからでなく、馬文彬《マー・ウェンビン》の話が情にも理にも適っていて、立場も見方も鄭重《チェン・ジョン》より相当に上だと感じたからである。これこそが違いというものである。なぜ相手は市長で自分は県長なのか、その理由は相手のレベルが自分よりも上だからである。馬文彬《マー・ウェンビン》の批判が終わると、鄭重《チェン・ジョン》は心から感服して言った。

「馬市長、仰る通りです。私が問題を単純に考え過ぎていました。ものごとを小さく考え過ぎでした。大局的観点と政治的観点に欠けていました。時代を把握していませんでした。戻ってすぐに反省文を書きます」

馬文彬《マー・ウェンビン》は笑って手をふって言った。

「思うのだが、昔の成語はやはりいつまでも色褪せない。非常に深いものがある。千里の堤防もアリの巣から壊れる、と言うだろう。間違いは未然に防げ、と言うだろう。小に因りて大を失う、と言うだろう。結局のところ、すべて小ということなんだ。多くの人の失敗が大きなことではなく、小さなことで失敗しているんだ。あるいは、小さなことの深さを理解していない」

鄭重《チェン・ジョン》は急いで、うなずいた。

「私はまさにその小に因りて大を失いました。小の深さに気づいていませんでした」

「こういう成語もある。人生塞翁が馬。今回失敗して、次回はこれに懲りてあれを知り、一を聞いて十を知れば進歩じゃないか」

「県に戻りましたら、すぐにやり直します。その女性ともう一度話し合ってみます」

馬文彬《マー・ウェンビン》は笑って鄭重《チェン・ジョン》を指さした。

「相手とそこまでこじれてしまったのだ。そのこじれを直すのは一日では出来まい」

ソファの腕の部分を叩いて言った。

「あと九日で全人代だ。ここは私が出向こう。戻って約束を取り付けてくれ。私がその女性を食事に招待したいと」

「馬市長、私の仕事が至らないばかりに、ご迷惑をおかけします」

馬文彬《マー・ウェンビン》は手をふった。

「大衆に会うのも私の仕事だからね」

　また笑って言った。

「市長を三年やっているが、まだ自分のところの小白菜に会っていない。そうさ、その潘金蓮にも君の言うところの竇娥にも三面六臂のナージャ[23]にも会っていない。竇娥にもナージャにも会ってないのは私が悪い。これもまた官僚主義だ」

　鄭重《チェン・ジョン》も気が楽になり、笑って付け加えた。

「芝居の中の小白菜も潘金蓮も竇娥も可憐な若妻ですが、うちの小白菜、潘金蓮、竇娥は白髪のおばさんです」

　市長馬文彬《マー・ウェンビン》が李雪蓮《リー・シエリエン》を食事に招待することになり、食事の場所に関して馬文彬《マー・ウェンビン》はまた市政府の秘書長と県長の鄭重《チェン・ジョン》を批判した。馬文彬《マー・ウェンビン》が普段人を接待する場所は三か所あった。省から指導者が来たり他の市から同僚が来れば市政府賓館だ。投資をする企業なら市の富豪大酒店。昔の同級生なら市政府賓館で食事を作らせて家に運ばせた。市政府の秘書長は馬文彬《マー・ウェンビン》が一介の農民と仕事のことで食事すると聞いて宴会を市政府賓館に設定した。車を出して李雪蓮《リー・シエリエン》を迎えに行くと馬文彬《マー・ウェンビン》に報告すると、馬文彬《マー・ウェンビン》は眉をしかめた。

「おまえたちを批判するわけではないが、大衆に対する態度というものは食事だけで分かる。大衆を呼びつけるのか、こちらが出向くのか」

　秘書長はすぐに自分の過ちを認識した。

「そうでした。私どもが県に赴くべきでした」

そう言うと馬文彬《マー・ウェンビン》の執務室を出て急いで県長鄭重《チェン・ジョン》に電話した。鄭重《チェン・ジョン》は食事の場所を県城の「世外桃源」に設定した。県城の「世外桃源」は県城では最高級の食事場所だった。当県は内陸にあるが、「世外桃源」の料理は世界各地の新鮮な海鮮料理を出した。市長の馬文彬《マー・ウェンビン》が同県を視察に来て食事をする時はいつもこの「世外桃源」だった。今回も「世外桃源」にしよう。鄭重《チェン・ジョン》が秘書長にそう報告し、秘書長が馬文彬《マー・ウェンビン》に報告すると、馬文彬《マー・ウェンビン》はまた眉をしかめた。

「一を聞いて十を知ることはそんなに難しいか。大衆の一人と食事するのに世外桃源に行ったら、その豪華さと新鮮な海鮮で食べないうちに相手は度肝を抜かれてしまうじゃないか。毎日こんないいものを食べているのかと思い腹も立てるに違いない。そんな状況でどうやって説得工作をするんだね。相手を食事に呼ぶ以上は気持ちよくリラックスできる店を選ぶべきだろう。彼女の村の羊のスープの店で数枚の焼餅《シャオビン》(24)を食べて熱々の羊のスープを飲んで大汗をかけば、気分はすぐになごむというものじゃないか」

秘書長はまたもや自分の過ちを認識し、慌ててうなずいた。

「その通りです。では、向こうの村に行き、羊のスープを飲みましょう」

でも、また心配になって言った。

「村の食堂では不衛生ではないですか」

馬文彬《マー・ウェンビン》は手をふって言った。

「私は農村で生まれ育った。人が食べる物を私も食べる。君たちは食べ慣れないと言うなら別の店に行きなさい」

秘書長が慌ててうなずく。

「私たちも食べます、私たちも食べます」

そう言うと自分の部屋に戻り、県長の鄭重《チェン・ジョン》に電話した。鄭重《チェン・ジョン》もすぐに自分の過ちに気づき、市長馬文彬《マー・ウェンビン》の意向に沿って食べる場所を村の羊スープ店にした。そして、改めて馬文彬《マー・ウェンビン》に感心した。自分はまだまだだ。これこそが差であると。

翌日の夜、市長の馬文彬《マー・ウェンビン》は拐湾鎮の老白羊湯館で李雪蓮《リー・シエリエン》を羊のスープに招待した。老白羊湯館は村の西のはずれにあり普段は外も中も汚らしかったが、今日は突然きれいになっていた。午前は汚かったのだが午後になったらきれいになった。床を掃き清め、テーブルもお湯で洗い、天井に穴が開いていたのが臨時に新聞で塞がれていた。奥の厨房も油汚れが削り落とされていた。ひと通り手を入れると老白羊湯館は見違えるようにピカピカになった。老白羊湯館の左手は羊の臓物を売る屋台だった。午前中はまだ羊の臓物を売っていたのに午後は鎮長の頼小毛《ライ・シャオマオ》に追い払われた。老白羊湯館の右手の屋台主は歯の抜けた雑貨を売る余《ユイ》だったが、これも午後は頼小毛《ライ・シャオマオ》に追い払われた。入り口の左右の屋台をきれいに掃除すると老白羊湯館の周りはすっきりと広々とした。市長に随行して李雪蓮《リー・シエリエン》とご飯を食べるのは市政府の秘書長、当該県の県長鄭重《チェン・ジョン》と裁判所長の王公道《ワン・コンタオ》だった。一つのテーブルに五人が腰かけた。その他の市政府の随行員、県政府の随行員、県裁判所の随行は拐湾鎮の鎮長の頼小毛《ライ・シャオマオ》が引き連れて鎮政府食堂に食べに行った。大勢で押しかけては李雪蓮《リー・シエリエン》を驚かすと思ったからだ。誰が李雪蓮《リー・シエリエン》を連れてくるかについては県長鄭重《チェン・ジョン》はかなり躊躇した。鄭重《チェン・ジョン》と王公道《ワン・コンタオ》は李雪蓮《リー・シエリエン》と言い合いになったばかりなので二度と怒らせたくない。鄭重《チェン・ジョン》はその役目を拐湾鎮長の頼小毛《ライ・シャオマオ》に押しつけた。頼小毛《ライシャオマオ》は今年四十歳のチビのデブで、普段はひと言喋るのに汚い言葉を三言は言う。酒好きで人を殴る。サンタナの乗用車に乗っていて、酔って乗っては運転手にあれこれ運転を指図する。スピードが出ると鎮長は腹を立て、手を挙げて運転手の頭をひっぱたいて言う。

「この野郎、親父が死んで葬式にでも駆けつけるのか」

スピードが遅くても腹を立て、手を挙げてまたひっぱたく。

「この野郎、親父を車で引いてるつもりか？　せっかくのいい車もおまえが運転するとロバ車みてえだ」

運転手はおかげで五人も交代した。鎮政府の幹部は四十人余りいるが鎮長に罵られない者はいない。鎮の管轄には二十余りの村があるが、二十人余りの村長のうち鎮長に蹴飛ばされなかった者はいない。だが、頼小毛《ライ・シャオマオ》が鎮長になって五年、李雪蓮《リー・シエリエン》は拐湾鎮の管轄の村に住み年々告訴に行っているが、頼小毛《ライ・シャオマオ》はずっと李雪蓮《リー・シエリエン》に対して距離を保っていた。李雪蓮《リー・シエリエン》が毎年訴えに行くので、県は毎年会議で拐湾鎮を批判し、鎮の治安が基準に達していないとして先進鎮に数えないでいた。頼小毛《ライ・シャオマオ》は県の会議から戻ると鎮政府のすべての幹部に、先進鎮になどならんでもいい、李雪蓮《リー・シエリエン》の告訴を邪魔してはならないと言い含めた。なぜなら、李雪蓮《リー・シエリエン》が上級政府を告訴するのを止めなければ、鎮としては面倒がないからだ。阻止して鎮政府を飛び越えないようにすれば面倒は彼の頭に下りてくる。頼小毛《ライ・シャオマオ》は言った。

「俺たちは拐湾鎮だからな。考えも曲げないとならん(25)」

頼小毛《ライ・シャオマオ》は普段は荒っぽいくせに細かいところは実に細かかった。今回も鄭重《チェン・ジョン》が頼小毛《ライ・シャオマオ》に李雪蓮《リー・シエリエン》を羊スープを招待に行かせると、頼小毛《ライシャオマオ》は腹の中では弱りきっていたが行かないわけにはいかない。頼小毛《ライ・シャオマオ》は普段なら人を見れば口汚く罵り手を出したが、李雪蓮《リー・シエリエン》を見ると顔中花が咲いたように綻ばせ、「おばさん」と親しげに声をかけた。李雪蓮《リー・シエリエン》のほうが戸惑ったぐらいだ。告訴のおかげで何だってまたこうも親戚が増えるのか。李雪蓮《リー・シエリエン》は言った。

「頼鎮長、裁判所の王《ワン》所長が従姉さんと呼ぶのはまだしも、あんたまでが私をおばさんだなんて言うのを聞くと身の毛がよだつわ」

頼小毛《ライ・シャオマオ》は目をぐるりとさせた。

「王《ワン》裁判長が従姉さんと呼ぶのは変だが、俺がお袋の実家の関係からおばさんと呼ぶのは道理のないことじゃないよ。いいかい。俺のお袋の実家は厳家荘《イエンジアジュアン》にある。お袋の兄さん、つまり俺の伯父が嫁に取ったのが柴家荘《チャイジアジュアン》の柴《チャイ》の姪で……」

太い指を折りながら数え始めるのを李雪蓮《リー・シエリエン》は止めて言った。

「頼鎮長、回り道はいいから何の用なの。私の告訴のことで来たのなら、聞くつもりはないわよ」

「告訴のことじゃない。おばさん、俺も鎮で仕事して五年になるが、あんたと顔を合わせて告訴の話をしたことがあったかい？」

李雪蓮《リー・シエリエン》も考えると、うなずいた。

「確かに、なかったわ」

頼小毛《ライ・シャオマオ》は手を叩いた。

「そうだろう。仇は仇を討ち、冤罪は訴える。三国時代以来、それは当然のことだ。俺は告訴の邪魔はしないよ。今日来たのはご馳走するためだ。俺がご馳走するんじゃない。市の馬市長がご馳走するんだ。おばさん、たいしたもんだろ」

李雪蓮《リー・シェリエン》はすぐに表情を変えた。

「市長だろうと、あんただろうと、ロクなことじゃないに決まってるわ」

また言った。

「普段はご馳走なんかしないくせに、なんだって急にご馳走なんかするの。もうすぐ全人代だからでしょう?」

そう言うと外へ出て行こうとした。頼小毛《ライ・シャオマオ》は李雪蓮《リー・シェリエン》の前に飛び出て、手で彼女を止めた。

「おばさん、その通りだ。あんな偉い人がタダで人をご馳走するはずがない。まして特別な時期だからな。だが、たとえ鴻門《こうもん》の会(26)だろうと、今日は行ってもらうよ」

李雪蓮《リー・シェリエン》は驚いた。

「なんなの、縛って連れてく気?」

「まさか。頼んでるんだよ。誰のためでもない。俺のためさ」

さらに言った。

「もともと俺とはこれっぽっちも関係のないことだったが、世の中は分からないもんだ。今日、あんたにご馳走する話が俺の頭にふりかかってきてしまったのさ」

さらに言った。

「市長があんたを訪ねて来たのは、またしても告訴をするなと説得するためさ。あんたは同意しないし、俺も賛成しない。だが、あんたが同意するかしないかはあんたの話だが、ご馳走を受けるかどうかは俺の話なんだ。あんたが行ってくれさえすれば、あとはまたもめようと何しようと俺には関係ない」

また言った。

「おばさん、あんたの件はでかすぎて、俺の役職は小さすぎる。あんたは今までいつも上のほうとやり合ってきた。今回の食事のことでは俺までが巻きこまれてしまった。ちっぽけな鎮長さ。頼むから慈悲をかけてくれよ。でないと、俺はすぐさま蒸発してしまう」

また言った。

「俺の家には年寄りも子どももいる。親父はあんたの従兄だ。八十いくつになる。脳血栓を患って、口は曲り、目も斜めになって、オンドルの上で寝たきりで、いつ死ぬかも分からないんだ。おばさん、俺のことは哀れと思わなくても、俺の親父を哀れと思ってくれ」

体は門をふさぎ尻を半分突き出して、李雪蓮《リー・シェリエン》にペコペコした。李雪蓮《リー・シェリエン》はプッと笑って、鎮長の頭に一発平手打ちを見舞った。

「それでも鎮長なの。食事するぐらいが何よ。刀の山だろうと行ってやるわよ」

鎮で頼小毛《ライ・シャオマオ》に打たれた者はいるが、頼小毛《ライ・シャオマオ》を打つ勇気のある人者がどこにいる？　豹の胆でも飲まない限り。打たれた頼小毛《ライ・シャオマオ》は頭を押さえて笑った。

「おばさん、それでこそおばさんだよ。これがその、刀を置いてすぐ成仏するってやつだな」

大喜びで自分のサンタナで李雪蓮《リー・シェリエン》を鎮へと連れて来た。

李雪蓮《リー・シェリエン》は市長の馬文彬《マー・ウェンビン》と会うと、だいぶ丁重になった。丁重になったのは馬文彬《マー・ウェンビン》が市長だからではない。彼が金縁メガネをかけて品がいいからだ。話し方も丁寧で、話す前にまず笑い、少し話すとまた笑った。親しみやすい雰囲気だった。上品な雰囲気では誰だって顔を合わせてすぐにもめるわけにはいかない。品がいいことより、さらに重要なのは道理を説くことだ。別の人なら一つの道理で、しかもその道理が間違っていたりする。それが三層の道理を説き、言うことがいちいちもっともだった。会うと馬文彬《マー・ウェンビン》は全然告訴の話はせず、よもやも話を始めた。よもやま話をするのも居丈高でなく、まず家庭の様子を聞いた。家族は何人だね、とか、何をしてる、とか、相手のプライバシーを尋ねるのも同じで、答えるのも何だし、答えないのも悪いという感じである。さらに、まず自分の打ち明け話をした。羊湯館の壁の四方を見渡すと、自分も農村の出だと言い、子どもの頃から家が貧しく、子どもの頃、一番食べたかったのは鎮の羊湯館の羊のスープだったと言った。貧しくて食べられないので、学校から帰るとすぐ羊湯館に行き、店の入り口に貼りついて中をのぞいていた。ある時、大男が立て続けに三杯も羊のスープを飲んだ。三杯目は少し底にスープを残し、馬文彬《マー・ウェンビン》を手招きした。馬文彬《マー・ウェンビン》が近づくと、大男は言った。

「犬の鳴き真似を三度したら、飲ませてやる」

馬文彬《マー・ウェンビン》がワンワンと三度鳴くと、大男はお碗を馬文彬《マー・ウェンビン》のほうによこし、馬文彬《マー・ウェンビン》はお碗の残りを飲み干した。その話に皆が笑った。李雪蓮《リー・シェリエン》も笑った。続いて皆で焼餅を食べ、羊のスープを飲んで大汗をかいた。気分がかなりやわらいだ。馬文彬《マー・ウェンビン》がまた言った。子どもの頃はおとなしくウソを言うことが出来なかった。弟は自分より機敏で、兄がおとなしいのをいいことに家のものを盗んで食べては兄のせいにした。羊を放牧して羊を見失うと彼のせいにした。馬文彬《マー・ウェンビン》は口下手で弟を言い負かすことが出来ず、そのたびに父親に殴られた。当時の彼の悩みは自分の言うことは本当なのに、どうしてウソだということになるのだろうということだった。弟が言ってるほうがウソなのに、どうしていつも本当のことになってしまうのか。この時、李雪蓮《リー・シェリエン》は相手の話の雰囲気と話題にのめりこみ、思わず口をついて言った。

「私が訴えているのもそれなんです。明らかにウソなのに、どうして本当のことになるのか。私が言ってることが明らかに本当なのに、どうして誰も信じないのか」

李雪蓮《リー・シェリエン》が自分から告訴のことを言い出したのを見て、馬文彬《マー・ウェンビン》はすかさず、李雪蓮《リー・シェリエン》の告訴の話をし始めた。李雪蓮《リー・シェリエン》の告訴の話をするのに李雪蓮《リー・シェリエン》から始めず、その場にいる県長の鄭重《チェン・ジョン》と裁判所長の王公道《ワン・コンタオ》の批判から始めた。これも彼らをその場につきあわせた理由である。馬文彬《マー・ウェンビン》は彼らの仕事が単純で、大衆と対立する立場に立っていると批判した。自分が人民の公僕であることを忘れ、偉そうにしていると言った。それよりさらに重要なのは、ことにあたり大衆を信じないことだ。大衆を信じないにしても、一人の人として、心と心を通い合わせるべきだ。一人の人間が二十年も告訴し続けたのだ。華の身空をつぎこんで、髪まで白くなった。自分が冤罪でなかったら、そこまで出来るだろうか。君たちだったら、それが出来るかね。そう言われて李雪蓮《リー・シェリエン》は感動した。初めて知己に出会ったような気がした。政府にいい幹部などいないなんて誰が言った？　ここに一人いるではないか。県長鄭重《チェン・ジョン》、裁判所長王公道《ワン・コンタオ》は批判されて顔を真っ赤にして、ニンニクをすり潰すみたいに、しきりにうなずいて口々に言った。

「帰ってすぐに自己批判を書きます。帰ってすぐに自己批判を書きます」

むしろ李雪蓮《リー・シェリエン》のほうが申し訳なくなって、馬文彬《マー・ウェンビン》に言った。

「この人たちだけが悪いんではありません」

また言った。

「役人だから、やむにやまれぬこともあります」

馬文彬《マー・ウェンビン》はパンとテーブルを叩いた。

「聞いたかね。農村の婦人のほうがおまえたちより意識が高い」

鄭重《チェン・ジョン》と王公道《ワン・コンタオ》はまた慌ててうなずいた。

「その通りです。その通りです」

馬文彬《マー・ウェンビン》はチャンスとばかりに笑って聞いた。

「奥さん、ひとつ聞きたいんだがね。答えたければ答えて、答えたくなければ答えなくていいから。奥さんが訴えないと言ったのを彼らは信じずに、やり返した。いまここで、奥さんが言った言葉をもう一度繰り返してはくれないかね。あるいは、もう一度話をし直すことは出来ないかね」

急いで言った。

「話をし直すことが出来ないなら、無理強いはしないよ」

李雪蓮《リー・シエリエン》は馬文彬《マー・ウェンビン》の言葉にまた感動して言った。

「市長にそこまで言われたら、私だって絶対にダメだなんて言えません。私が言った言葉をもう一度繰り返しますよ」

鄭重《チェン・ジョン》と王公道《ワン・コンタオ》を指さして言った。

「私はこの人たちに二度も言ったんです。今年は告訴しないって。でも、信じなかった」

馬文彬《マー・ウェンビン》は鄭重《チェン・ジョン》と王公道《ワン・コンタオ》を指さして言った。

「子どもの頃、本当のことを言っても権力者が信じなかったのと同じだ」

皆が笑った。馬文彬《マー・ウェンビン》はまた言った。

「奥さん、これはただのお喋りだよ。それでは聞くが、二十年間告訴してきて今年はどうして突然訴えないことにしたんだね」

鄭重《チェン・ジョン》と王公道《ワン・コンタオ》が前回二回聞いたのと同じ質問だった。李雪蓮《リー・シエリエン》の答えも前回の二回と同じだった。

「以前は諦めがつかなかったけど、今年は諦めがついたからです」

馬文彬《マー・ウェンビン》はまた笑って聞いた。

「奥さん、教えてくれないか。いままでは諦めがつかなかったのに、どうして今年は諦めがついたんだね。何か具体的なことがあって諦めがついたのかい。もちろん、これもさっきと同じで答えたければ答えて、答えたくなければ答えなくていい」

何があって諦めがついたのかは前回の二回、王公道《ワン・コンタオ》と鄭重《チェン・ジョン》が聞くのを忘れたことだった。その事態だけを追及し、なぜそうなったかを追及するのを忘れていた。理由を聞かなかったから、まったく信じられなかった。王公道《ワン・コンタオ》と鄭重《チェン・ジョン》が聞き忘れたことを市長は今、尋ねた。病因を聞いてこそ対症療法だというものだ。さすがに市長のすることは細部の点で彼らよりも深い。これもまた小の働きだ。市長が彼らよりも高明であるところだ。鄭重《チェン・ジョン》と王公道《ワン・コンタオ》はまた感服してうなずいた。

李雪蓮《リー・シエリエン》が言った。

「何も具体的なことはないけれど、牛の言葉を聞いたからです」

李雪蓮《リー・シエリエン》のこの答えは誰も思いもよらないものだった。あるいは、話が曲がり過ぎていて、どう対応していいか分からなかった。皆は茫然とした。馬文彬《マー・ウェンビン》も茫然として、やや口ごもって聞いた。

「牛？　どこの牛だね」

鄭重《チェン・ジョン》がようやく我に返り、慌てて言った。

「人の話をしていたのに、どうして牛の話になるんだね」

「二十年間、世間の誰も私の言うことを信じなくて、その牛だけが私の言うことを信じてくれたんです。訴えるかどうかも牛に話を聞いたんです。いままでは、私が訴えるべきかどうか聞くと、牛が訴えるべきだと答えてたから、私は訴えたんです。今年も牛に聞いたら、牛が訴えるなと言うから、私も訴えないことにしたんです」

皆はさらに途方に暮れた。秘書長がどもり始めた。

「あんたのその牛は本当に存在するのかい。それとも我々をからかっているのかな」

「からかってなんかいないわ。牛は私が飼ってる牛よ」

馬文彬《マー・ウェンビン》も我に返って聞いた。

「その牛に会って私にも話してもらえるかな」

「ダメです」

馬文彬《マー・ウェンビン》は驚いた。

「どうして」

「数日前に死んだからです」

皆は泣くに泣けなかった。鄭重《チェン・ジョン》が少し腹を立てて言った。

「奥さん、馬市長がはるばる遠くからあんたに会いに来たのは好意からで、あんたの問題を解決したいと思ってのことだ。そんな冗談を言うなんてバカにしてるのか」

鄭重《チェン・ジョン》が腹を立てたので、李雪蓮《リー・シエリエン》も腹を立てて、手を叩いた。

「ほら、やっぱり私の案件と同じだわ。私が本当のことを言ってるのに、また本当のことじゃなくなった」

馬文彬《マー・ウェンビン》は鄭重《チェン・ジョン》を押しとどめて、微笑して李雪蓮《リー・シエリエン》に言った。

「奥さん、私は牛の話は本当だと信じるよ」

さらに続けた。

「それでは我々は皆で牛の言うことを信じて、今年から訴えないことにしよう。どうだね」

「それはちょっと違うわ」

「どう違うんだね」

「牛が言うのはいいけど、あなたたちが言うのはダメよ」

馬文彬《マー・ウェンビン》は解せずに聞いた。

「どうしてだね」

「牛が訴えるなと言うのは訴えてもムダだと言っているんです。でも、あなたたちが私に訴えるなと言うのは私に引き続き濡れ衣を着せることだから、話は別です」

馬文彬《マー・ウェンビン》は驚いて言った。

「奥さん、我々がこうして来たのは、あんたを助けて問題を解決するためなんだよ」

すると李雪蓮《リー・シエリエン》は泣いた。

「騙されないわ。私が濡れ衣だと思っていたら私を訪ねて来るまでもないはずよ。とっくに案件は解決していたわ」

鄭重《チェン・ジョン》と王公道《ワン・コンタオ》を指さして言った。

「あなたたちもこいつらと同じで、私をごまかそうとして訪ねて来たのよ。私が北京に訴えに行って、自分がクビになったら困るからよ」

さらに言った。

「私を助けると言うのなら、なぜ普段は会いに来ないの？　全人代が開かれるとなると、そうやって何度も訪ねてくる。この数日をうまくごまかして、また放っておくつもりだからでしょう」

馬文彬《マー・ウェンビン》は眉にしわを寄せ、李雪蓮《リー・シエリエン》が一筋縄でいかない女性であることを思い知った。問題を解決するために来て、やりこめられるとは思いもよらなかった。牛ですら口を利くのだから。双方の手のうちをさらし、馬文彬《マー・ウェンビン》は彼女の罠にはまってしまった。そうと分かっていれば、理由など聞かず、牛の話などしなかったのに。だが、理由を聞かなければ、どうやって対症療法をする？　もちろん、人の罠にはまって牛が登場しようと馬文彬《マー・ウェンビン》は怖くはない。彼がやって来たのは、ことの次第を打診するためだ。もう牛一頭を通して、ことはつける薬がないことが分かった。彼女が告訴しないと言うのは、告訴するということだ。あるいは、でたらめを言っているだけだ。王公道《ワン・コンタオ》と鄭重《チェン・ジョン》の判断は正しかった。つける薬がなくても馬文彬《マー・ウェンビン》は怖くない。幹部を使って幹部が過ちを犯した時も、薬が効くタイプと効かないタイプがいる。薬が効く者はまだ話す価値がある。薬の効かない者は話すだけムダだった。秘書長は馬文彬《マー・ウェンビン》が眉をよせたのを見て、急いで立ち上がった。

「今日はこのぐらいにしましょう。馬市長は市内で会議があるので」

馬文彬《マー・ウェンビン》は立ち上がった。その時はすでに満面の笑顔だった。

「奥さん、用があるのでこれで失礼するよ。好きなようにしなさい。無理する必要はない」

そして出て行った。秘書長、県長鄭重《チェン・ジョン》も急いで出て行った。裁判所長の王公道《ワン・コンタオ》だけが残って事態の収拾にかかった。王公道《ワン・コンタオ》は手を震わせていた。

「従姉さん、一体、何を言っているんだ。案件がどうして牛の話になるんだ。人をバカにしているのか」

李雪蓮《リー・シエリエン》は涙を拭った。

「バカになんかしてないわ」

「畜生を人間と比べて、それでもバカにしてないと言うのか」

震える手で地面に円を描いた。

「畜生の言うことを聞いて、政府の言うことは聞かないというのは、各レベルの政府指導者は畜生にも及ばないと言ってることだろう」

李雪蓮《リー・シエリエン》は怒った。

「どうして私が何を言っても信じないのよ。私が何か言うと、どうして悪い方に考えるのよ」

さらに言った。

「だったら、私はやっぱり今年も訴えに行くわ」

王公道《ワン・コンタオ》が手を叩いた。

「ほら、とうとう本音を吐いたじゃないか」

訳註
(22) 微博《ウェイボー》＝中国のツイッターと言われるマイクロ・ブログ。
(23) ナージャ＝『封神演義』や『西遊記』に出て来る中国神話の武神。
(24) 焼餅《シャオビン》＝小麦や大麦の粉を練って焼いたパン。北方の主食。
(25) 考えも曲げないとならん＝「拐湾」とは中国語で曲がること。
(26) 鴻門の会＝項羽と劉邦の争いで、項羽の陣営である鴻門の宴会に招いた劉邦を項羽の部下たちが暗殺しようとしたことから、裏に思惑のある宴会のことをいう。

四

李雪蓮《リー・シェリエン》の家は北に三間の瓦ぶきの平屋、東に台所、西に二間の牛小屋がある。瓦ぶきの平屋は二十二年前に建てたもので、当時、李雪蓮《リー・シェリエン》と秦玉河《チン・ユイホー》は結婚して六年経っており、息子は五歳だった。草ぶきの小屋を壊し瓦ぶきの平屋を建てるため、李雪蓮《リー・シェリエン》は牛を飼うだけでなく、三頭のメス豚も飼った。瓦ぶきの平屋の半分の木材と瓦は子牛と子豚を売って手に入れた。秦玉河《チン・ユイホー》は県の化学肥料工場でトラックを運転し、残り半分の木材と瓦は残業して化学肥料を運んだ金で買った。秦玉河《チン・ユイホー》は昼間は化学肥料を運び夜もそのまま運搬作業をして、両目は赤いランタンのように充血していた。夜中に運転していて、しょっちゅう居眠りをし、一度など道端の槐《えんじゅ》の木に衝突したこともある。修理費に二千元以上もかかり、また初めから稼ぎ直さなければならなかった。当時も李雪蓮《リー・シエリエン》は秦玉河《チン・ユイホー》と口げんかをしたが、けんかはしても同じ方向を向いていた。けんかはしても心は一つだった。まさか瓦ぶきの家を建てて、たった一年で秦玉河《チン・ユイホー》が心変わりしようとは。その時は李雪蓮《リー・シエリエン》も少し後悔した。妊娠のせいで秦玉河《チン・ユイホー》と偽装離婚などしなければよかった。半年会わないでいるうちにウソが真になってしまった。この時は二人は口げんかでなく、裁判で争い始めた。裁判は二十年争い、髪も半分白くなったのにまだ結果が出ていない。李雪蓮《リー・シエリエン》がもっと後悔したのは、偽装離婚というバカな考えを自分からしたことだ。それよりもっとやるせないのは、偽装離婚騒ぎはのちに生まれてくる娘のためだったのに、その娘が成長して李雪蓮《リー・シエリエン》と同じ心でなくなるとは誰が知るだろう。

二十二年間の風雪を経て、建物はかなりオンボロになってきた。夏や秋に雨がひどく降ると、北側の裏の壁は雨水でフニャフニャになる。他の三面の外側のレンガも時折、ボトッボトッとレンガのかけらが崩れ落ちてくる。家の中の壁も半分剥がれ落ちている。十年前からは天井が雨漏りし始めた。二十年も告訴していれば誰だって家を修繕する心の余裕はなくなる。最初の十年は李雪蓮《リー・シエリエン》も家のことに構ってる余裕がなかった。建物のことだけでなく、家を整理する心の余裕もなくなり、家の中も外も豚小屋同然だった。家を整理する気持ちがないだけでなく自分に手をかける気持ちもなくなり、服は汚いまま、髪も鳥の巣状態で放ったらかしだった。道を歩いていて遠くから見るとまるで物乞いも同然で、逆に訴えに行く身の上にはふさわしかった。だが、十年が経ち、告訴も常態化し、つまり習慣になった。習慣になったというのは東奔西走する日々が習慣になったのではなく、たまに病気をして家を出ないでいると家にこもっていることに慣れなくなった。告訴しないと何をすればいいのか分からなくなった。習慣化すると告訴するのが日常となり、そうなると自分と自分の家と建物についても気にかけるようになった。髪も短く切り、服もよく洗濯するようになり、告訴に出かける際は上から下まで清潔に整えるようになった。家の外壁や内壁を修繕するには手間がかかるが、屋根の雨漏りはなんとかしなければと金を払い、人を雇って屋根の壊れた瓦を取り外して新しい瓦に取り換え、石灰で隙間を塗ると雨が降ってもすぐには雨漏りしなくなった。建物の内壁の四方の剥がれ落ちた皮は箒できれいに掃き出した。内壁の四方は斑になって瓜のようだけれど、少なくとも見た感じはずっとすっきりとした。家にいる時は中も外もきれいに掃き清めた。庭の建物に近い部分には百日紅や鶏頭の花を植えた。知らない人が来たら告訴に行ってる人間の家だとは思うまい。

　三間の平屋は三つの部屋に分け、それを仕切りで仕切った。左は穀物と雑多な物を置くところ、真ん中が居間で、右が寝るところだ。二十一年前はここが李雪蓮《リー・シェリエン》と秦玉河《チン・ユイホー》の寝室だった。今は毎日李雪蓮《リー・シェリエン》が一人で寝ている。窓際の壁には小学校の算術ノートがかけてある。この算術ノートには李雪蓮《リー・シェリエン》の二十年間の告訴の経過が記してある。二十年が経ち、この小学生の算術ノートはボロボロになっていて雑巾布のように汚かったが、その雑巾布には李雪蓮《リー・シェリエン》が告訴で行ったすべての場所、会ったすべての人のことが記してあり、毎日李雪蓮《リー・シェリエン》の黒髪が白髪頭になるのを、ウエストが柳腰からバケツ腰になるのを見守り続けてきた。李雪蓮《リー・シェリエン》はこの算術ノートがいつか自分の偽物を偽に、つまり真実を本当にするのを期待してきた。同時に潘金蓮のレッテルを二十年間貼られ続けて、いまだにはがすことが出来ないでいる。十年前、李雪蓮《リー・シェリエン》はもう少しで発狂しそうだった。その後も毎年そうなったが、毎年告訴するのと同じでそれも同じく習慣になった。李雪蓮《リー・シエリエン》が毎年告訴していることは省も市も県も知っている。だが、毎年の経過は時間が経つにつれて皆は忘れ、「告訴」ということだけを覚えていた。時間が経つにつれて、李雪蓮《リー・シエリエン》も告訴の細かい点は曖昧になってきた。ただこの算術ノートだけが事細かにしっかりと記録していた。細部にわたるだけでなく、商売人の商売の記録と同じく、最後は統計がしてあった。李雪蓮《リー・シエリエン》の統計によれば、二十年来、毎年の全人代開催期間中、李雪蓮《リー・シエリエン》は十九回北京に告訴に行った。そのうち、現地の警察に止められたのが十一回、途中で河北の警察に止められたのが三回、あとの五回は北京に着き、追いかけてきた県の警察に旅館に踏みこまれたのが三回、つまり説得されて連れ帰らされたのが三回、残りの二回のうち、一度は長安街まで行って、天安門広場の警官に拘束された。一度はとうとう天安門広場までたどり着いたが、またもや広場の警官に取り押えられた。そうしてみると二十年の告訴は一度として成功していない。一度も初めて北京に行った時のように人民大会堂には潜入していない。だが、だからこそ李雪蓮《リー・シエリエン》は告訴し続けてきたのである。李雪蓮《リー・シエリエン》が分からないのは、二十年来、李雪蓮《リー・シエリエン》は一度も告訴に成功していないのに、省から市から県までの各行政府はなんだってああひどく怯えているのかということだ。裁判所長までが自分を「従姉さん」と呼び、鎮長が「おばさん」と呼ぶほどに。李雪蓮《リー・シエリエン》が思いもよらなかったことに、一度も成功していないからこそ省から市から県までの各行政府は一万は怖れず万が一を怖れて、後になればなるほど緊張しているのであった。

　だが、今年は李雪蓮《リー・シエリエン》は告訴に行くつもりはなかった。告訴に行かないのは、こんな風に告訴しても仕方ないからでも、各行政府に脅されたからでも、二十年間告訴し続けて誰も自分の話を信じてくれないので諦めたからでもなく、ただ一人、自分の言葉を信じてくれた人が死んだからである。その人とは人ではなくて家で飼っていた一頭の牛である。二十一年前、この牛はまだ子牛で母牛と一緒だった。二十一年前、李雪蓮《リー・シェリエン》が夫の秦玉河《チン・ユイホー》と偽装離婚の相談をしたのが家の牛舎だった。牛舎には一頭の牝牛がつながれていた。子牛もいて、母親の下半身にぶつかりながら乳を飲んでいた。この二頭の牛以外は誰も偽装離婚の相談を聞いていない。だれも聞いてなかったからこそ、秦玉河《チン・ユイホー》にチャンスを与えたのだった。半年後、秦玉河《チン・ユイホー》は別の女と出来て、偽装離婚を本当の離婚だと言い、その女と結婚したのだった。十年前、李雪蓮《リー・シェリエン》は毎年告訴しても結果が現れないので発狂しかかった時期があった。家を出て誰と会って話しても要領が得ず、彼女と会う者は誰もが頭がおかしいと言った。娘は当時十歳で、やはり李雪蓮《リー・シェリエン》が狂ったと思い、夜、母親と一緒に寝ようとしなくなり、隣家に行って寝るようになった。李雪蓮《リー・シェリエン》は自分でもあの頃はどうかしていたと思う。昼間人に会えばケタケタと笑い、夜になると牛小屋に駆け込み、牛に言葉を教えた。いつか牛が喋れるようになって、自分の濡れ衣を晴らして欲しいと思ったのだ。だが、牛が喋れるはずもなく、ある日、親牛は突然死んで娘の牛だけが残された。娘の牛はその頃、十一歳になっていて、李雪蓮《リー・シェリエン》の娘より一歳年上だった。十年が経ち、中年牛になっていた。娘牛は母牛が死ぬと目から涙を溢れさせた。李雪蓮《リー・シェリエン》は牛の足を蹴っ飛ばして言った。

「母親が死んだら泣くくせに、私の十年間の濡れ衣を誰も相手にしないのに、どうして泣かないの」

牛は仰向いて李雪蓮《リー・シェリエン》を見た。

「話が出来なくても、うなずくか、首をふるかは出来るでしょう。十一年前の離婚話の時、あんたもいたわよね。あの時のことは本当なのか、ウソなのか、なんとか言ったらどうなのよ」

するとは牛は驚いたことに首をふった。李雪蓮《リー・シェリエン》は思わず牛に抱きつくと大声で泣いた。

「この世でたった一人、私の言葉を信じてくれた人がいたわ」

李雪蓮《リー・シェリエン》が大声で泣くのを聞いて、近所の人たちは彼女がまた気がふれたのだと思い、駆けつけてなだめた。老牛が死んだので泣いたのだと思ったのだ。隣人たちが帰ると李雪蓮《リー・シェリエン》はまた牛に聞いた。

「もう一度聞かせて。告訴はすべきだと思う?」

牛はまたうなずいた。李雪蓮《リー・シェリエン》はそれで告訴する勇気をふりおこした。頭がおかしくなっていたのが、おかしくなくなった。また十年が過ぎて、その牛も二十一歳になり、ある夜、死んだ。死ぬ間際に両目で李雪蓮《リー・シェリエン》を見つめた。李雪蓮《リー・シェリエン》は急いで牛を叩いた。

「死なないでよ。あんたが死んだら、また私の言葉を信じる者が一人もいなくなるのよ」

牛の目から涙が溢れた。李雪蓮《リー・シェリエン》はまた急いで聞いた。

「死ぬ前に教えて。告訴はすべきだと思う?」

牛は頭をふった。そして、息をぜいぜいさせると目を閉じた。李雪蓮《リー・シェリエン》は牛にしがみついて大泣きに泣いた。

「バカ野郎、あんたまで私の裁判は勝てないと思うのね」

また泣いた。

「私を信じてくれる人がいなくなったのに、告訴なんかしてどうなるのよ」

他の家は牛が死ぬと鎮に売りに行き、肉鍋となるところだが、李雪蓮《リー・シェリエン》は二十年間に二頭が死んだが肉鍋には売らず、河べりに引っ張っていき、土に埋めた。娘牛は母親牛の脇に埋めた。

牛が頭をふって死んだ後、李雪蓮《リー・シェリエン》は牛の言うことを聞いて今年からはもう告訴に行かないことに決めた。牛の言うことを聞いたというよりも、二十年も告訴し続けて李雪蓮《リー・シェリエン》も死にそうだったのである。過労死ではない。心が疲れて死ぬのだ。牛を埋め、自分の荒ぶる心も埋めた。だが、牛のことを市長の馬文彬《マー・ウェンビン》たちに話しても、馬文彬《マー・ウェンビン》たちは信じなかった。李雪蓮《リー・シェリエン》がまたウソを言っていると思っただけでなく、自分たちをからかっている、婉曲にバカにしていると思い、怒って帰ってしまった。と同時に裁判所長の王公道《ワン・コンタオ》を怒り狂わせかけた。李雪蓮《リー・シェリエン》は彼らを恨まなかった。牛の話を市長や県長や裁判所長にしても信じないなら、この話を誰にしても信じないだろう。李雪蓮《リー・シェリエン》が腹立たしいのは、世の中にはこんなにたくさんの人がいるのに、どうしてただの一人も一度も李雪蓮《リー・シェリエン》を信じないのかということだ。あるいは、誰も牛一頭に及ばないのはどうしてかということだった。

だが、一頭の牛の話が李雪蓮《リー・シェリエン》が今年は告訴しない理由のすべてではなかった。牛より重要だったのは高校の同級生の趙大頭《チャオ・タートウ》のひと言だった。二十年前、趙大頭《チャオ・タートウ》は省の北京駐在事務処でコックをしていた。李雪蓮《リー・シェリエン》が初めて告訴に北京に行った時、趙大頭《チャオ・タートウ》のベッドに泊めてもらったのだ。あの時、李雪蓮《リー・シェリエン》が人民大会堂に潜りこんで政治事件に発展したので、本来ならばその責任追及は趙大頭《チャオ・タートウ》にも及ぶはずだった。だが、上から下まで、李雪蓮《リー・シェリエン》を告訴に至らせた現地の役人の処分にかかりきりで、誰も李雪蓮《リー・シェリエン》のその線を追及しなかった。趙大頭《チャオ・タートウ》は無事に北京で十八年間、コックを勤め上げた。五十歳で定年退職して故郷に帰り、県城にある「鴻運城」というレストランでコックのバイトを始め、稼ぐようになった。趙大頭《チャオ・タートウ》の女房は一昨年乳腺癌で死に、息子は結婚して別に所帯を持ち、家には趙大頭《チャオ・タートウ》一人が残された。趙大頭《チャオ・タートウ》はそこで自転車をこいで、しょっちゅう県城から李雪蓮《リー・シエリエン》に会いに来るようになっていた。李雪蓮《リー・シエリエン》の牛が死んだ翌日も趙大頭《チャオ・タートウ》は李雪蓮《リー・シエリエン》に会いに来た。二人は庭のナツメの木の下に座り、李雪蓮《リー・シエリエン》は趙大頭《チャオ・タートウ》に牛のことを話し、趙大頭《チャオ・タートウ》に聞いた。

「牛が喋ったと言ったら、信じる？」

趙大頭《チャオ・タートウ》も牛が喋るとは信じず、李雪蓮《リー・シエリエン》を慰めた。

「胸にたまっているのは分かるが、もう考えないほうがいい」

李雪蓮《リー・シエリエン》は趙大頭《チャオ・タートウ》を睨むと言った。

「信じないと思ったわ。だったら聞くけど、今年は告訴しないつもりよ。信じる？」

二十年告訴し続けたのに突然今年は告訴しないと言うので、趙大頭《チャオ・タートウ》も驚いた。驚いて裁判所長と県長と同じことを聞いた。

「二十年も告訴してきたのに、どうして今年はしないんだ」

「牛が言ったからよ。牛が死に際に私にもう二度とするなと言ったのよ」

趙大頭《チャオ・タートウ》はハタと手を打って言った。

「牛が喋ろうが喋るまいが、俺もとっくにそう言いたかったんだが、言えば怒ると思って言わなかったんだ」

「何を言いたかったの」

「牛と同じことさ。もう二度と告訴はするな、と。腹を立てて二十年も告訴してきたけど、結果は出なかったじゃないか」

「結果が出ないから告訴しているんじゃないの」

「そういうことじゃない。二十年も騒いで本当は人を苦しめるつもりなのに、自分を苦しめているじゃないか。そもそも、この告訴のもとは誰が植えつけたんだ」

「秦玉河《チン・ユイホー》の大バカ野郎よ」

趙大頭《チャオ・タートウ》はパチンと手のひらを叩いて言った。

「そうだろう。だが、あんたが告訴し続けた二十年間、相手は痛くもかゆくもなかった。女房も子どもも平気でぬくぬくと暮らしている。苦労したのはあんただけだ、見ろよ、髪まで真っ白になって」

「だから、悔しくてたまらないんじゃないの」

「だったら聞くが、二十一年前の離婚は偽造だとあんたは言うが、秦玉河《チン・ユイホー》は本当だと言う。どうしてそう言うか、分かるか」

「女を作ったからよ」

趙大頭《チャオ・タートウ》はまた手を叩いた。

「そうだろう。相手は女と新たにやり直したのに、あんたはいまだに昔のままだ。向こうは当然、離婚がウソだなんて認めないさ。向こうが認めない限り、あんたの告訴が勝つ見込みはない」

「私はあの野郎の思うままになったわけね。そうと知ってれば殺しとくんだったわ」

「俺に言わせれば、殺すのもダメだ。あっちに学ぶべきだった」

李雪蓮《リー・シエリエン》は驚いた。

「何を学ぶの？」

「男を見つけて結婚するのさ。あっちに出来るんなら、あんたにだって出来る。見返してやるのさ。そのほうが過去の真偽を争ってもめるより、ずっとマシだ。早くそうして二十年間ぬくぬくとすべきだったんだ。告訴し続けて年老いることもなかったんだ」

李雪蓮《リー・シェリエン》は茫然とした。趙大頭《チャオ・タートウ》は高校の時は役立たずだったが、生涯コックをし続けたせいか、いざとなると他人には言えない道理を口にした。高校の時は言えなかったことをコックになると言えるようになった。二十年前なら言えなかったことを今なら言えることが出来た。二十年前、李雪蓮《リー・シェリエン》もそう考えて、化学肥料工場に秦玉河《チン・ユイホー》を訪ねて行ったこともあった。あの時、秦玉河《チン・ユイホー》が本当のことを言えば、離婚の真偽を口にすれば李雪蓮《リー・シェリエン》も二度と過去にこだわるまいと思ったのだ。あるいは、過去の恨みは忘れて新しい人生をやり直そうと思ったのだ。だが、あの日も秦玉河《チン・ユイホー》はまたもや潘金蓮のことまで持ち出して李雪蓮《リー・シェリエン》を告訴の道に追いつめたのだ。二十年後、李雪蓮《リー・シェリエン》も後悔した。李雪蓮《リー・シェリエン》がそもそも秦玉河《チン・ユイホー》など相手にしなければ、勇気を出して新たな男を見つけてさえいれば、今頃はぬくぬくと暮らして二十年間を竹ざるで水をすくうように無駄にはしなかっただろう。だが、李雪蓮《リー・シェリエン》は言った。

「今更、そんなこと言って何になるの」

「なるさ。今から相手を探したって遅くない」

李雪蓮《リー・シェリエン》はペッと地面に唾を吐いた。

「四十九よ。髪も真っ白になったというのに一体誰を探すと言うのよ」

趙大頭《チャオ・タートウ》がすかさず言った。

「俺さ」

李雪蓮《リー・シェリエン》は驚いた。趙大頭《チャオ・タートウ》が冗談を言っているのだと思ったが、趙大頭《チャオ・タートウ》の顔色を見ると大真面目である。だが、李雪蓮《リー・シエリエン》はすぐには頭を切り替えられなかった。頭を切り替えられないのは趙大頭《チャオ・タートウ》と再婚する気になれないのではなく、二十年間ずっと告訴することばかりを考えてきて、秦玉河《チン・ユイホー》と結婚してまた離婚し、徹底的に相手を痛めつけることばかり考えてきて、誰かと再婚するなど考えもしなかったからだ。同時にいきなり面と向かってそんなことを言われても李雪蓮《リー・シエリエン》もどんな顔をしてよいか分からず、李雪蓮《リー・シエリエン》は趙大頭《チャオ・タートウ》の足を蹴りつけて言った。

「私がこんなに困ってるのに、からかう気なの」

「からかってるんじゃない。あんたも俺も独り者だ。ちょうどいいと思うんだ」

「私は潘金蓮だと誰もが知ってるのよ」

「俺は潘金蓮を好きだぜ。俺は好き者の女が好きなんだ」

李雪蓮《リー・シエリエン》はまた趙大頭《チャオ・タートウ》を蹴飛ばした。

「やっぱり私をからかってるわね」

趙大頭《チャオ・タートウ》は笑いながら、よけて言った。

「あんたが潘姓だと思わなければいいんだろ」

そして、真面目な顔になって言った。

「考えてみてくれ。告訴するよりいいと思うがな」

趙大頭《チャオ・タートウ》が帰ると李雪蓮《リー・シエリエン》は本当に一晩中考えた。翌朝、趙大頭《チャオ・タートウ》の言葉は死んだ牛の言葉よりも本当だと思った。ずっと実用的でもある。牛が李雪蓮《リー・シエリエン》に告訴するなと言うのは意味がない言葉で、告訴するなと言うだけで告訴しないならどうすべきかを言っていない。趙大頭《チャオ・タートウ》は李雪蓮《リー・シエリエン》に告訴するなと言い、李雪蓮《リー・シエリエン》に別の道を指し示した。再婚できるなら、告訴することはない。再婚できるなら、告訴も成立しない。同時に潘金蓮が再婚すれば潘金蓮は潘金蓮でなくなる。だが、そうは言っても、趙大頭《チャオ・タートウ》に嫁ぐというのは李雪蓮《リー・シエリエン》にとって突然すぎた。突然と言うとそう突然でもない。趙大頭《チャオ・タートウ》は昨日今日知り合った人間じゃない。三十年以上前、二人は高校の同級生だった。あの頃の趙大頭《チャオ・タートウ》は李雪蓮《リー・シエリエン》に気があり、いつもこっそりと机の後ろから「大白兎」のミルク飴をよこした。もうすぐ高校を卒業するというある晩、趙大頭《チャオ・タートウ》は李雪蓮《リー・シエリエン》を脱穀場に呼び出し抱きしめてキスをしようとした。李雪蓮《リー・シエリエン》が怒ったふりをして押し返したら、驚いて逃げてしまった。二十年前、北京に告訴に行き、李雪蓮《リー・シエリエン》が趙大頭《チャオ・タートウ》の部屋に泊まると、夜中に趙大頭《チャオ・タートウ》が忍びこんできて暗闇の中で李雪蓮《リー・シエリエン》を見つめていた。李雪蓮《リー・シエリエン》が突然話しかけて、「趙大頭《チャオ・タートウ》、やりたいことをやればいいわ」と言って、灯りをつけると、趙大頭《チャオ・タートウ》は驚いて逃げ戻ってしまった。趙大頭《チャオ・タートウ》は三十年前は臆病者で、二十年前も臆病者だったが、今は臆病者ではなくなり、面と向かって自分と結婚しろと言えるまでになった。趙大頭《チャオ・タートウ》は潘金蓮を怖れなかった。趙大頭《チャオ・タートウ》はもう過去の趙大頭《チャオ・タートウ》ではない。李雪蓮《リー・シエリエン》は本当に心が動いた。だが、告訴から再婚となると、ひと言で切り替えがつくものではない。切り替えるには時間が必要で、李雪蓮《リー・シエリエン》にも慣れが必要だった。だから、市長の馬文彬《マー・ウェンビン》に自分が告訴を取りやめた理由を話した時、前の半分だけを話して、後ろの半分は話さなかった。牛のことだけを話し、再婚のことは話さなかった。まして、再婚がでっちあげではなく、本当にある人間が自分を待っていて、その人間は県の「鴻運城」でコックをしていて、名を趙大頭《チャオ・タートウ》というのだとは言わなかった。牛のことだけを話し趙大頭《チャオ・タートウ》のことを言わなかったので、市長の馬文彬《マー・ウェンビン》たちを怒らせてしまった。自分たちをからかったのだと思ったのだ。馬文彬《マー・ウェンビン》たちが腹を立てたので李雪蓮《リー・シエリエン》も腹を立てた。裁判所長、県長、市長と順番に李雪蓮《リー・シエリエン》と話しに来なければ、李雪蓮《リー・シエリエン》は牛の言葉を聞き、そして趙大頭《チャオ・タートウ》の言葉を聞いて、今年は告訴はしなかったのだ。裁判所長、県長、市長が次々と彼女に迫って告訴しないようにしていると李雪蓮《リー・シエリエン》は見て取った。迫るというより、ごまかしだ。全人代期間だけごまかそうというのであり、李雪蓮《リー・シエリエン》のことなど何も考えていない。自分たちのことだけを考えて、李雪蓮《リー・シエリエン》が北京に告訴に行くことを怖れたのだ。自分たちのクビが飛ぶことを怖れたのだ。李雪蓮《リー・シエリエン》はそのことが見抜けたから、逆に北京に告訴に行こうと思ったのだ。自分と趙大頭《チャオ・タートウ》とのことはひとまず置いておいていい。二十年も放っておいたのだ。もう少し放っておいたからといって、どうにかなるというわけでもあるまい。趙大頭《チャオ・タートウ》に嫁ぐにしても、再婚する前にこの鬱憤を晴らさなければならない。最後の一年になるにしても、この鬱憤を晴らしてからにしよう。今回の告訴は賭けになっていた。今回の告訴は本来の告訴から、かけ離れていた。矛先は前夫の秦玉河《チン・ユイホー》ではなく、裁判所長と県長と市長になっていた。

五

李雪蓮《リー・シエリエン》との鎮の羊湯館での話し合いが物別れに終わった後、市長馬文彬《マー・ウェンビン》は拐湾鎮を離れ、乗用車に乗ってからひと言も発しなかった。隣りには県長の鄭重《チェン・ジョン》が座り、前の助手席には市政府の秘書長が座っていた。馬文彬《マー・ウェンビン》が車中で喋らなければ、他の者も口は開けない。田舎道はデコボコして曲がりくねり、夜道で前方の車のライトが上下して見えた。高速道路の入り口まで車中は無言のままだった。高速道路の入り口にさしかかり、馬文彬《マー・ウェンビン》たちは市に帰り、鄭重《チェン・ジョン》たちは県城に戻るので、鄭重《チェン・ジョン》は馬文彬《マー・ウェンビン》の車から降りた。後ろには県政府の車がついて来ていて、急いで路肩に停車した。鄭重《チェン・ジョン》は県政府の者たちと道端に立って馬文彬《マー・ウェンビン》たちが去って行くのを見送った。馬文彬《マー・ウェンビン》の車は高速道路の料金所に入ったが、突然停車するとまたバックしてきた。鄭重《チェン・ジョン》が急いで駆け寄って行った。馬文彬《マー・ウェンビン》はウインドウを下げたが遠くの暗闇を見つめたまま何も言わない。鄭重《チェン・ジョン》は車のそばに立って待ち続けた。馬文彬《マー・ウェンビン》は目をまた高速道路のほうに向け、次々と走って行く車のテールランプをしばらく見つめてから、ようやく言った。

「この農村女性には完全に失望した」

馬文彬《マー・ウェンビン》がそう言うのを聞いて、鄭重《チェン・ジョン》はブルッと身震いした。もし幹部の誰かが市長の馬文彬《マー・ウェンビン》に「完全に失望した」と言われたら、その幹部の政治生命は終わったも同じである。だが、李雪蓮《リー・シエリエン》は幹部ではなく、ただの告訴した農村女性である。それなのに、市から県まで誰も彼女をどうすることも出来ない。馬文彬《マー・ウェンビン》は遠くから目を戻して、ため息をついた。

「どうやら、我々は彼女を見くびっていたようだ」

鄭重《チェン・ジョン》はなんと答えていいか、分からなかった。同意すれば自分を貶めるだけでなく、馬文彬《マー・ウェンビン》を貶めることになる。鎮の羊湯館で皆、分かったはずだ。馬文彬《マー・ウェンビン》はこの農村女性にからかわれた。つまり、バカにされたのだ。これは誰にも思いもよらないことだった。だが、賛同もできないし、かといって反駁する理由も思い浮かばない。口を開いたものの、また閉じるしかなかった。馬文彬《マー・ウェンビン》は鄭重《チェン・ジョン》をチラリと見ると、自分の金縁メガネを押し上げて言った。

「こうなったら、君の方法でやるしかあるまい」

馬文彬《マー・ウェンビン》のこの言葉に鄭重《チェン・ジョン》はすぐに反応出来なかった。鄭重《チェン・ジョン》の方法でやるとは、どういうことなのか。鄭重《チェン・ジョン》にどんな方法があるというのか。だが、鄭重《チェン・ジョン》にはそれを聞くことも出来なかった。鄭重《チェン・ジョン》は突然思い出した。自分が隣県の常務副県長だった時、大衆が県政府を包囲したことを。その時使ったのは真っ向から対立する方法だった。馬文彬《マー・ウェンビン》の意図が分かり、答えた。

「戻って、彼女を捕まえます」

さらに言った。

「理由はいくらでも見つけられます」

だが、鄭重《チェン・ジョン》は馬文彬《マー・ウェンビン》の意図を誤解していた。馬文彬《マー・ウェンビン》は眉をひそめた。

「捕まえろとは言ってない。どうして勝手に捕まえられる。理由が不当なら、大変なことになる。二十年前、市から県まであれだけの人間が処分されたのも、彼女を拘留したからじゃないか。彼女を一生拘留しておくわけにもいくまい。それに、彼女はただの農村女性ではない。彼女の名は過去の国家指導者とつながっている。指導者はもうこの世にはいないが、この件の影響を低く見積もることは出来ない。彼女は現代の小白菜だぞ。有名人だぞ。この県や市を出たら、馬文彬《マー・ウェンビン》や鄭重《チェン・ジョン》の名は誰も知らんが、ここから小白菜が出たことは皆が知っている。彼女の名声は私や君よりも大きいんだ。彼女は小白菜じゃない。潘金蓮でもない。竇娥でもない。彼女はナージャだ。孫悟空だ。むやみに捕まえることはできない。捕まえたら大変なことになる」

そう言いながら怒り出しそうになった。鄭重《チェン・ジョン》はまた冷や汗がドッと出た。鄭重《チェン・ジョン》は自分のうかつさを恨んだ。上司の言葉を誤解して、上司の今夜ひと晩の怒りがすべて自分の上にふりかかりかけた。幸い、馬文彬《マー・ウェンビン》は教養人なので、怒りかけた怒りをすぐに収めた。

「この件は君が隣県の副県長だった時とは違う。あれは大衆が県政府を包囲した。小白菜に関しては、相手は君を包囲していない。なんでも杓子定規にやればいいというものではない。分かったか」

鄭《チェン・》重《ジョン》は普段は反応が速いのに、今は頭の中が空っぽで、分かりましたと答えるべきか、分かりませんと答えるべきなのかも分からなかった。また間違えて答えて、馬文彬《マー・ウェンビン》を怒らせるのが怖かった。その時、市政府秘書長が窓から顔を出し、その場を丸く収めはじめた。

「馬市長の仰る通りだ。性質の異なる事柄は異なる方法で解決しないと」

そして、冗談めかして言った。

「彼女が県政府を包囲していないなら、我々は下策を講じるしかない。彼女を包囲するんだ」

鄭《チェン・》重《ジョン》はようやく馬文彬《マー・ウェンビン》の意図を理解した。県が人を派遣して李雪蓮《リー・シェリエン》を見張り、県から出て北京に告訴に行かないようにするのだ。だが、この方法は鄭重《チェン・ジョン》の発明でもなければ新しい方法でもなかった。陳情民を阻止するために各地方政府がよくやっている方法だ。鄭重《チェン・ジョン》はようやく馬文彬《マー・ウェンビン》が腹を立てた理由が分かった。鄭重《チェン・ジョン》に対してではなく自分に腹を立てていたのだ。たった一人の農村女性にさんざんしてやられ、彼女に対する良い方策が思い浮かばないからだ。一晩中ふりまわされた挙句、見張るという下策を取らざるを得ないからだ。馬文彬《マー・ウェンビン》は刷新を好み、人が出来ないことをするのが好きだった。それが、人が出来なかったことを彼も出来なかった。腹を立てていたのはその点だった。馬文彬《マー・ウェンビン》を苦衷から救い出すため、鄭重《チェン・ジョン》は急いで言った。

「我々の県で起こった問題です。責任は我々の県にあります。馬市長も秘書長もご安心ください。

我々が必ず彼女を家に留め置き、二度と北京に告訴に行って全人代の開催を邪魔しないようにいたします」

六

翌日から李雪蓮《リー・シェリエン》の家の周囲には四人の警官が立って李雪蓮《リー・シェリエン》を見張り始めた。警官は私服でタバコを吸い、ひっきりなしに歩き回っていた。警察に見張られるのは李雪蓮《リー・シェリエン》はこれが初めてではない。二十年間、全人代が始まると李雪蓮《リー・シェリエン》の家の周囲にはこうして何人かが立っていた。時には三人、時には四人、県政府か市政府の指導部交代の年にぶつかると、さらに二、三人が来た。毎年のことなので、警官も李雪蓮《リー・シェリエン》もそれが当たり前になっていた。顔を合わせれば互いに挨拶をした。李雪蓮《リー・シェリエン》は犯人ではないので平素は恨みも仇もないため、警官たちも李雪蓮《リー・シェリエン》に会うと礼儀正しく笑って「奥さん」と言った。翌年来た中には前の年に来た者も一人、二人いて、李雪蓮《リー・シェリエン》は顔を見ると言った。

「また来たの？」

相手も笑って言った。

「奥さん、またボディーガードに来ましたよ」

李雪蓮《リー・シェリエン》が庭にいる分には彼らは何もしない。李雪蓮《リー・シェリエン》が門を出ると彼らはその後をついて来る。

李雪蓮《リー・シェリエン》が家にいると警官は喉が渇くと水をもらいに来た。李雪蓮《リー・シェリエン》は魔法瓶でお湯を注いでやった。

「そうですよ。アメリカ大統領並みの待遇ですよ」

後ろの警官が言う。

「私も少しは徳を積んだのね。こんなにたくさんのお付きの者ができたわ」

李雪蓮《リー・シェリエン》は言った。


今年の四人の警官はベテラン二人と新人二人だった。そのうち、一人の新人はかつて鎮で豚肉を売っていた胡《フー》の息子で、鎮の派出所の警官になっていた。二十年前、李雪蓮《リー・シェリエン》は秦玉河《チン・ユイホー》を殺そうとして、最初は弟に手伝いを頼んだのだが弟は山東に逃げてしまった。李雪蓮《リー・シェリエン》は次に鎮の豚肉屋の胡《フー》に頼んだが、胡《フー》を騙して最初は人殺しだとは言わずに人を殴って欲しいと言ったのだった。人を殴るのに、胡《フー》は「まずやらせろ、そしたら殴ってやる」と言った。李雪蓮《リー・シェリエン》は「まず殴って、やるのは後よ」と言った。その後、李雪蓮《リー・シェリエン》は市政府の入り口で坐りこみ、警察に捕まって留置所に入れられた。留置所から出てくると、李雪蓮《リー・シェリエン》はまた人殺しをしようと胡《フー》を訪ねて、今度は「先にやって、それから殺す」ことを承知したのに、胡《フー》は人殺しと聞いて、それも何人も殺すと聞くと尻込みした。今は家で寝たきりで鎮で豚肉を売ることもなくなった。警官たちが来た翌日、李雪蓮《リー・シェリエン》は彼が胡《フー》の息子だと知った。胡《フー》は背が低く、太って色が黒かった。ところが、胡《フー》の息子は眉目秀麗で手も足も細かった。胡《フー》の息子だと知ると李雪蓮《リー・シェリエン》は彼とお喋りをした。少し話しただけで、この男は当てにならないと李雪蓮《リー・シェリエン》には分かった。李雪蓮《リー・シェリエン》は聞いた。

「あんたが胡《フー》さんの息子とはね。胡《フー》さんはどうしてるの」

「どうもこうもありません。家で寝たきりです。閻魔様に会うのも直《じき》ですよ」

「なんだって今年はあんたが私を見張ってるの」

「罰でしょう。先月、所長に口答えしたから、この損な役回りが俺に回って来たんです」

「見張りは人を捕まえるより楽でしょう」

「気軽に言いますね。そりゃ、そっちは夜は温かい布団で寝られるけど、俺たちは冷たい地面の上に立ちっぱなしですよ。立春だというのに、まだまだ寒いんですから」

「誰の命令で立ってるのよ」

「奥さん、誰のせいでもない。あんたのせいでも、俺のせいでもないです。恨むなら全人代を恨むことです」

李雪蓮《リー・シエリエン》はその言葉に笑った。

お喋りもし笑いもしたが、李雪蓮《リー・シエリエン》はやはり告訴に行くことにした。告訴に行くからには彼らに見張られていては行けない。まず逃げなければならない。逃げなければ北京に告訴には行けない。全人代の開催まではあと七日もある。早く行っても無駄である。例年も逃げた。逃げるのは大抵夜である。逃げるのに成功したこともあれば成功しなかったこともある。この日、趙大頭《チャオ・タートウ》はまた県城から自転車に乗って李雪蓮《リー・シエリエン》に会いに来て、李雪蓮《リー・シエリエン》の庭の周囲に四人の警官が立っているのを見た。そのうちの一人とは顔見知りだったので、その警官と挨拶をして、門を入ると李雪蓮《リー・シエリエン》に言った。

「こんなに厳戒に警備しているところは中国では二か所だけだ」

「どの二か所？」

「一つは中南海で、一つはあんたの家さ」

二人はナツメの木の下で話をした。

「この間の話、どう思う」

李雪蓮《リー・シエリエン》は驚いて言った。

「なんの話?」

「俺たちの結婚のことさ」

「大頭、私の考えがどうこうではなく、その話はひとまず後よ」

趙大頭《チャオ・タートウ》はびっくりした。

「どうしてだい」

「そのことを考える前に告訴しないとならないからよ」

趙大頭《チャオ・タートウ》はさらに驚いて言った。

「この前、あんたは牛の言葉を聞いて告訴はとりやめたと言ったじゃないか。牛の言葉は聞かなくても、俺の言葉は聞くべきだぜ」

李雪蓮《リー・シエリエン》はそこで市長と鎮の羊湯館で会見し、意見が衝突して決別したことを、一から十まで事細かに大頭に話して言った。

「あいつらは私を騙したのよ」

話すうちに、また怒りが込み上げてきた。

「そもそも告訴する気はなかったから、そう話したのに信じないで、私をペテン師扱いするのよ。牛の言葉を聞いたと言うと私が自分たちをバカにしていると言うの。あんたは分かってくれたのに。あいつらに話してても分かってくれないのよ。私が何を言っても悪いほうへと考えるのよ。私を悪人だと思うから警察に見張らせるんでしょ。そうやって私を追いつめて梁山泊《りょうざんぱく》(27)に追いやるのよ。最初は自分のために告訴したのに、今じゃ告訴しなけりゃ腑抜けだわ。告訴に行かなければ自分たちが警察に私を見張らせたせいだと思うでしょ。告訴はもとは秦玉河《チン・ユイホー》を訴えるためだったけど、今じゃあいつら腐敗汚職役人を訴えるためよ。私を悪者扱いするなら、ダダじゃおかないわ。あいつらは牛にも及ばないわよ」

趙大頭《チャオ・タートウ》も話を聞いて、市長たちは分からず屋だと思った。李雪蓮《リー・シエリエン》は告訴する気はなかったのに、彼らがまた矛盾を激化させたのだ。矛盾を激化させるのはいいが、せっかくの趙大頭《チャオ・タートウ》の結婚の邪魔をしてくれた。趙大頭《チャオ・タートウ》は頭をかきかき言った。

「あいつらとやりあっても仕方ないよ。俺たちの予定通り告訴はやめて、穏やかに暮らそうじゃないか」

「ダメよ。ここまで来たら、私も黙ってはいられない。むしゃくしゃしていたら、結婚しても上手くはいかないわ」

趙大頭《チャオ・タートウ》はどうにも引き返せないと分かると、思わずため息をついた。

「せっかく上手くいくと思ったのに、こんなことになるとはなあ」

この時、李雪蓮《リー・シエリエン》が言った。

「大頭、あんたに頼みがあるんだけど」

趙大頭《チャオ・タートウ》はギョッとした。

「なんだい？」

李雪蓮《リー・シエリエン》は庭の外を指さして言った。

「庭の外を四人見張っているのよ。告訴するには家から逃げ出さないとならないけど、私一人ではまけないから、私が逃げるのを手伝ってよ」

これまた趙大頭《チャオ・ダートウ》が思いもかけないことだった。

「俺にけんかしろというのか」

「けんかしてもしなくてもいい。私を逃げ出させてさえくれれば」

趙大頭《チャオ・ダートウ》はまた弱りきった。

「俺一人じゃ四人はやれないよ」

さらに言った。

「それにお上に楯突いたら、後々困るからなあ」

李雪蓮《リー・シエリエン》は腹を立てた。

「私はもう二十年も楯突いてるのよ。一回も楯突かないで私と結婚するつもりなの。二人の思いが同じでなければ、一緒になったって上手くいかないわよ」

趙大頭《チャオ・ダートウ》は慌てた。

「焦るなよ。今、考えてるんだろう。考えさせてもくれないのか」

李雪蓮《リー・シエリエン》は相手の様子に笑った。

「趙大頭《チャオ・ダートウ》、あんたを試す時が来たわ。二十年前、鎮の豚肉売りの胡《フー》を試したけど、胡《フー》はそれに応えてくれなかった。あんたは胡《フー》の真似をしちゃダメよ」

「俺は胡《フー》とは違うが、いい方法が思い浮かばない」

「帰って、よく考えるといいわ。全人代まで一週間しかないから、三日後に来て私を逃がすのを手伝って」

だが、三日経っても趙大頭《チャオ・タートウ》はやって来なかった。李雪蓮《リー・シエリエン》は趙大頭《チャオ・タートウ》の本質が試されたと思った。趙大頭《チャオ・タートウ》も二十年前の豚肉売りの胡《フー》と同じで、彼女の旨い汁を吸うことだけを考えて、面倒なことに巻きこまれるのは嫌なのだ。面倒となると、さっさと逃げ出す。趙大頭《チャオ・タートウ》がいなくても李雪蓮《リー・シエリエン》は逃げ出さないわけにはいかない。逃げるのは夜のうちだ。だが、今日は陰暦の十五日で空には大きなお月様がかかっていて、地上を雪のように白く照らしていた。

李雪蓮《リー・シエリエン》は日没から二時間ごとに便所の壁越しに外を眺めたが、四人の警官はタバコを吸いながらブラブラしていた。やはりチャンスはない。無理やり壁を乗り越えて逃げ出そうものならすぐに見つかってしまう。李雪蓮《リー・シエリエン》は四十九歳で、警官たちは二十代、三十代だ。李雪蓮《リー・シエリエン》は一人で、向こうは四人だ。李雪蓮《リー・シエリエン》が逃げおおせるはずがない。一度逃げて失敗すれば彼らはさらに警戒して、次の日は七、八人の警官に増えてるかもしれない。そうなるともっと逃げられなくなる。過去の二十年間、李雪蓮《リー・シエリエン》は何度も痛い目を見てきた。一度逃げるのに失敗して捕まれば、彼らは必ず増援してきて、次はさらに逃げるのが難しくなる。夜が明けるまでずっと李雪蓮《リー・シエリエン》は動けないでいた。夜が明けて、太陽が昇ると昼間ではますます逃げにくい。

一日何事もなく、夜になった。李雪蓮《リー・シエリエン》は曇りを願ったが、見渡す限り雲一つない晴天である。暗くなるとすぐに大きなお月様が昇ってきた。李雪蓮《リー・シエリエン》は天までが自分の味方をしないと罵った。その時、誰かが扉を叩いた。李雪蓮《リー・シエリエン》が警官が水を飲みに来たのだと思い扉を開けると趙大頭《チャオ・タートウ》だった。趙大頭《チャオ・タートウ》は自転車を押して、後ろの荷台に大きな段ボール箱を載せている。李雪蓮《リー・シエリエン》はプリプりして言った。

「来ないのかと思ったわ。何しに来たの」

趙大頭《チャオ・タートウ》は李雪蓮《リー・シエリエン》を庭に連れ出し、荷台から段ボール箱を卸した。箱を開けると中から鶏の丸焼き三つと四本の醤油漬けの豚足と五つのウサギの頭の煮込みを取り出し、さらにガタゴトと六本の白酒《バイチュウ》を取り出した。李雪蓮《リー・シエリエン》はびっくりして見ていたが、突然、趙大頭《チャオ・タートウ》の意図を理解すると、趙大頭《チャオ・タートウ》の大きな頭をつかんで顔にキスをした。

「やるわね。そんな勇気はないと思ったら、はかりごとを企んでたのね。頭が空っぽかと思えば考えたじゃないの」

趙大頭《チャオ・タートウ》は手をふって言った。

「さっさと火を興して、炒め物でも作れよ」

居間に酒席を用意すると趙大頭《チャオ・タートウ》は警官たちを呼びに行った。立春を過ぎたとはいえ夜はまだ寒く、警官たちは木の枝を拾って西の壁の外で焚火をして四人でしゃがんで手をかざしていた。趙大頭《チャオ・タートウ》はそのうちの一人と顔見知りなので叫んだ。

「邢《シン》さん、風の中で凍えてないで中に入って少し飲めよ」

邢《シン》は立ち上がると笑った。

「任務執行中なのに飲めるわけないだろ」

「人を見張ってるんだろ。人は中にいる。中に入って見張る方が外で見張るよりも確かだろうが」

四人は顔を見交わした。

「それに見張ってる人間も実は見張る必要などないのさ」

「どういうことだい」

「あんたらが見張ってる目的は彼女を告訴に行かせないためだろ。今年はいつもの年とは違う。彼女は告訴には行かんとさ」

邢《シン》は驚いたが、また笑って言った。

「そんな言葉を誰が信じる」

「李雪蓮《リー・シェリエン》は俺と結婚するんだ。この酒はその祝いの酒さ。俺と結婚するのに昔の離婚なんか訴えに行くかい」

四人はまた顔を見合わせると、邢《シン》が聞いた。

「本当かい」

「こんなこと冗談で言えるかよ。俺は言えても、相手は真っ当な女だからな。そんな冗談は言わん。だから今年は見張っても無駄なのさ」

邢《シン》は頭をかきかき言った。

「それもそうだな。だが、中に入って酒を飲んだことが署長に知れたら、後でお目玉を食らうからなあ」

胡《フー》の息子が誰よりも先に焚火を離れて、庭に入って来た。

「相手は結婚するというのに、俺たちだけが外で凍えてることはない。どうかしてるよ」

他の三人は顔を見合わせると、ためらいながら入って来た。

酒は夜の八時から飲み始め、夜中の三時まで飲み続けた。初めはしゃちほこばっていて、邢《シン》はかなり用心していた。だが、李雪蓮《リー・シエリエン》が上機嫌で料理をし料理を出すと、趙大頭《チャオ・タートウ》の体にもたれかかり、趙大頭《チャオ・タートウ》が豚足を彼女の口に入れてやるのを見るうちに、とうとう趙大頭《チャオ・タートウ》の話は本当だと信じ始めた。酒を飲み始めるときりがない。最初は互いに酌み交わし、そのうちじゃんけん飲みを始めた。いつの間にか、三羽の鶏の丸焼きと四本の豚足と五個のウサギの頭が全員の腹に収まった。李雪蓮《リー・シエリエン》が作った六皿の料理もスープを残すだけとなった。六本の五十六度の白酒《バイチュウ》も彼ら五人の腹に収まり、平均一人一斤以上飲んだ。趙大頭《チャオ・タートウ》はさすがはコックで一斤飲んでもまったく変わらない。邢《シン》と胡《フー》はテーブルの下に倒れて寝てしまった。もう一人は厠に行き、便器の横にぶっ倒れた。残りの一人は目は醒めていたが、やはり厠に行くと言いながら足がふらついて立てないでいる。趙大頭《チャオ・タートウ》と李雪蓮《リー・シエリエン》は悠々と荷物をまとめると、四人の警官の携帯電話を取りあげ、布袋に入れると屋根の上に放り投げた。自転車を押して庭に出て、外から門に鍵をかけると月明かりの道を急いだ。家の中のまだ意識のある警官はようやく事態を悟った。立ち上がって追いかけようとするが足がフラフラで立ち上がれない。なんとか庭に這い出て門まで這って行くと、手で門を叩いて、もつれる舌で叫んだ。

「戻れ、戻って来い！」

趙大頭《チャオ・タートウ》が自転車をこぎ、李雪蓮《リー・シエリエン》は後ろに乗って趙大頭《チャオ・タートウ》の腰に手を回し、とっくにはるか彼方を走っていた。

訳註

（27）梁山泊《りょうざんぱく》＝山東省にある沼地。『水滸伝』の舞台で、英雄たちが集まったところから、優れた者や志を同じくする者が集まる場所のことをいうようになった。

七

李雪蓮《リー・シュエリエン》が逃げたので県も市も大騒ぎになった。初めは騒ぎは市までは行かなかった。翌朝早く、県長鄭重《チェン・ジョン》は李雪蓮《リー・シュエリエン》が逃げたと知って、おおいに驚いた。鄭重《チェン・ジョン》は市に報告する勇気がなく、なんとか事態を県内で解決しようと県の警察に李雪蓮《リー・シュエリエン》を連れ戻させようとした。李雪蓮《リー・シュエリエン》が逃げたのは北京に告訴に行ったからだ。鄭重《チェン・ジョン》は急いで警察力を動員し、県のすべてのバス発着所を調べさせた。鉄道は一本の路線だけが当該県を通り、県内には一つだけ小さな駅がある。鈍行は停まるが、急行は停まらない。そこで急いで汽車の駅にも人を派遣した。さらに、北京に向かう道路の入り口にはすべて警察を派遣して封鎖した。北京方面を塞いだだけでなく、北京は北なので、およそ北方面に行くすべての道路、高速道路も省道、県道、村道も、村同士を結ぶ北に行く小道にも警官を配置した。動員した警官は四百人余りに及んだ。だが、一日が過ぎても四百人余りの誰一人も捕まえられなかった。この時、市長の馬文彬《マー・ウェンビン》も警察の線から李雪蓮《リー・シュエリエン》が家から逃げたことを知った。馬文彬《マー・ウェンビン》は自ら鄭重《チェン・ジョン》に電話してきて、開口一番こう言った。

「鄭県長、今日は忙しそうだな」

鄭重《チェン・ジョン》は火種は隠しようがない、ことはすでに露呈したと観念して、慌てて言った。

「ちょうど市に報告しようと思っていたところです」

「市に報告してどうなる？　私が知りたいのは、大騒ぎをした挙句、農村女性は見つかったのかということだ」

鄭重《チェン・ジョン》はありのままに答えるしかなかった。

「まだです」

馬文彬《マー・ウェンビン》は思わず腹を立てた。

「何度言ったら分かるんだね。千里の堤防もアリの巣から、だ。間違いは未然に防げ、だ。小に因りて大を失ってはならん、だ。どうしてそう一度ならず二度ならず三度も小さなことで問題を起こすんだ。県のそれだけの警察力を動員して農村女性の一人も見張っておけないのかね。ことは警察の身の上に起こったことだが、その根っこはどこにあると思う。我々、指導者幹部の身の上だ。その深刻さを認識しているのか。それとも責任感というものがないのか。今回という今回はやや失望したよ」

幹部に対して馬文彬《マー・ウェンビン》が「失望」と言えば、その政治生命の前途は断たれたも同じである。「やや失望した」とは言ったが、この「やや」で鄭重《チェン・ジョン》は全身冷や汗をかいた。ましてそれに「責任感がない」とまで付け加えられたのだ。鄭重《チェン・ジョン》は慌てて言った。

「我々が至らなかったせいであります。我々が至らなかったせいです」

さらに言った。

「馬市長、ご安心ください。必ずこの教訓を受け入れ、二日以内にこの女性を捜し出すとお約束します」

鄭重《チェン・ジョン》が言う二日とは全人代が始まるまでの時間であった。あと二日で全国人民代表大会が開催されるのだ。鄭重《チェン・ジョン》がそう言うのを聞いて馬文彬《マー・ウェンビン》は笑った。だが、その笑いはいつもの微笑とは違う。冷笑である。

「君の言う約束は約束にならない。この女性は岩じゃない。山奥に隠れて、君が運びに行くのを待ってるわけじゃない。彼女には足というものがある。長い足だ。彼女がどこに行ったかも君は知らないのだろう。どうやって二日以内に捜し出すのだね」

鄭重《チェン・ジョン》は市長の言葉に返事が出来なかった。毅然とした態度を示したつもりが、馬文彬《マー・ウェンビン》に言葉尻を捉えられてしまい、上に言葉尻を捉えられたら五寸釘を討たれた蛇も同然で、動くことも出来ない。鄭重《チェン・ジョン》は五寸釘を打たれた蛇のように電話のこちら側で口をパクパクさせるだけで答えることも出来ず、馬文彬《マー・ウェンビン》もまた鄭重《チェン・ジョン》のそれ以上の無駄話に聞く耳を持たなかった。

「私は明後日、北京の全人代に行く。全人代の期間中、小白菜とそこで会うのは非常に困る」

また言った。

「市が恥をかくかどうか、私が恥をかくかどうか、すべては鄭県長にかかっている。鄭県長、頼んだぞ」

言い終えると電話を切った。鄭重《チェン・ジョン》は受話器を手にしたまま、しばらくは茫然としたまま、どうしていいか分からずにいた。続いて、自分のシャツからズボンまで、外から中までぐっしょりと濡れているのに気づいた。馬文彬《マー・ウェンビン》の捨て台詞には冷笑と嘲りがあり、ずっしりと重かった。鄭重《チェン・ジョン》は机の上の茶碗を手に取り、床に投げつけた。それから、また受話器をつかむと、県の警察署長を呼び出した。警察署長は一日忙しくしていて、昼飯も夕飯もまだ食べていなかった。

鄭重《チェン・ジョン》は警察署長の顔を見るなり、どやしつけた。

「一日かかって、逃げ出した農村女性の一人も捕まえられないのか」

市長馬文彬《マー・ウェンビン》に聞かれたことをそのまま聞いた。警察署長はオドオドと答えた。

「まだです」

鄭重《チェン・ジョン》が馬文彬《マー・ウェンビン》に答えたのと同じ答えだった。鄭重《チェン・ジョン》は怒りのはけ口を見つけて、警察署長を睨みつけると、両目から火花を散らした。

「おまえたちより犬を飼った方がマシというものだ。人一人見張れないとは」

また言った。

「明日中に彼女を見つけるんだ。見つからなかったら、辞表を持って俺のところに来い！」

警察署長はひと言も発せず、あたふたと捜索に出て行った。警察力増員を命令しながら、李雪蓮《リー・シエリエン》を見張っていた四人の警官、邢《シン》や胡《フー》たちを李雪蓮《リー・シエリエン》の鎮の派出所長と共に監獄にぶちこめと言いつけた。彼らを監獄にぶちこんだのは彼らを犯人扱いしたからではない。人一人逃がしたからといって処刑には値しない。彼らを囚人の看守にし、監獄の見張りにしたのだ。看守は警察でも最もつらい仕事だった。警察署長は彼らを、鄭重《チェン・ジョン》が自分を罵ったように罵った。

「おまえたちより犬を飼った方がまたマシというものだ。人一人見張れないとは」

さらに罵って言った。

「人を見張れないんなら最初からやり直せ。四人の見張りから始めろ。十年も見張れば、覚えるに違いない！」

鎮の派出所長は自分は濡れ衣ですと言い訳する一方で、邢《シン》や胡《フー》たち四人を散々罵った。邢《シン》や胡《フー》たち四人は自分たちの不運を呪いつつも、秘かに胸を撫で下ろした。彼らが李雪蓮《リー・シエリエン》の家で酒を飲んだことは彼ら四人の秘密だった。ただ、うっかりして李雪蓮《リー・シエリエン》を逃がしたとだけを報告していた。勤務中に酒を飲んでいたことが見つかれば、勤務怠慢でさらに重い罰になるのは間違いなかった。

騒ぎの間中、裁判所長の王公道《ワン・コンタオ》は落ち着き払ったものだった。李雪蓮《リー・シエリエン》の案件は裁判所と直接関係があるが、李雪蓮《リー・シエリエン》の今回の逃亡は裁判所とは何の関係もない。李雪蓮《リー・シエリエン》を見張っていたのは警官で警察署に属し、裁判所とは系統が別だったからだ。

八

李雪蓮《リー・シエリエン》と趙大頭《チャオ・タートウ》は李雪蓮《リー・シエリエン》の家から逃げ出した後、二人で自転車で北へは向かわなかった。家から逃げ出したのは北京に告訴に行くためで、北京は北にあるのだから北に向かうべきなのだが、李雪蓮《リー・シエリエン》は二十年間告訴し続け、警察と二十年間知恵比べをしてきた経験があるので、かなり知恵をつけていた。李雪蓮《リー・シエリエン》の村は県の東部にあり、東西南北四方向の西と南と北の県境まではいずれも五十キロから百キロある。だが、東だけは県境まで三十キロだった。この県から逃げ出すには県境を越えて初めて県警の掌から逃げ出せる。そこで李雪蓮《リー・シエリエン》は趙大頭《チャオ・タートウ》を指揮して、自転車でまず北へは向かわず東に向かった。東に向かって北に向かわなかったのは警察に目くらましをするためである。二人は李雪蓮《リー・シエリエン》の家から逃げ出したばかりの時は少し興奮していた。だが自転車で五キロも行くうちに、家で酔っ払ってる警官が酔いが醒めたのではとまた心配になってきた。しかも、一人は半酔いでただ足がふらついているだけである。彼らの酔いが醒め、あるいは足が動くようになれば、すぐに上司に報告するだろう。県の上層部の知るところとなれば、全県に直ちに捜査網が張られる。趙大頭《チャオ・タートウ》は必死で自転車を前へと走らせた。十キロ走る頃には全身服の上下がびしょ濡れになった。李雪蓮《リー・シエリエン》は運転を代ろうと言ったが、趙大頭《チャオ・タートウ》は聞かない。李雪蓮《リー・シエリエン》が荷台から跳び下りて、ようやく趙大頭《チャオ・タートウ》は自転車を停めた。李雪蓮《リー・シエリエン》は趙大頭《チャオ・タートウ》を載せて七、八キロも走り、趙大頭《チャオ・タートウ》も少し息をついた。運転はまた趙大頭《チャオ・タートウ》に代わった。とうとう夜が明ける前に二人は県境を越えた。さらに三キロも進み、二人は自転車から降りて橋のたもとに座り息を整えた。李雪蓮《リー・シエリエン》が言った。

「南無阿弥陀仏、なんとか第一関門は越えたわね」

「さすがだな。北に向かわず東に向かって良かった。県外に出てから北に向かっても遅くない」

「大頭、あんたのおかげよ。私だけじゃ、逃げ出せなかった」

そして、言った。

「県を出たから、あんたは戻って。後は自分で行くから」

趙大頭《チャオ・タートウ》は承知しない。

「いや、俺は戻らない」

「どうするつもりなの」

「もう戻れないよ。考えてもみろよ。あんなに大勢の警官を酔い潰して、おまえと逃げて、県政府を敵に回したんだぜ。戻って奴らに捕まったら、無事で済むと思うか」

これは李雪蓮《リー・シェリエン》も思い至らなかった。趙大頭《チャオ・タートウ》はさらに言った。

「この結果は覚悟していた。俺ももう後戻りはできない」

さらに笑って言った。

「北京に告訴に行くんなら、俺は北京に三十年もいたんだ。土地は俺のほうが詳しい」

言葉のすべてが李雪蓮《リー・シェリエン》の思いもかけないものだった。李雪蓮《リー・シェリエン》は感動して、趙大頭《チャオ・タートウ》の頭を抱きしめた。

「大頭、告訴から戻ったらあんたと結婚するわ」

趙大頭《チャオ・タートウ》も抱きしめられて興奮して言った。

「こうなったら俺も覚悟が決まった。結婚したら、これからはおまえが告訴し続ける限り、俺も毎年付き合うよ」

二人はひと休みした後、また先を急いだ。その日の昼には隣りの県の県城に着いた。ひと晩と翌午前中、道を急いで二人ともいささか疲れていた。県の警察も自分の県で捕まえられなかったので、捜査範囲を隣りの県に拡大しているかも知れず、昼間は捕まる可能性が高い。そこで、県城のはずれで旅館を探すことにした。まず食事をし、辺鄙な横丁で見つけた小さな宿屋で夜まで休んでから出発することにした。一つには金の節約のため、もう一つには二人ともも相手を他人とは思ってないので一部屋だけ取ることにした。一部屋にしたからといって二人が何かするということではない。しかし、部屋に入った途端、趙大頭《チャオ・タートウ》は李雪蓮《リー・シェリエン》に抱きついてきた。抱きつくのは構わない。さきほども道で李雪蓮《リー・シェリエン》は趙大頭《チャオ・タートウ》を抱きしめた。ただ、趙大頭《チャオ・タートウ》は李雪蓮《リー・シェリエン》を抱きしめるとベッドに押し倒し、彼女の服を剥ぎ始めた。李雪蓮《リー・シェリエン》は必死で趙大頭《チャオ・タートウ》を押しのけて、起き直った。

「大頭、やめてよ。起きないと怒るわよ」

　三十数年前、二人がまだ高校の同級生だった時、趙大頭《チャオ・タートウ》が李雪蓮《リー・シェリエン》を脱穀場に呼び出して李雪蓮《リー・シェリエン》に抱きついてキスしようとして、李雪蓮《リー・シェリエン》が趙大頭《チャオ・タートウ》を地面に押し倒して趙大頭《チャオ・タートウ》は驚いて逃げたことがある。二十年前、李雪蓮《リー・シェリエン》が初めて北京に告訴に行った時は趙大頭《チャオ・タートウ》のベッドに泊めてもらった。趙大頭《チャオ・タートウ》が夜中に忍び込んできて、李雪蓮《リー・シェリエン》は彼の意図が分かったので、「さっさとやることをやれば」と言ってまたもや趙大頭《チャオ・タートウ》が驚いて逃げ帰ったことがあった。三十数年が経ち、二十年が経って、趙大頭《チャオ・タートウ》は三十年以上前、二十年前の趙大頭《チャオ・タートウ》ではもはやなかった。李雪蓮《リー・シェリエン》が怒るわよ、と言っても趙大頭《チャオ・タートウ》はもう怖くない。李雪蓮《リー・シェリエン》を押さえつけたまま服を剥がしにかかった。

「なあ、俺はもう何十年も待ったんだぜ」

　ひと晩と午前中一杯の逃亡で李雪蓮《リー・シェリエン》も疲れ切っていて、趙大頭《チャオ・タートウ》に抗えなかった。李雪蓮《リー・シェリエン》が不思議だったのは、趙大頭《チャオ・タートウ》もひと晩と午前中走ったのになぜこんなにバカ力があるのかということだった。それに趙大頭《チャオ・タートウ》は李雪蓮《リー・シェリエン》に付き合って北京に告訴に行くと言うし、二人は結婚するのだから、李雪蓮《リー・シェリエン》もそれ以上は抵抗しなかった。とうとう李雪蓮《リー・シェリエン》は趙大頭《チャオ・タートウ》に素っ裸にされた。趙大頭《チャオ・タートウ》も自分の服を脱ぎ、いきなり中に入って来た。李雪蓮《リー・シェリエン》は二十一年間していなかったので、最初は少し緊張した。思いがけないことに、趙大頭《チャオ・タートウ》は中に入ってからなかなか巧みだった。中に入る前は焦っていたが、中に入ると焦りはなくなった。体は動かさずに、李雪蓮《リー・シェリエン》の耳たぶを舐め、李雪蓮《リー・シェリエン》の眉と口にキスし、また李雪蓮《リー・シェリエン》のおっぱいを舐めた。李雪蓮《リー・シェリエン》がリラックスするのを待って、下半身を動かし始めた。それも千篇一律の動きではなく、軽重左右と巧みに動かして、李雪蓮《リー・シエリエン》もだんだん気分が乗って来た。二十一年ぶりのことだった。李雪蓮《リー・シエリエン》の気分が乗って来ると、趙大頭《チャオ・タートウ》は高低、上下、前後と大きく動き出した。突然、李雪蓮《リー・シエリエン》はオルガニズムに達した。李雪蓮《リー・シエリエン》は大声で叫んだ。達した後も趙大頭《チャオ・タートウ》はまだやめず、前後から挟み撃ちにして、李雪蓮《リー・シエリエン》をまたオルガニズムに達しさせ、李雪蓮《リー・シエリエン》はまた叫んだ。秦玉河《チン・ユイホー》と一緒だった頃、こんな立て続けに興奮の波が押し寄せたことはなかった。趙大頭《チャオ・タートウ》は見た目は朴訥そうだが、なかなか隅に置けない。この方面に関してはいろいろと手練れだった。趙大頭《チャオ・タートウ》も五十を過ぎているのに、ひと晩と午前中走り続けてもまだこんなパワーがあるとは。とうとう二人は叫び終わり、裸のままベッドに横たわった。李雪蓮《リー・シエリエン》は泣いた。

「大頭、忘れないで。これは強姦よ」

趙大頭《チャオ・タートウ》は慌てて彼女の涙を拭き、手で彼女の太ももを叩いた。

「三十年も無駄にしてしまったな」

ささやいて言った。

「どうだ、良かったか」

李雪蓮《リー・シエリエン》は恥ずかしくなった。

「昼間っから、何を言ってるのよ」

頭を趙大頭《チャオ・タートウ》の胸に押しつけて、そっと言った。

「こんなの初めてよ」

ことが上手く行ったので、続いて二人が行く方向、行くべきところについての話になった。

趙大頭《チャオ・タートウ》は二人に布団をかけて頭だけ出し、李雪蓮《リー・シェリエン》の手を握った。

「なあ、聞くんだが、人は自分が好きな人間と一緒にいたいと思うか、関係のない人間と一緒にいたいと思うか」

「バカじゃないの。そんなの決まってるじゃないの」

「好きな相手と一緒にいたいか、仇と一緒にいたいか」

「同じことよ」

「よし。俺の話がバカだと言うなら、おまえもバカだということだ」

李雪蓮《リー・シェリエン》は驚いた。

「どういう意味」

「好きな人間と仇の道理が分かるなら、やっぱり告訴はやめることだ。告訴したら、好きな人間と別れて、仇と一緒になるんだぞ」

さらに言った。

「仇を負かせられるなら、告訴してもいい。だが、二十年も告訴し続けて結果は同じじゃないか」

また言った。

「二十年告訴しても結果が出ないなら今年告訴しても結果が出るとは限らない。今年もおまえも仇も例年と何ら違いはないからな」

「その道理は私も去年考えたわ。初めは私も告訴はしたくなかった。牛の言葉を聞き入れないからではなく、あの汚職役人に追いつめられたせいよ。腹が立ったから告訴するのよ。私の言葉を悪いほうへと取って私を悪人扱いするからよ。今回告訴する相手は秦玉河《チン・ユイホー》ではなく、あいつら役人どもよ」

「分かるよ。あいつらは秦玉河《チン・ユイホー》より汚い。だが、秦玉河《チン・ユイホー》より汚いから奴らとやり合うには工夫がいるんだ。工夫がいるだけでない。もめるだけじゃ結果は出ないいんだ」

李雪蓮《リー・シエリエン》はワッと立ち上がった。

「とにかくこの腹立ちが収まらないのよ」

趙大頭《チャオ・ダートウ》は手を叩いた。

「俺が言うのもそれさ。腹を立てて二十年ももめてきた。また腹を立てて、さらに二十年もめたら、俺たちは七十、八十になっちまう。奴らとやり合うのはいい。だが、みすみす自分たちの幸せを逃すことになるんだぜ」

また手で李雪蓮《リー・シエリエン》の下半身をまさぐった。李雪蓮《リー・シエリエン》はまたへなへなと横たわった。

「ことわざはよく言ったものさ。一歩退けば世界が広がるってな。あいつらとやり合っても、あんたはたった一人、向こうはお上だぜ。こっちは徒手空拳で、あっちは権力もあれば勢力もある。なにかあればすぐ警察を動員する。俺たちもこうして追われてるじゃないか。どうして太刀打ちできる？　結果が出ても出なくても怖くはないが、問題はあんたが一年また一年とかかずらわっていくことだ。この泥沼の戦いをいつまで続けるつもりだ。さっさと自分から脱け出して、楽しく暮らそうじゃないか」

そして、ひそひそと言った。

「俺たち、すごく相性が良かっただろ」

相性が良くなければ、こんな話はしなかっただろう。こういう話は過去にもしたのだが、李雪蓮《リー・シェリエン》が聞く耳を持たなかった。今日は李雪蓮《リー・シェリエン》も趙大頭《チャオ・タートウ》の言うことに道理があると思えた。幸せな暮らしを捨てて、あの役人どもとやり合うのは自らをドブに捨てるようなものだ。

二十年前、自分はまだ二十九歳だった。やりあう時間もあった。だが、四十九歳になり、あと数年もすれば本当に一生をドブに捨てるようなものだ。趙大頭《チャオ・タートウ》の言うことは正しい。

誰も自分を助けてはくれない。自分を救い出せるのは自分だけだ。あるいは趙大頭《チャオ・タートウ》の今日のこの言葉が李雪蓮《リー・シェリエン》を救った。李雪蓮《リー・シェリエン》は黙ったまま、目から涙を溢れ出させた。恨めしいのは自分の過去の二十年間だ。趙大頭《チャオ・タートウ》は李雪蓮《リー・シェリエン》の涙を拭いてやって言った。

「気が変わったのなら、帰ってすぐ結婚しよう」

また言った。

「結婚すれば、縁もゆかりもない人間や仇とやり合うこともない」

さらに言った。

「奴らとやり合わなければ、昨日警官を酔い潰したことも奴らは追及してこないさ。奴らはどっちが重く、どっちが軽いか、秤にかけるからな」

李雪蓮《リー・シェリエン》はまた起き上がった。

「あんたの言う通り、告訴しないにしてもすぐには帰れないわ」

「どうして」

「最後にもう一度、奴らを懲らしめるためよ。戻れば奴らは私たちが告訴しないと分かる。帰らなければ、奴らは私たちが北京に行ったと思うわ。私が北京に行けば、奴らも北京に捜しに行く。今年は北京に告訴に行かないけど、帰らないで奴らを北京に捜しに行かせるのよ」

趙大頭《チャオ・タートウ》もすぐに同意した。

「それがいい。もう一度、じたばたさせてやろう。俺たちが北京に行かなければ捜し出しようがないものな。捜し出せなければ出せないほど奴らは焦るわけだ」

また言った。

「だが、俺たちもここにはいられない。ここは俺たちの県に近い。ここにいれば、いつ見つからないとも限らない」

李雪蓮《リー・シエリエン》は茫然とした。

「じゃあ、どこに行くの」

「泰山に連れて行ってやるよ。泰山に行ったことはあるか」

李雪蓮《リー・シエリエン》の心が動いた。

「二十年間、告訴ばかりに気を取られて北京に行っただけで、他はどこにも行ったことがないわ」

「泰山は景色がいいぞ。日の出を見に連れて行ってやる。日の出を見れば、気分が晴れ晴れとする」

二人の話はまとまった。趙大頭《チャオ・タートウ》は身を翻すと、また李雪蓮《リー・シエリエン》の上にのしかかった。李雪蓮《リー・シエリエン》が押し返した。

「まだやる気？　いい歳をして」

趙大頭《チャオ・タートウ》は李雪蓮《リー・シエリエン》の手をつかんで自分の下半身をまさぐらせた。

「でかくなってるだろ」

二人はまた始めた。始めながら李雪蓮《リー・シエリエン》は言った。

「あんたと一緒にいると私まで若返るわ」

翌朝早く二人は自転車を旅館に預け、長距離バスで泰山に行った。途中の梁山界は高速道路工事中で、走っている道路と修理している道路がぶつかっていた。道は車で溢れ、バスは動いたり停まったりで泰山ふもとの泰安に着いたのはもう午後の五時半だった。これから泰山に登るのは遅い。二人は泰安の辺鄙な横丁で小さな旅館を探して泊まった。夜はまた趙大頭《チャオ・タートウ》は休むことがなかった。翌朝、二人は旅館の入り口の店で朝飯を済ませ、泰山に登り始めた。節約のため、二人はケーブルカーには乗らず、何千段もの階段を山頂まで登り続けた。山を登る人は多く、全国の南や北から来ていると見えてさまざまな訛りが聞こえてきた。旅行に来たのは李雪蓮《リー・シエリエン》はこれが初めてだった。李雪蓮《リー・シエリエン》は楽しくてたまらず、女性を見かければ言葉を交わした。趙大頭《チャオ・タートウ》はふた晩続けて頑張ったので明らかに体力が続かず、少し登っては息を切らし、少し登っては息を切らしで人と話すどころではなく、李雪蓮《リー・シエリエン》ともろくに話をしなかった。李雪蓮《リー・シエリエン》は趙大頭《チャオ・タートウ》が息を切らしているのを見て、プッと笑い、指でその眉を突っついて言った。

「あんまり夜、頑張りすぎるからよ」

趙大頭《チャオ・タートウ》は首を真っ直ぐ伸ばすと言った。

「夜のせいじゃない。足の関節炎のせいだ」

泰山は普通、午前中には頂上まで登れるのに、趙大頭《チャオ・タートウ》が登るのが遅くて李雪蓮《リー・シエリエン》の足を引っ張り、昼になってようやく中天門にたどり着いた。角を曲がると小さなお寺があり、趙大頭《チャオ・タートウ》はへなへなと地面に座りこむと頭の汗を拭いて李雪蓮《リー・シエリエン》に言った。

「あとは一人で登って来いよ。俺はここで待っているから」

李雪蓮《リー・シエリエン》はがっかりした。

「せっかく二人で来たのに、一人で登ったんでは面白くないわ」

だが、趙大頭《チャオ・ダートウ》が一歩も動けなさそうなので無理強いも出来ない。

「だったら、登るのはやめて少し休んだら下山しない？」

趙大頭《チャオ・ダートウ》が残念そうに言った。

「今夜は山頂に泊まるつもりだったんだ。頂上まで登れないんじゃ、明日の朝の日の出が見られない」

李雪蓮《リー・シエリエン》は慰めて言った。

「家では毎朝、日の出前に畑で働いてるから、日の出は毎日見てるわ」

「泰山の日の出と平地の日の出とは違う」

「どこが違うのよ。同じ太陽じゃないの」

二人は山の中腹で朝持ってきたパンと茶玉子(28)を食べ、プラスチックの瓶に入った水を交互に飲んで下山し始めた。下山は登るよりも楽で趙大頭《チャオ・ダートウ》も元気が出てきて言った。

「来年もう一度来よう。途中でやめたままじゃダメだ」

「見られたからいいわよ。また来ればお金がかかるわ。どうせかけるなら別のところに行きましょ」

二人は下山すると麺屋を探し、焼餅と羊のスープ麺を一杯ずつ食べると、早々と旅館に帰って休んだ。その日の夜は趙大頭《チャオ・タートウ》もおとなしく、李雪蓮《リー・シエリエン》に挑みかかってはこなかった。二人は布団にもぐり、ベッドボードに寄りかかって話をした。話は三十数年前、二人がまだ高校の同級生だった頃に遡った。李雪蓮《リー・シエリエン》は趙大頭《チャオ・タートウ》にいつから自分に気があったのかと問いつめた。

「決まってるだろ。初めて会った時からさ」

李雪蓮《リー・シエリエン》は趙大頭《チャオ・タートウ》をこづいて言った。

「それなら中一の時でしょ。私はまだ十三歳だった」

さらに言った。

「中学の間中、私のことなんか気にも止めてなかったくせに」

趙大頭《チャオ・タートウ》は李雪蓮《リー・シエリエン》を好きになったのは高一の時だと白状した。

「中学の頃のおまえはまだ小便臭かったが、高校になったら女っぽくなった」

李雪蓮《リー・シエリエン》は、高校生の時、趙大頭《チャオ・タートウ》がいつも「大白兎」のミルク飴をくれたけれど、その金はどうしたのかとまた聞いた。

「親父の金を盗んだのさ。おまえにやる飴を買うためにずいぶん殴られたものさ」

李雪蓮《リー・シエリエン》は笑って、趙大頭《チャオ・タートウ》の頭を抱えるとキスをした。そして、また、高校卒業の前日の晩、自分を脱穀場に呼び出したくせに、ちょっと押し返しただけでなぜ慌てて逃げたのかと聞いた。

趙大頭《チャオ・タートウ》は悔しそうにベッドの脇を叩いて言った。

「あの頃は肝っ玉が小さかったんだ。もっと肝っ玉があれば人生は違ったものになっていた」

そして首をふって言った。

「三十年かかって、やっと肝っ玉が大きくなった」

李雪蓮《リー・シエリエン》はまた小突いて言った。

「肝っ玉が大きくなったって？　恥知らずになったのよ！」

二人は笑った。それから、当時の同級生や先生の話をした。三十年以上が経ち、先生たちの多くは亡くなっていた。中学の同級生もあまり覚えていない。高校の同級生は知ってるだけで五人が死んでいた。残りもてんでんばらばらだ。三十年以上が経ち、ほとんどの同級生には孫もいる。歳を取って円満なのは少なく、生活と子どものことに追われて疲れきっている者が多い。子どもの話になって、李雪蓮《リー・シエリエン》はまた言った。自分の娘は女手一つで育てあげたのに、とんでもない売国奴で自分とも一つ心ではない、と。一つ心ではないというのは、娘が言うことを聞かないのではなく、李雪蓮《リー・シエリエン》の告訴に関して、他の者が詳しい事情を知らずに後ろ指さすのはまだ理解できるが、娘は小さな時から自分のそばで育ち、ことの次第をすべて知っていて、何が原因かも知っているのに、李雪蓮《リー・シエリエン》を理解しないことだった。李雪蓮《リー・シエリエン》が毎年髪ふり乱して告訴に行くのが恥ずかしいと言って、李雪蓮《リー・シエリエン》の怒りを買っていた。娘が十九歳で結婚したのは明らかに母親を避けるためだった。嫁に行って以来、めったに家にも会いに来ない。逆に李雪蓮《リー・シエリエン》と離れて暮らし、秦玉河《チン・ユイホー》のもとで育った息子のほうが母親を気遣うことを知っていた。息子の名も李雪蓮《リー・シエリエン》がつけたもので、「有才《ヨウツァイ》」と言った。去年の秋、李雪蓮《リー・シエリエン》が県城の通りを歩いていると、有才《ヨウツァイ》と出くわした。有才《ヨウツァイ》はその時、二十になるかならないかで、すでに息子がいた。しょっちゅう会っているわけでないので、李雪蓮《リー・シエリエン》は有才《ヨウツァイ》が分からなかった。通り過ぎてから、有才《ヨウツァイ》が李雪蓮《リー・シエリエン》と気がついて後ろから李雪蓮《リー・シエリエン》をつかんで呼び止めると、「母さん」と言った。母と息子はしばらく見つめ合い、有才《ヨウツァイ》が言った。

「母さん、老けたな」

また言った。

「悔しい気持ちは分かるけど、自分を大切にしてくれよ」

そう言うと、別れ際に李雪蓮《リー・シエリエン》の手にこっそりと二百元を握らせた。そこまで話すと李雪蓮《リー・シエリエン》は涙をこぼした。趙大頭《チャオ・タートウ》は涙を拭いてやった。

続けて趙大頭《チャオ・タートウ》はため息をついた。自分の息子は勉強がダメだったので早くに自分についてコック見習いをさせたが、根気が続かず、フラフラしてばかりだった。今年、三十いくつにもなるのに、何をしても身につかず、県の牧畜局で臨時工として使い走りをしている。毎月の稼ぎでは女房子どもも食わせられず、しょちゅう趙大頭《チャオ・タートウ》のところに金をせびりに来る。趙大頭《チャオ・タートウ》が県城のレストランでバイトして稼いだ金はほとんど息子一家の生活費にあてていて、幸い自分には退職金があるので何とかやっていけている。趙大頭《チャオ・タートウ》はしみじみと言った。

「子どもを育てても何にもならんなあ」

また言った。

「あいつの面倒は一生見るしかあるまいと諦めてるよ」

そう言って二人は寝た。翌朝早く、二人は宿を出て泰安市内をブラブラしたが、ブラブラしただけで何も買わなかった。気に入った物は高すぎるし、安い物は使えない。昼になり、二人はブラブラするのにも飽きて旅館に戻った。趙大頭《チャオ・タートウ》は五十キロほど離れた曲阜に孔子を見に行こうと提案した。あそこは平地だから登らなくていい。高校で孔子を習ったが、分かるような分からないような話を知っているばかりで、本人を見たことがない。他に行く所もないし、と。

李雪蓮《リー・シエリエン》は言った。

「行ってもいいわよ。孔子はともかく、曲阜の麻糖(29)が美味しいと聞くから、麻糖を食べに行きましょ」

「そうとも。孔子も食べたという麻糖が美味いか、俺が子どもの頃おまえにやった大白兎が美味いか、食べ比べに行こう」

李雪蓮《リー・シエリエン》はまた趙大頭《チャオ・タートウ》を小突いた。曲阜の麻糖を食べるため、二人は午後曲阜に行くことにした。趙大頭《チャオ・タートウ》が長距離バスの切符を買いに行き、李雪蓮《リー・シエリエン》は残って荷物の整理をした。李雪蓮《リー・シエリエン》は旅館を出て、趙大頭《チャオ・タートウ》にセーターを買った。立春とはいえ、朝晩は冷える。家を出てくる時、李雪蓮《リー・シエリエン》はセーターを持って来たが、あの晩、趙大頭《チャオ・タートウ》は警官たちに酒を飲ませ、李雪蓮《リー・シエリエン》と県を脱出するのに忙しく、いつも着ているあわせの服しか着ておらず、厚手の服を持って来ていなかった。李雪蓮《リー・シエリエン》は今朝早く出かけた時、趙大頭《チャオ・タートウ》が身震いしてくしゃみをするのを見た。午前中、街をぶらついている時、趙大頭《チャオ・タートウ》にセーターを買ってやりたいと思い、とある店で気に入ったのを見つけたのだが、九十六元したので趙大頭《チャオ・タートウ》は高いと言って買わせなかったのだ。いざ出発するとなると、朝晩の冷えで趙大頭《チャオ・タートウ》が風邪を引かないかと心配になった。風邪を引いて薬でも飲めば、セーター代よりも高くかかる。旅館のある横丁を出て、通りを一キロほども歩くと李雪蓮《リー・シエリエン》は午前中セーターを見つけた店にやって来た。さんざん値引き交渉をして、九十六元のセーターを八十五元で買った。セーターを買って帰るついでに、食パン四枚とザーサイ一袋を道中で食べるために買った。旅館に戻ってドアを押そうとすると趙大頭《チャオ・タートウ》が中で話をしているのが聞こえた。切符を買って帰って来たらしい。だけど、一人で誰と話しているのだろう。よく聞くと携帯電話で話をしているようだ。携帯電話をかけるのは不思議でもないので、そのまま入ろうとすると今度は携帯電話で口げんかを始めたので思わず手を止めて聞き耳を立てた。

「電話だけじゃない。ちゃんとやってやっただろう。そっちはちゃんとやってくれたのか」

相手が電話の向こうで何を言ったのか、趙大頭《チャオ・タートウ》は怒り出した。

「県長に俺が李雪蓮《リー・シエリエン》を押さえていることを報告して、なんで俺の息子の仕事のことは報告しないんだ」

また相手が何を言ったのか、趙大頭《チャオ・タートウ》は言った。

「政府を信じないいんじゃない。証拠を見せてもらいたいと言ってるんだ」

また向こうが何か言ったらしく、趙大頭《チャオ・タートウ》は言った。

「そんな話があるか。それとこれとは比べられないだろう。こっちはあんたに見せられないだろうが。山東じゃなくたって、俺たちの県でだって、俺と李雪蓮《リー・シエリエン》がベッドでナニしてるところをあんたが脇で見るわけにはいかないだろ」

相手がまた何か言って、趙大頭《チャオ・タートウ》は怒鳴った。

「そんなはずがないだろ。俺たちは戻ったら結婚するんだ。どうしてまた彼女が告訴に行くんだ」

李雪蓮《リー・シエリエン》は頭を殴られた思いだった。

訳註
（28）茶玉子＝八角や醤油、お茶の葉で煮しめたゆで卵。中国の旅の友。

(29) 麻糖＝もち米と砂糖とゴマで作ったお菓子。

九

県裁判所の裁判委員会専属委員は賈聡明《ジア・ツォンミン》という。二十年前、このポストには董憲法《トン・シエンファー》という人が座っていた。李雪蓮《リー・シエリエン》が告訴のことで董憲法《トン・シエンファー》を訪ねると相手はそれは自分の管轄ではないと言った。二人は言い合いになり、董憲法《トン・シエンファー》が「愚民」と罵り「失せろ」と言った。

後に李雪蓮《リー・シエリエン》は人民大会堂に乗りこみ、董憲法《トン・シエンファー》と裁判所長、県長、市長がクビになった。専属委員は職を解かれると家畜市場に家畜を売るのを見に行った。一日見ても飽きなかった。八年前、董憲法《トン・シエンファー》は脳溢血を患った。五年前、董憲法《トン・シエンファー》は死んだ。時間が過ぎ去った。

賈聡明《ジア・ツォンミン》は今年で四十三歳になる。専属委員になって三年だ。半年前、裁判所の副所長の一人が退職してポストに空きが出来た。賈聡明《ジア・ツォンミン》はその空席に座りたいと思っていた。専属委員から副所長への昇進はたいした出世ではないが、専属委員には実権がない。名義上は裁判長よりも上だが、裁判所で何をするにも裁判長には及ばなかった。副所長に昇任するには何人かの裁判長とポストを争う必要がある。裁判所には刑事裁判第一法廷、第二法廷、民事第一法廷、第二法廷、経済裁判第一法廷、第二法廷、少年裁判法廷、執行法廷と十いくつの法廷があり、つまり十数人の裁判長がいる。全県に二十余りの郷鎮があり、各郷鎮にも法廷がある。すべての法廷を合わせると全部で三十人余りの裁判長がいることになる。その三十人余りの裁判長の考えは皆、賈聡明《ジア・ツォンミン》と同じで、副裁判所長になりたいと思っていた。専属委員には実権がないので、裁判長の多くは賈聡明《ジア・ツォンミン》に目もくれなかった。三十数名がひとかけらの骨を争い、ごちゃごちゃと硬直状態になっている。争い合って副裁判所長のポストは半年も空席のままだった。ポストに就けない賈聡明《ジア・ツォンミン》と裁判長たちは焦ったが、裁判所長の王公道《ワン・コンタオ》に焦る様子はなかった。ひと粒のブドウを三十数匹のサルが争っているが、ブドウは一匹にしか投げられない。ブドウから手を放さなければ、三十数匹のサルは自分の周りを取り巻いている。ブドウが手を離れ、一匹のサルの口に入れれば、他のサルたちは一目散に散ってしまう。ブドウを口にしたサルも顔をそむけ、そしらぬふりだろう。今時の人間は政治でも商売でも同じで目先の利益に奔走する。ブドウを自分の手元に置いておけば、サルたちに自分の周りを取り囲ませられるだけでなく、さらにはサルたちに寿桃(30)を捧げさせることが出来る。かつての王公道《ワン・コンタオ》もそうやって一歩ずつ這い上がってきたのだ。今度は自分がしたように人にもさせる番だ。王公道《ワン・コンタオ》のそのやり方は裁判所の他の数名の副裁判所長たちも喜ぶ。なぜなら彼らも多かれ少なかれそこから実利を得るからだ。王公道《ワン・コンタオ》が大きな桃をもらえば、彼らもナツメぐらいはもらえる。ナツメがあるほうがないよりはいい。時間を長引かせれば長引かすほど皆がもらえる実利は多くなる。王公道《ワン・コンタオ》がそうするのは王公道《ワン・コンタオ》たちが実利を得られるだけでなく、県の副県長、県長までもそれぞれ利益があるからだ。ある裁判長は副裁判長になるために市まで運動の手を広げているという。

運動には運動資金が要る。三十数名の裁判長に比べると賈聡明《ジア・ツォンミン》はその点で不利だった。裁判長は職権があるので普段の蓄積が賈聡明《ジア・ツォンミン》より厚いのは言うまでもなく、実際に使った金は裁判所の経費で落とすことが出来る。そういう後ろ盾がない点で賈聡明《ジア・ツォンミン》は裁判長たちよりずっと弱かった。公費で落とせなければ私費で払うしかない。裁判所の専属委員は給料も高くはない。毎月の給料は二千元余りに過ぎない。賈聡明《ジア・ツォンミン》の女房は病院の看護師で毎月の給料は千元余りだ。賈の父親が生姜を売る金もいくらでもない。上司への付け届けすらままならない。まさか、ピーナッツ油にメンドリ二羽、あるいは生姜をザルにひと山というわけにはいくまい。ピーナッツ油やメンドリや生姜を贈るわけにいかないだけでなく、今時はどんなに貴重な品を贈っても直接金を贈るのには敵わない。人は後ろ盾があるが、賈聡明《ジア・ツォンミン》は自分の身を削るしかない。半年が経つと他の者たちは賈聡明《ジア・ツォンミン》に水をあけ始めた。水をあけただけでなく、賈聡明《ジア・ツォンミン》の体の油も搾りきって何も出なくなっていた。すでに贈った金も副裁判所長が別の人の頭に落ちれば、無駄金ということになる。名義上、専属委員は裁判長より地位が高いため、裁判長の一人が自分の上司ということになれば失うのは職務だけでなく面目も何も丸つぶれというありさまで、それだけは賈聡明《ジア・ツォンミン》もどうにも我慢ならない。だが、金ばかりはない袖は振れず、親戚を見回しても貧乏人ばかりで、普段は向こうが自分を頼りにするばかりであてになる者は一人もいない。賈聡明《ジア・ツォンミン》は職はあるが権力はなく、金のある者の多くは自分とは関わりがない。右を見ても左を見てもどうにもならず、裁判所ではおくびにも出せないが、家ではため息ばかりついていた。この夜、賈聡明《ジア・ツォンミン》の父親が生姜売りから帰ってくると賈聡明《ジア・ツォンミン》がまた悶々としているのを見て、どうしたのかと尋ねた。賈聡明《ジア・ツォンミン》は八つ当たりした。

「あんたのせいだ」

父親は驚いた。

「わしは何も知らんぞ。なんでまたわしのせいなんだ」

そこで賈聡明《ジア・ツォンミン》は裁判所副所長になりたくて上司に金を贈ろうと思うが贈る金のないことを言って、また父親のことを嘆いた。

「商売をやるなら、なんで不動産をやらないんだ。生姜なんか売って。親父が富豪なら、こんなことで悩まないでいいのに」

それを聞いた父親もしょんぼりして、息子を慰めて言った。

「金を贈る以外に方法はないのか」

「あるさ。親父が生姜売りじゃなくて省長なら、金を贈らなくたって向こうから副所長にと頼んでくるよ」

父親はまたしょんぼりしたが、またもや息子を慰めて言った。

「生姜売りをする前に、畢《ビー》の奴を手伝って偽酒を売ってたじゃないか？　あの頃も毎日のように頼みごとの日々だった。偽酒売りの経験で言えば、人に何か頼むには相手にいい思いをさせる以外に、相手の困ってることを助けてやれば必ず願いをかなえてくれる。そのほうが金を贈るよりも確かだ」

賈聡明《ジア・ツォンミン》はハッとして、慌てて言った。

「道理で一昨年はずいぶん親父に頼まれて、しょうもない裁判を止めてやったが、あれは全部偽酒売りと関係あったのか」

また、ため息をついて言った。

「だが、俺の件は偽酒売りとは違う。俺が相手にしてるのはそのへんの小商いたちとは違うんだ。

上司だからな。小商いは俺たちに頼むことはあるが、上司が俺に頼まなきゃならないようなことなどないさ」

そう言って出て行った。ところが、何事も道は開けるもので、賈聡明《ジア・ツォンミン》はすぐに上司の悩みに遭遇した。生姜売りの父親は県城の「鴻運楼」でコックをしている趙大頭《チャオ・タートウ》といい友だちだった。二人が友だちになったのはコックが毎日生姜を買うからではなく、二人は業務上で付き合ううちに、互いにおしゃべりが好きだったからだ。賈の父親は昔からムダ話が好きだったが、趙大頭《チャオ・タートウ》は四十五歳前はむっつりだったのが、四十五歳を過ぎてやたらとムダ話をするようになった。昔からムダ話が好きな人間が毎日ムダ話をするのは習慣だが、昔は物を言わなかった人間が途中で喋り好きになると病みつきになる。飯は食わなくても餓死はしないが、喋らないと耐えられなくなる。お喋りをするために趙大頭《チャオ・タートウ》は人の家を訪ねるようになった。女房が死んで夜が暇なので、人の家に遊びに行く。生姜売りの賈の父親と意気投合し、夜、「鴻運楼」を引けると真っ直ぐ家に帰らずに、そのまま賈の父親の家にお喋りに行く。話すうちに間もなく全人代だという話になった。李雪蓮《リー・シェリエン》の告訴の話は、県から市まで、またもや大騒ぎになっていた。ムダ話の流れで李雪蓮《リー・シェリエン》の話になった。趙大頭《チャオ・タートウ》は我慢できずに自分と李雪蓮《リー・シェリエン》の関係を高校の時から話し出し、李雪蓮《リー・シェリエン》に大白兎を贈ったことから脱穀場でキスした話になり、李雪蓮《リー・シェリエン》が初めて北京に告訴に行った時は自分のベッドに寝て二人は危うく出来かかったことなど、洗いざらい話をした。趙大頭《チャオ・タートウ》が賈の父親にその話をした時、ちょうど賈聡明《ジア・ツォンミン》が家にいた。話すほうも聞くほうも初めは何とも思わなかったが、聞くうちに賈聡明《ジア・ツォンミン》の頭にひらめいたことがあった。裁判所長の王公道《ワン・コンタオ》から県長の鄭重《チェン・ジョン》、そして市長の馬文彬《マー・ウェンビン》まで、全員が李雪蓮《リー・シェリエン》が上京して告訴することに頭を痛めているではないか。この問題を解決するのを助ければ、自分が裁判所副所長になるのも簡単なことではないか。金を贈るよりよほど有効だ。李雪蓮《リー・シエリエン》をものにするには、告訴させないよう説得し見張るより、誰かと結婚させるほうが簡単ではないか。騒いでいるのは前夫との離婚で、離婚が本当なのか偽装なのかということなら、彼女が別の人と結婚すれば、過去の案件は成立しなくなるではないか。前夫が潘金蓮と言ったことを訴えているのなら、潘金蓮が他人に嫁げば、娼婦が苦界を脱け出たのと同じで潘金蓮も潘金蓮ではなくなる。そう考えて賈聡明《ジア・ツォンミン》は思わず心中大喜びした。心中大喜びしたが、顔には出さずに趙大頭《チャオ・ダートウ》にこう言った。

「おじさん、李雪蓮《リー・シエリエン》とそういう仲なら、おばさんも亡くなったことだし、いい機会じゃないですか」

趙大頭《チャオ・ダートウ》はびっくりした。

「どういうことだい」

「こうなったら彼女をものにするんですよ。若い時はなかなかの美人だったそうじゃないですか」

「そりゃあ、そうさ。美人じゃなかったら、俺だってこんなに長い間付き合いはしない」

でも残念そうに言った。

「肝心な時にものに出来なかったからなあ」

「今からでも遅くないですよ」

趙大頭《チャオ・ダートウ》は首をふった。

「もう終わったことさ。俺にその気があっても、彼女は告訴に夢中でその気はない」

「その告訴があるから、結婚を薦めるんですよ」

趙大頭《チャオ・タートウ》はびっくりして聞いた。

「どういうことだい」

賈聡明《ジア・ツォンミン》はそこですべてを洗いざらい話した。裁判所の上司から県の幹部、県の幹部から市の幹部までが李雪蓮《リー・シェリエン》のことで頭を悩ませている状況を逐一話して聞かせた。実際、話さなくても趙大頭《チャオ・タートウ》も知っていた。二十年前、李雪蓮《リー・シェリエン》が告訴した話は今では県から市まで、女子どもまで知っている。だが、賈聡明《ジア・ツォンミン》はもう一度話して聞かせた。話して聞かせてから、趙大頭《チャオ・タートウ》に言った。

「おじさんが彼女をものに出来て結婚すれば、一人の女と結婚するというだけでなく、県から市までの幹部を助けることになるんですよ」

趙大頭《チャオ・タートウ》はびっくりして言った。

「それはまた別だろう。結婚は結婚、幹部は幹部だ」

少し考えて聞いた。

「幹部を助けたら、何かいいことがあるのかい」

「彼らを助ければ、彼らもおじさんを助けてくれますよ」

「何を助けてくれるんだい」

「何か困ってることはないですか？　何かあるでしょう？　よく考えみて」

趙大頭《チャオ・タートウ》は考えて言った。

「困っていることと言えば一番困っているのは不甲斐ない息子のことだな。牧畜局で臨時工をしてて正式職員になりたいと思っているんだが、なかなかなれないでいる。おかげでいまだに脛をしゃぶられている」

賈聡明《ジア・ツォンミン》は手を打った。

「それですよ。李雪蓮《リー・シェリエン》をものにして告訴をやめさせれば、裁判所長は牧畜局をどうにも出来ませんが、県長と市長ならどうにか出来ます。牧畜局に正式職員を一人雇わせることなど屁でもありません。科長にだってさせられるかもしれませんよ」

趙大頭《チャオ・タートウ》は茫然としていた。

「何を迷ってるんです。一挙両得じゃないですか」

「俺がそうしたとして、向こうが息子を正職員にしてくれなかったら？」

「そうだとしても女房が手に入るし、してくれたら儲けものじゃないですか」

趙大頭《チャオ・タートウ》は頭をふった。

「俺の悩みは女房がいないことより、息子が俺にせびりに来ることなんだがな」

「だから息子さんのためにも試してみるべきですよ。こんなことでもなければ県長や市長とつながりなど持てないでしょう？」

趙大頭《チャオ・タートウ》は迷い始めた。

「試すのはいいが、幹部が約束を反故にしたら困るなあ」

賈聡明《ジア・ツォンミン》は自信満々で言った。

「政府を信じないんですか。裁判所と法律の名にかけて保証します。おじさんが幹部を助ければ、幹部は絶対に息子さんを放ってはおきませんよ」

趙大頭《チャオ・タートウ》は疑わしげに賈聡明《ジア・ツォンミン》を見つめて言った。

「そんなに熱心なのは、あんたも何かいいことがあるからかね」

賈聡明《ジア・ツォンミン》は自分が裁判所副所長になりたいことを趙大頭《チャオ・タートウ》に打ち明けてから、また手を叩いて言った。

「おじさん、俺たちは今や同じ縄の上のアリです。上手く行く時も上手くいかない時も一緒です。おじさんが幹部の前で功を立てれば、俺だってそのおこぼれに預かれるというものです。俺が裁判所副所長になれば、今日から裁判所は俺たち二人が開いたも同然になるんですよ」

趙大頭《チャオ・タートウ》は考えこんで言った。

「小さなことじゃないからな。考えさせてくれ」

そう言うと趙大頭《チャオ・タートウ》は家に帰った。賈聡明《ジア・ツォンミン》はそうは言ったが、趙大頭《チャオ・タートウ》がその通りにしなくても賈聡明《ジア・ツォンミン》には何の損もない。趙大頭《チャオ・タートウ》が言う通りにすれば拾い物だ。趙大頭《チャオ・タートウ》がそうしても上手くいくかどうかはまた別の話である。賈聡明《ジア・ツォンミン》はだからそう気にも止めないでいた。ところが、翌日の夜、趙大頭《チャオ・タートウ》は自分から賈聡明《ジア・ツォンミン》を訪ねて来て、その件について話をした。自分はどうしてもそうしたいわけではないので家に帰って息子と相談してみた。相談と言っても試しに話をしてみただけで、ちょっと得意になって言ってみただけだが、息子は念願の正職員になれるというので、どうしても趙大頭《チャオ・タートウ》にそうしてくれと言う。世間の息子は大抵、父親の再婚に反対するものなのに、趙大頭《チャオ・タートウ》の息子はどうしても趙大頭《チャオ・タートウ》に継母をもらってくれと言う。趙大頭《チャオ・タートウ》は引くに引けなくなったという。それを聞いた賈聡明《ジア・ツォンミン》は喜んだ。

「じゃあ、そうしましょう。上手くいけば一緒にいい思いが出来る。上手くいかなくなくても何も損はしません」

「俺もそう思ったんだ」

二人は別れて、趙大頭《チャオ・タートウ》は李雪蓮《リー・シエリエン》をものにする手はずを整えに行った。手はずは整えたが、趙大頭《チャオ・タートウ》が李雪蓮《リー・シエリエン》をものに出来るかどうか、賈聡明《ジア・ツォンミン》に確証はなかった。だが、自分で趙大頭《チャオ・タートウ》にも言ったように、上手くいけばいい思いが出来、ダメでも何も痛い思いはしない。そこでその件は忘れていた。ところが、それ以来、趙大頭《チャオ・タートウ》は毎日一回必ず電話をしてきて、李雪蓮《リー・シエリエン》との関係の進展を報告してくるようになった。だが、賈聡明《ジア・ツォンミン》が予想したようにことはそう簡単には運ばなかった。趙大頭《チャオ・タートウ》は李雪蓮《リー・シエリエン》にその話をしたが、なかなか上手くは話が運ばない。そのため賈聡明《ジア・ツォンミン》も上司に報告出来ないでいた。報告して期待されて、結局、趙大頭《チャオ・タートウ》が役に立たなかったら逆にまずいことになり、上司の自分に対する印象に影響する。

飯が炊けるまでは釜の蓋は開けられない。同時に飯の匂いを漏らしてもいけない。趙大頭《チャオ・タートウ》と親しい人間は他にもいるから、横取りされる怖れがある。もともと試しのつもりだった。そろりそろりと石橋を叩いて這って渡るつもりだった。ところが賈聡明《ジア・ツォンミン》にも思いがけなかったことに、趙大頭《チャオ・タートウ》は最後は見事に橋を渡り、ついにものに出来たのである。本県では出来なかったが、隣りの県でものにしたのである。趙大頭《チャオ・タートウ》が携帯メールを送ってきて、ものにしたと言ってきた時は賈聡明《ジア・ツォンミン》は初め信じられなかったほどだ。賈聡明《ジア・ツォンミン》も携帯メールで聞いた。

本当に出来たんですか。ウソではないでしょうね？

趙大頭《チャオ・タートウ》は自信満々で返事してきた。

ベッドで寝たのに、ウソなはずがないだろう？

これで賈聡明《ジア・ツォンミン》は完全に信じた。信じると熱い血が湧きあがって来た。血が湧きあがると急いで上司に報告することにした。李雪蓮《リー・シエリエン》が家から逃げ出して、県は三日も捜しているのに見つけられないでいた。各級の幹部が頭を抱えている時だったので、その報告はまさに時を得ている。だが、誰に報告するかで賈聡明《ジア・ツォンミン》は少しためらった。本来なら彼は裁判所の専属委員なのだから、直属の上司に報告すべきところである。彼の直属の上司とはつまり裁判所長の王公道《ワン・コンタオ》である。だが、賈聡明《ジア・ツォンミン》は少し気を回したのと、それに加えて彼は日ごろから王公道《ワン・コンタオ》が好きではなかった。王公道《ワン・コンタオ》が裁判長だった時、二人は口げんかをしたこともある。王公道《ワン・コンタオ》は根に持つタイプで、賈聡明《ジア・ツォンミン》が副所長になりたいと思っても、その最大の障害が王公道《ワン・コンタオ》だった。賈聡明《ジア・ツォンミン》は王公道《ワン・コンタオ》に何度も付け届けをしたが、それでも過去のこじれを解くことは出来なかった。眉毛もないようなチビが寛大な胸襟を持っているはずがない。そこで、王公道《ワン・コンタオ》を跳び越えて直接県長の鄭重《チェン・ジョン》に報告するにした。一つには鄭重《チェン・ジョン》の前でいいところを見せるほうが裁判所長の前で見せるより、ずっと効果絶大だからだ。裁判所長に報告すれば裁判所長から県長に報告することになり、功績は裁判所長のものになってしまうではないか。そんなバカな真似は出来ない。同時に王公道《ワン・コンタオ》を跳び越して県長に功を報告するということは裏で王公道《ワン・コンタオ》を足蹴にすることになる。裁判所長に出来ないことを賈聡明《ジア・ツォンミン》がやってのければ、将来裁判所副所長になるための布石になるではないか。そこで、上機嫌で県政府に行き、鄭重《チェン・ジョン》に会うことにした。

李雪蓮《リー・シエリエン》が逃亡して三日が過ぎ、県長鄭重《チェン・ジョン》は三日間ろくに飯も喉を通らなかった。飯を食わなくても腹も空かず、唇には大きな水泡が出来た。唇に水泡が出来て三日も経ったのに李雪蓮《リー・シエリエン》はまだ見つからず、ちょうど頭を悩ませていたところだった。普段なら一介の裁判所の専属委員が県長に会いたいと言っても、そう簡単に会えるものではない。県政府の総務課はすぐに賈聡明《ジア・ツォンミン》を押し止めただろう。だが、今は特別な時期で、賈聡明《ジア・ツォンミン》が李雪蓮《リー・シエリエン》のことで県長に会いたいと言うと総務課もおざなりには出来ず、慌てて鄭重《チェン・ジョン》に報告した。鄭重《チェン・ジョン》は急いで総務に言って賈聡明《ジア・ツォンミン》を自分の執務室に通させた。賈聡明《ジア・ツォンミン》が趙大頭《チャオ・タートウ》と李雪蓮《リー・シエリエン》の事情のあらましを述べるのを聞いて、鄭重《チェン・ジョン》は茫然としていた。趙大頭《チャオ・タートウ》と李雪蓮《リー・シエリエン》のことは鄭重《チェン・ジョン》の思いもかけなかった。茫然としてから、続いて疑問を持った。

「それは本当なのか？」

賈聡明《ジア・ツォンミン》が携帯メールで趙大頭《チャオ・タートウ》に聞いたのと同じことを聞いた。賈聡明《ジア・ツォンミン》は急いで自分の携帯電話を取り出して、鄭重《チェン・ジョン》に趙大頭《チャオ・タートウ》の携帯メールを見せた。それまでのメールだけでなく、ベッドで寝てからのメールも、つい一時間前に寄こしたメールも見せた。

いま、泰山にいる。帰ったら、すぐ結婚する。

賈聡明《ジア・ツォンミン》は言った。

「県長、はっきり書いてあります。これでもウソだと思われますか」

さらに言った。

「李雪蓮《リー・シエリエン》は結婚するんですよ。それでも告訴すると思いますか」

　こうも言った。

「彼女は逃げましたが、男と山東に行っていて北京には行ってません。これが何よりの証拠ではありませんか」

　鄭重《チェン・ジョン》はそれでも半信半疑で言った。

「ことは重大だからな。ぬかりがあってはならない」

「鄭県長、党にかけて誓います。絶対にぬかりはありません。このことで私は二年も策を練っていたんです。ただ、米が炊けないうちは釜の蓋を開けるわけにいかなかったんです」

　鄭重《チェン・ジョン》はついに信じた。信じた途端、胸につかえた大きな石がすぐに地に落ちた。それから、気が楽になった。三日間もかけて四百名余りの警官を動員した方向がそもそも違っていたとは。北京に行ったと思ったら、山東に行っていたとは。四百名余りの警官がどうしようもなかったことを、たった一人の賈聡明《ジア・ツォンミン》が解決した。鄭重《チェン・ジョン》にも賈聡明《ジア・ツォンミン》の意図は分かっていた。裁判所は副所長のポストが一つ空いている。そこで賈聡明《ジア・ツォンミン》に言った。

「賈、政府のために一役買ってくれたな」

　さらに言った。

「裁判所は副所長のポストが一つ空いているはずだ。この件がかたづいたら、考慮しよう」

　賈聡明《ジア・ツォンミン》も興奮した。実は鄭重《チェン・ジョン》に趙大頭《チャオ・タートウ》の息子が牧畜局で臨時工をしていて、正職員になりたがってると言うつもりだったのだが、鄭重《チェン・ジョン》が副所長のことを口にしたので、それ以上の附帯条件を口にしにくくなった。他のことを言って、自分の副所長のことも頼めば、ねだりすぎというものではないか。そこで、とりあえず言わないでおいて、自分の副所長が確実になってから、趙大頭《チャオ・タートウ》の息子のことを持ち出そうと思った。鄭重《チェン・ジョン》は賈聡明《ジア・ツォンミン》に言った。

「このことは誰にも言わないように」

賈聡明《ジア・ツォンミン》はすぐに言った。

「鄭県長、そのぐらいの道理は私にも分かっています」

そう言うと、大喜びで帰って行った。賈聡明《ジア・ツォンミン》がいなくなると鄭重《チェン・ジョン》は突然空腹を感じた。そして、自分がこの三日間ろくに食べていなかったことを思い出した。急いで電話すると秘書に麺を一杯用意させた。それからまた急いで市長の馬文彬《マー・ウェンビン》に電話をした。三日前、李雪蓮《リー・シエリエン》が家から逃亡した時、鄭重《チェン・ジョン》はそのことを馬文彬《マー・ウェンビン》に隠しておいて、県だけで内々に解決しようと思った。それが馬文彬《マー・ウェンビン》に知られて、馬文彬《マー・ウェンビン》自ら電話をしてきて、後手後手に回ってしまった。馬文彬《マー・ウェンビン》は電話口で雷を落とし、鄭重《チェン・ジョン》が三つの成語を忘れたと言い、馬文彬《マー・ウェンビン》を「失望させた」と言った。鄭重《チェン・ジョン》はびっくりして全身汗でぐっしょりとなった。その後、三日間捜索を続けても見つからず、唇にいくつも水泡を作った。「もう終わりだ。馬文彬《マー・ウェンビン》にまた雷を落とされる。処分を受ける」と思ったら、思いがけなくも道が拓け、ことはなんとか挽回の方向に動き始めた。鄭重《チェン・ジョン》は急いで馬文彬《マー・ウェンビン》に報告し、李雪蓮《リー・シエリエン》が逃亡したことで受けたマイナスの影響を挽回しようと思った。馬文彬《マー・ウェンビン》はすでに北京に着いて、全人代は今日開幕していた。電話をした時、馬文彬《マー・ウェンビン》はちょうど昼食を食べていた。鄭重《チェン・ジョン》はことの次第を馬文彬《マー・ウェンビン》に報告した。馬文彬《マー・ウェンビン》は話を聞いて驚いた。驚いたが鄭重《チェン・ジョン》には何も聞かず、こう尋ねた。

「その方法を誰が思いついたって？」

鄭重《チェン・ジョン》は初め功績を自分のものにしようと思ったが、ことが明らかになり、真相が馬文彬《マー・ウェンビン》の知れるところとなったらまずいと思った。数日前も李雪蓮《リー・シェリエン》が逃げたことを隠そうと報告せずにいて大目玉をくらったばかりだ。そこでありのままを言った。

「裁判所のただの職員です。相手の男とは親戚で、李雪蓮《リー・シェリエン》とも知り合いです」

「ただの職員なんかじゃない。政治家だ」

鄭重《チェン・ジョン》は驚いた。馬文彬《マー・ウェンビン》が次に何を言うかが分からず、言葉が継げなかった。馬文彬《マー・ウェンビン》は言った。

「李雪蓮《リー・シェリエン》のことに関して、まったく違う考え方をした。我々は李雪蓮《リー・シェリエン》の離婚の件にこだわっていたのに、その男は結婚に考え至ったんだ」

鄭重《チェン・ジョン》は馬文彬《マー・ウェンビン》が褒めだしたので、褒めたのは自分のことではないにせよ、自分が褒められたように嬉しくなって急いで話を合わせた。

「そうですね。戦争と同じです。敵の退路を塞いだのです」

「そういう意味じゃない。この件に関して我々は二十年来、頭痛がすれば頭を診察し、足が痛めば足を診察してきた。毎年告訴を妨げて、一年間はそれで何とかなったが、それはただの行き当たりばったりのやり方だった。その男は病の根源を治療して、李雪蓮《リー・シェリエン》を結婚させた。李雪蓮《リー・シェリエン》が結婚すればすべては丸く収まるではないか」

鄭重《チェン・ジョン》はまた急いで言った。

「そうですとも。李雪蓮《リー・シェリエン》が結婚すれば、もう二度と李雪蓮《リー・シェリエン》のことで頭を悩ませることもないんです」

「その男の名は何という」

鄭重《チェン・ジョン》は馬文彬《マー・ウェンビン》がその名を知りたいというのは、ただの挨拶ではないことを知っていた。肝心なことを聞いているのだ。その人間の政治的前途が拓けるということだ。鄭重《チェン・ジョン》が隣県で副県長をしていた時、群衆の県政府包囲事件を処理して、のちに馬文彬《マー・ウェンビン》が鄭重《チェン・ジョン》のことを尋ねたのと同じだ。今、馬文彬《マー・ウェンビン》は李雪蓮《リー・シエリエン》を結婚させた者の名を聞いているのである。その男は馬文彬《マー・ウェンビン》に認められたのだ。鄭重《チェン・ジョン》は名前を教えたくなかったが、自分が教えなくとも馬文彬《マー・ウェンビン》は他のルートですぐに知ることになる。幹部の問題に関して、馬文彬《マー・ウェンビン》は何でも思う通りにし、誰もごまかすことは出来ない。そこで、ありのままに答えた。

「その男は賈聡明《ジア・ツォンミン》と言います」

馬文彬《マー・ウェンビン》は感嘆した。

「なるほど。その男は〝仮〟聡明ではない[31]。まさに〝真〟聡明だ」

鄭重《チェン・ジョン》も急いで言った。

「県はその男を裁判所副所長に昇級させる予定です」

馬文彬《マー・ウェンビン》はそれ以上は何も言わずに電話を切った。

結果はこのように皆が大喜びとなった。

だが賈聡明《ジア・ツォンミン》が思いがけなかったことに、賈聡明《ジア・ツォンミン》の件が片づきそうになった時、趙大頭《チャオ・タートウ》が賈聡明《ジア・ツォンミン》に携帯メールを送って来て、息子が牧畜局の正職員になる件をせっついてきた。息子が待ち望んでいると言うのだ。賈聡明《ジア・ツォンミン》が県長の鄭重《チェン・ジョン》に趙大頭《チャオ・タートウ》と李雪蓮《リー・シエリエン》のことを報告したのは自分が裁判所副所長に就くためなので、趙大頭《チャオ・タートウ》の息子のことは話していなかった。無事、副所長となってから趙大頭《チャオ・タートウ》の息子のことを話そうと思っていた。趙大頭《チャオ・タートウ》の携帯メールを受け取ると不安になって来た。初めは大風呂敷を広げて、「すぐに」解決すると言い、趙大頭《チャオ・タートウ》が真に受けて、「すぐ」とはどれぐらいか、三日か五日かと重ねて聞いてきた。賈聡明《ジア・ツォンミン》は携帯メールで返信したが、返事は曖昧ではっきりとしなかった。趙大頭《チャオ・タートウ》は焦って今度は直接電話をかけてきた。二人の話はかみ合わず、口論になった。その電話のせいで、せっかく炊き上がった釜の米の飯が台なしになってしまった。なぜなら、その電話を李雪蓮《リー・シェリエン》に聞かれてしまったからだ。趙大頭《チャオ・タートウ》が携帯電話を切った瞬間、李雪蓮《リー・シェリエン》が扉を蹴り入って来て、趙大頭《チャオ・タートウ》を問い質した。

「趙大頭《チャオ・タートウ》、誰に電話していたの」

趙大頭《チャオ・タートウ》は李雪蓮《リー・シェリエン》が目を三角にしているのを見て、ことがバレたと悟ったが、急いで取り繕おうとした。

「県城でロバの肉を売っている褚《チュウ》に二千元貸しているんだ。返せと言ったら、逆切れしてきやがった」

李雪蓮《リー・シェリエン》は手をふりあげて、パンと趙大頭《チャオ・タートウ》の顔に一発見舞った。

「よくもそんなウソを。いまの電話、聞いたのよ」

さらに言った。

「趙大頭《チャオ・タートウ》、私が本気であんたと一緒になるとでも思ったの。あんたは私を騙したのね！」

さらに言った。

「私を騙しただけじゃない。汚職役人なんかとグルになって、陰で私を陥れようとしたのね」

言い募るうちに腹が立ってたまらなくなり、靴を脱いで趙大頭《チャオ・タートウ》の顔と言わず、頭と言わず、体をめちゃくちゃに殴り始めた。趙大頭《チャオ・タートウ》は頭を抱えて、ベッドの下に潜りこみながら言った。

「騙してなんかいない。陥れてなんかいないさ。おまえと結婚したいというのは本当なんだ」

さらに言い訳した。

「話を聞いてくれよ。それとこれとは別の話なんだから」

だが、李雪蓮《リー・シエリエン》は趙大頭《チャオ・タートウ》の弁解には耳も貸さず、今度は自分の顔を平手打ちした。

「私ったら、なんてバカなんだろう。どうかしてる。二十年も告訴してきて、最後は騙されるなんて」

続けて泣き叫んだ。

「告訴するだけなら恥ずかしくない。騙されて、体を弄ばれて、それをまた天下の人に知られたら、どうやって生きていけばいいの」

そう言うと大声で泣き始めた。趙大頭《チャオ・タートウ》はベッドの下から出て来て、オロオロした。どんなに詳しく説明しようと、あるいは李雪蓮《リー・シエリエン》をさらに騙そうと、もう二度と信じてもらえそうになかった。趙大頭《チャオ・タートウ》は反省することしきりで口ごもりながら言った。

「仕方なかったんだよ。息子が牧畜局で正職員になりたいと言うものだから」

さらに言った。

「俺の考えじゃないんだ。裁判所の専属委員の賈聡明《ジア・ツォンミン》の考えなんだ」

おどおどと言った。

「泣くなよ。もう息子のことはどうでもいい。俺たちが結婚できればいいんだ」

李雪蓮《リー・シエリエン》は突然泣き止むと趙大頭《チャオ・タートウ》には目もくれず、自分の荷物を片づけ始め、自分の着替えと水筒を鞄に適当に押しこむと扉を蹴って出て行った。趙大頭《チャオ・タートウ》はこれはまずいと慌てて追いかけながら言った。

「行くなよ。話し合おう」

李雪蓮《リー・シェリエン》は相手にせず、大股で旅館を出て行く。趙大頭《チャオ・タートウ》は旅館を出ながら、また言った。

「俺が悪かった。おまえに内緒で人と組んで騙すんじゃなかった。なんなら、今度はおまえと一緒にあいつらを騙そうじゃないか」

李雪蓮《リー・シェリエン》は相手にせず、横丁を外へと出て行く。横丁を出て右に曲がると野菜市場だった。野菜市場は野菜を売り買いする人たちでごった返していた。李雪蓮《リー・シェリエン》は野菜市場をどんどんと進んで行く。趙大頭《チャオ・タートウ》が李雪蓮《リー・シェリエン》をつかんで引き止めた。

「なんなら、もう一度、俺を殴ってくれよ」

李雪蓮《リー・シェリエン》はちょうど肉屋の店先にいたので、まな板の上の肉包丁を取り上げて言った。

「あんたを殺したいぐらいよ」

そう言うと、手にした包丁を趙大頭《チャオ・タートウ》の胸ぐらに突きつけた。趙大頭《チャオ・タートウ》はびっくりして全身冷や汗をかいて飛び退った。肉屋とその他の人たちもびっくりした。彼らは夫婦喧嘩だと思って飛びついて仲裁に入った。趙大頭《チャオ・タートウ》は人混みの中で叫んだ。

「行くなら行ってもいい。だが、右も左も分からないのに、どこに行く気なんだ」

李雪蓮《リー・シェリエン》も人混みの中で叫んだ。

「趙大頭《チャオ・タートウ》、このことがなけりゃ私も告訴はしなかった。こうなったら、どうしても告訴してやる。面と向かってても告訴するなと言い、裏に回っても私をこんな風に陥れた以上、何が何でも白黒をつけてやる。電話して密告するのね。今度こそ徹底的にやらなければ、私は李雪蓮《リー・シェリエン》じゃないわ!」

訳註

(30) 寿桃=猿は桃が好きで、『西遊記』で孫悟空が王母の誕生日のお祝いの桃を食べ荒らしたとされることから、中国では誕生日に桃の形のお饅頭を食べる風習がある。

(31) 〝仮〟聡明ではない=賈聡明の「賈」は「仮」と同じ音「ジア」と発音する。

十

李雪蓮《リー・シエリエン》が山東の泰安から逃げ出すと、李雪蓮《リー・シエリエン》の住む県も市も大騒ぎになった。李雪蓮《リー・シエリエン》が家から逃亡した時よりもさらに大きな騒ぎだった。李雪蓮《リー・シエリエン》が家から逃げ出した時は県が大量の警察力を動員して取り押えようとすることが出来た。しかし、今度は彼女は山東から逃げたので省をまたがり山東に警察を派遣するのは時間も手間もかかる。それに山東に警察を派遣してもどうしようもない。李雪蓮《リー・シエリエン》は泰安から逃げた以上、山東には留まらず、北京に告訴に行ったに違いないからだ。今、北京に告訴に行くのは数日前に北京に告訴に行くのとでは事情が異なる。数日前はまだ全人代は開催していなかったが、今はもう開幕している。開幕していなければ、すべてはまだ取り返しがついたが、すでに開催しているとなると彼女を再び人民大会堂に潜入させれば、二十年前に人民大会堂に入りこんだ時よりも大変なことになる。最初に人民大会堂に潜入した時は彼女は小白菜となった。同じ女性が二回も人民大会堂に入りこめば、その知名度は死んだオサマ・ビン・ラディンを上回る。省から市から県までの各レベル行政府の幹部が一体何人ひっくり返るか分からない。

県長の鄭重《チェン・ジョン》はじっとしていられなくなった。李雪蓮《リー・シエリエン》が逃げると李雪蓮《リー・シエリエン》にかかずらわってはいられず、まず裁判所長の王公道《ワン・コンタオ》と裁判専属委員の賈聡明《ジア・ツォンミン》を呼びつけ、息を切らして尋ねた。

「一体、どういうことだ」

賈聡明《ジア・ツォンミン》はよもやこんなことになるとは思わず、びっくりしてブルブルと全身を震わせていた。裁判所長の王公道《ワン・コンタオ》はこのことを知ると、まず腹を立てたのは李雪蓮《リー・シエリエン》がまたもや逃げたことではなく、自分の部下の賈聡明《ジア・ツォンミン》が勝手にこの件に首を突っ込んだことだった。前回、李雪蓮《リー・シエリエン》が家から脱走したのは警察の責任だったが、今回李雪蓮《リー・シエリエン》が山東から逃げ出したのは裁判所と関係がある。もっと腹立たしいのは賈聡明《ジア・ツォンミン》が首を突っ込んだのが自分が裁判所副所長になるためだと分かったことだ。私心があるのは許せるが、賈聡明《ジア・ツォンミン》はその手柄を報告するのに自分には報告せず、自分を跳び越して直接県長に報告していた。功を焦ったばかりか、王公道《ワン・コンタオ》が無能だと証明しようとしたことが王公道《ワン・コンタオ》の怒りの火に油を注いだ。せっかくの米の飯が炊きあがったと思ったらダメになったばかりか、煮えたアヒルまで飛んで行ってしまったのは、王公道《ワン・コンタオ》にはいささか対岸の火事であったが、県長鄭重《チェン・ジョン》はそんなことは構わず、賈聡明《ジア・ツォンミン》が功績を報告した時には王公道《ワン・コンタオ》はいなかったのに、ことが台なしになり、責任を追及する段になると王公道《ワン・コンタオ》まで呼び出して一緒に叱りつけられた。そのことが余計に王公道《ワン・コンタオ》には腹立たしかった。だが、県長鄭重《チェン・ジョン》が怒り狂っている時に、どうして王公道《ワン・コンタオ》がそんなことを言うことができよう。ただ、うつむいて黙っているしかなかった。賈聡明《ジア・ツォンミン》もすべては自分のせいだと分かっていた。裁判所長の王公道《ワン・コンタオ》も自分に対してはらわたが煮えくりかえっている。仕方なく、おどおどとすべてを話すしかなかった。すべては上手く運んで、趙大頭《チャオ・タートウ》は李雪蓮《リー・シエリエン》と結婚するところまでいっていた。だが、趙大頭《チャオ・タートウ》と賈聡明《ジア・ツォンミン》との取り引きには趙大頭《チャオ・タートウ》の息子の牧畜局の正職員の件があった。しかし、県長に報告する時に賈聡明《ジア・ツォンミン》は趙大頭《チャオ・タートウ》の息子のことを報告しなかった。趙大頭《チャオ・タートウ》がそのことを問いつめてきて上手く答えられず、二人で電話で口げんかになった。それが李雪蓮《リー・シエリエン》に聞かれて、ことがバレてしまい、李雪蓮《リー・シエリエン》は逃げ出した。事情がバレた顛末を聞くと鄭重《チェン・ジョン》はますます焦って、賈聡明《ジア・ツォンミン》を罵った。

「どうしてそれを報告しない？　事情を伏せておいた？　それこそ、小に因りて大を失う、というものじゃないか」

市長の馬文彬《マー・ウェンビン》に怒られた時と同じ成語を使った。王公道《ワン・コンタオ》はこの時とばかり、すかさず火に油を注いだ。

「小に因りて大を失うどころではありません。この男は事情を隠して、自分が副所長になることばかりを考えていたのです。私心以外のなにものでもありません」

さらに言った。

「せっかく上手くいっていたのに、一人の私心のせいで各行政府に大迷惑をかけたのです」

鄭重《チェン・ジョン》の怒りの火は王公道《ワン・コンタオ》によって焚きつけられ、賈聡明《ジア・ツォンミン》を指さして言った。

「おまえの名前はよくぞつけたものだ。おまえは本当の聡明じゃない。まさに偽の聡明だ。おまえは偽の聡明どころか、聡明すぎて、聡明さが仇になったんだ」

さらに王公道《ワン・コンタオ》に聞いた。

「李雪蓮《リー・シエリエン》はどこに行ったんだ」

王公道《ワン・コンタオ》の手が震えだした。

「分かりません」

鄭重《チェン・ジョン》がまた怒り狂うのを見て、慌てて言った。

「おそらく北京に告訴に行ったものと思われます」

「分かっていたら、こんな所に突っ立って何をしてる？　さっさと北京に行き、連れ戻して来い！」

王公道《ワン・コンタオ》はびっくりして、口ごもって言った。

「鄭県長、人を捕まえるのは警察の仕事です。裁判所とは無関係です」

「何が無関係だ。二十年前、この案件はそもそもおまえたち裁判所の案件だった。それに、おまえは彼女とは親戚じゃないか」

王公道《ワン・コンタオ》は慌てて言った。

「親戚だなんて、ものすごく遠い関係に過ぎませんよ」

鄭重《チェン・ジョン》は王公道《ワン・コンタオ》を指さして言った。

「おまえも偽の聡明だな。いいか、責任逃れは絶対に許さん。今度何かあったら、俺の県長の座だけじゃない。おまえの裁判所長だって危ないんだぞ」

王公道《ワン・コンタオ》を睨みつけた。

「俺をごまかそうと思うなよ。おまえたち裁判所も、かつては北京まで李雪蓮《リー・シエリエン》を捜しに行ったはずだ」

王公道《ワン・コンタオ》は驚いて、汗が吹き出してきた。

「鄭県長、分かりました。すぐに部下を連れて北京に行ってきます」

「行くだけで事足りたと思うなよ。北京の隅から隅までくまなく捜して、李雪蓮《リー・シエリエン》をしょっぴいて来い！」

王公道《ワン・コンタオ》は賈聡明《ジア・ツォンミン》を連れて、小便をチビりそうになりながら出て行った。王公道《ワン・コンタオ》と賈聡明《ジア・ツォンミン》がいなくなると、鄭重《チェン・ジョン》は心を鎮めて市長の馬文彬《マー・ウェンビン》に電話をかけることにした。馬文彬《マー・ウェンビン》は北京で全人代の会議中だ。前回電話した時は李雪蓮《リー・シエリエン》の件が円満に解決し、李雪蓮《リー・シエリエン》は結婚すると報告して馬文彬《マー・ウェンビン》から褒められたのだった。それが二日後にはすべてがご破算になった。だが、鄭重《チェン・ジョン》は事実を隠すことは出来なかった。李雪蓮《リー・シエリエン》が家から逃亡した時、鄭重《チェン・ジョン》はそれを隠そうとし、そうと知った馬文彬《マー・ウェンビン》が自分から電話してきて鄭重《チェン・ジョン》は完全に受け身に陥り、馬文彬《マー・ウェンビン》に「いささか失望した」とまで言われたのだ。今回の李雪蓮《リー・シエリエン》の逃亡は前回よりも事態が深刻だ。前回の逃亡は陳情のための陳情だったが、今回は趙大頭《チャオ・タートウ》と決裂したので、腹にすえかねているはずだ。前回はまだ全人代開幕前だったが、今回は開幕中である。報告が遅れて馬文彬《マー・ウェンビン》に知られたら、馬文彬《マー・ウェンビン》はきっと「いささか失望した」どころではなく、「徹底的に失望」することだろう。事態は挽回不能だ。李雪蓮《リー・シエリエン》の件が挽回不能なのではなく、鄭重《チェン・ジョン》の政治生命が挽回不能だった。だが、受話器を取ると鄭重《チェン・ジョン》はビビってしまった。二日前にことは円満に解決しましたと言ったばかりなのに、二日後にこんなことになろうとは。馬文彬《マー・ウェンビン》は怒りまくるだろう。鄭重《チェン・ジョン》が王公道《ワン・コンタオ》と賈聡明《ジア・ツォンミン》に対して怒りまくったのと同じように。鄭重《チェン・ジョン》は手にした受話器をまた置いた。三度上げたり下ろしたりしてから、鄭重《チェン・ジョン》は考えた挙句、すぐに馬文彬《マー・ウェンビン》には電話せずに市政府の秘書長に電話することにした。市長馬文彬《マー・ウェンビン》が北京で会議中なので、秘書長も北京に随行している。まず秘書長の反応を聞いて、馬文彬《マー・ウェンビン》にどう言うか考えよう。鄭重《チェン・ジョン》は感無量だった。かつての自分は怖いものなしだった。隣県で常務副県長だった時、群衆の県政府包囲事件を処理したこともあった。それが、この県の県長になって李雪蓮《リー・シェリエン》に出会い彼女の騒ぎに巻きこまれると、何を見ても怖れるようになってしまった。分からないのは、李雪蓮《リー・シェリエン》が騒いでいるのは結婚に関してだ。この二十年来、各レベル政府はなんだってまた他人の家のことなんかに首を突っ込んでいるのか。それも、ますます深く。李雪蓮《リー・シェリエン》などただの農村の女性なのに、その一挙手一投足がなんだって各レベル政府の幹部たちの鼻面を引っ張り回すのか。一体どうしてそんなことになったのか。皆は一体何を怖れているのだ。鄭重《チェン・ジョン》にはどうしても分からなかった。だが、分からないと言ってる場合ではない。すぐに処理しなければならない。どうにも納得は出来ないが、納得してやるしかない。電話が通じ鄭重《チェン・ジョン》が秘書長に李雪蓮《リー・シェリエン》の件がまたもやひっくり返ったことを告げると、秘書長もびっくりした。

「あの女性は結婚するんじゃなかったのか。どうしてまた告訴するんだ」

鄭重《チェン・ジョン》は賈聡明《ジア・ツォンミン》が自己の利益のために聡明が仇になったことを報告する勇気はなかった。上司に報告する際に部下の無能を訴えるのは自分を無能だと言っているのも同然で、さらにまずいことになるからだ。そこで言った。

「結婚するはずだったんですが、二人がよその土地でもめて女性がまた逃げ出したんですよ」

責任を趙大頭《チャオ・タートウ》と李雪蓮《リー・シエリエン》になすりつけた。

「それは困ったな」

鄭重《チェン・ジョン》はすかさず言った。

「そうなんです。でも二人の間のことは我々にもどうしようもなくて」

「困ったなと言ったのはそのことじゃない。昨夜、馬市長は省長と食事をし、省長がその席で小白菜のことをお聞きになったのだ。馬市長は小白菜が結婚することを笑い話として話したんだよ。省長も笑い、他の幹部たちも笑った。なのに、一日経って笑い話が本当に笑い話になってしまって、馬市長にどう省長に弁解しろと言うんだ」

鄭県長はそれを聞いて、全身冷や汗をかいた。ことは自分が想像していたよりもっと深刻になっていた。事態はすでに市長から省長に報告されていた。事情が二転三転するので鄭重《チェン・ジョン》が市長に報告するとすぐに情勢が変わり、市長が省長に報告するとまた情勢が変わってしまう。ただ鄭重《チェン・ジョン》が市長に弁解したことが違っていても、市長は彼に対して「いささか失望した」で済むが、市長の省長への説明が変わってくると、市長は自分に対して「いささか失望した」でも「徹底的に失望した」でもなく、組織に命じて、すぐにも自分を処分するだろう。馬文彬《マー・ウェンビン》は幹部の任用に関して厳格かつ迅速だ。鄭重《チェン・ジョン》は馬文彬《マー・ウェンビン》が引き抜いた人材だが、それはそれ、これはこれ、「成るも蕭何《しょうか》、敗するも蕭何《しょうか》」(32)である。鄭重《チェン・ジョン》は全身ぐっしょりと濡れそぼり、まず秘書長に向かって自己反省した。

「秘書長、私が至らなかったせいで大変ご迷惑をおかけしました」

さらに言った。

「秘書長、こうなった以上、どうすればよろしいでしょうか」

さらに懇願した。

「どうか私をお見捨てにならないでください」

秘書長は温厚な人物だったので鄭重《チェン・ジョン》のためにしばらく呻吟して、電話口で言った。

「こうなったら、無骨な方法しかない」

「無骨な方法と言いますと？」

「県から警察を多めに動員し、私服に着替えさせ、李雪蓮《リー・シエリエン》が北京に着く前に人民大会堂の周囲に網を張らせるのだ」

さらに言った。

「もちろん、北京の警察も人民大会堂の周囲にすでに網を張っている。おまえは網をその外に張るんだ。李雪蓮《リー・シエリエン》が人民大会堂に乗りこもうとして北京の警察が捕まえる前に我々が先に彼女を捕まえるのだ」

さらに言った。

「とにかく李雪蓮《リー・シエリエン》が人民大会堂で騒ぎを起こさなければ、たとえ北京の他の場所で騒ぎになろうと事態の性質はそれほど深刻にはならないからな」

また言った。

「人民大会堂の警備をするのだ」

鄭重《チェン・ジョン》はそれを聞いて目の前が明るくなり、秘書長の考えは高明だと感じ、すぐに興奮して言った。

「全県百万の県民を代表して、秘書長のご恩に感謝いたします」

そして言った。

「すぐに警察を手配します」

さらに言った。

「もう一つ、お願いがあります。このことはどうか馬市長にはくれぐれもご内密にお願いします。私どもの範囲内で解決しますから。馬市長の性格は秘書長もご存じでしょう」

すぐに言った。

「もちろん、こんなお願いをするとなると秘書長にご迷惑をおかけすることは十分承知しております」

「努力しよう。だが、なんといっても肝心なことはおまえたちにかかっている。この網を鉄壁なものにするのだぞ」

「ご安心ください。私どもは再三再四にわたって失敗しております。今度こそ鉄壁の網を張りめぐらし、アリの子一匹漏らしません。飛ぶことすら許しません」

秘書長との電話を終えると鄭重《チェン・ジョン》はすぐに警察署長を呼び出し、数十名の警官を私服に着替えて北京へと派遣させ、人民大会堂の周囲の北京の警察のさらに外側に網を張りめぐらして李雪蓮《リー・シエリエン》を捕まえるよう命じた。鄭重《チェン・ジョン》は言った。

「前回はおまえたちが李雪蓮《リー・シエリエン》を逃がしたんだ。これが最後のチャンスだぞ。今度漏れがあったら、おまえをクビにするだけでは済まない。おまえを李雪蓮《リー・シエリエン》の代わりに牢屋にぶちこむからな！」

前回、警察の手から李雪蓮《リー・シエリエン》を逃がして、警察署長はすでに縮み上がっていた。その後、逃がした李雪蓮《リー・シェリエン》が結婚することになり、もう告訴はしないと聞いてようやくホッとしていた。それがまた李雪蓮《リー・シェリエン》が逃げたと聞いて緊張しきっていた。李雪蓮《リー・シェリエン》の二回目の逃亡は警察とは関係なく、他の問題だとはいえ、最初の逃亡がなければ二度目の逃亡もない。鄭重《チェン・ジョン》の厳しい顔色を見て、すぐに言った。

「県長、ご安心ください。すぐに人選して汽車で北京に行かせます」

鄭重《チェン・ジョン》はまた怒った。

「汽車で行くだと？　汽車では遅い。どうして飛行機で行かん？」

さらに言った。

「こうなった以上、時間が命なんだ」

警察署長はすぐに答えた。

「すぐに飛行機で行きます。飛行機で行きます。経費削減の折、飛行機に乗る習慣がありませんで」

この時、鄭重《チェン・ジョン》はさらに考えた。北京で警察に網を張らせることは裁判所長の王公道《ワン・コンタオ》には内緒にして、王公道《ワン・コンタオ》たち裁判所にも引き続き北京の横丁という横丁を李雪蓮《リー・シェリエン》を捜させよう。二重の安全策を講じるのだ。鄭重《チェン・ジョン》は警察署長にくれぐれも言い含めた。

「これは秘密行動だ。誰にも言ってはならん。裁判所にも言うなよ」

警察署長は答えた。

「裁判所どころか、親にも言いません」

小便をチビりそうになりながら出て行った。

訳註
（32）「成るも蕭何、敗れるも蕭何」＝劉邦を推挙して天下を取らせた蕭何だったが、天下を取ってからの劉邦は人望ある宰相の蕭何を疑ったので、わざと悪政をして粛清を逃れた。

十一

王公道《ワン・コンタオ》が裁判所の十四人を連れて北京に来て、すでに三日が過ぎたが、まだ李雪蓮《リー・シェリエン》を見つけることは出来なかった。王公道《ワン・コンタオ》は県が数十名の警官を派遣し、人民大会堂の周囲に網を張りめぐらしていることは知らなかった。李雪蓮《リー・シェリエン》を捜し出す任務は自分たちにかかっていると思っていた。十四人の随行員に加えて王公道《ワン・コンタオ》の計十五人は三人一組、五つのグループに分かれ、北京で絨毯爆弾式捜索を展開していた。そのうちの二人の随行員はかつて北京に李雪蓮《リー・シェリエン》を捜しに来たことがあるため、二つのグループを引き連れて、かつて李雪蓮《リー・シェリエン》が泊まったことのある旅館を捜索した。それらの旅館のほとんどが横丁の奥深くにあるか、ビルの地下室にあり、汚く臭かった。旅館以外にも李雪蓮《リー・シェリエン》の北京での知り合いの同郷人、食堂を経営している者、建築工事現場で働く者、北京で野菜売りをしている者、北京でクズ拾いをしてる者と、捜せる者はすべて捜し出して訪ねた。訪ねるべき場所も人もすべて訪ねたが、李雪蓮《リー・シェリエン》に関する手がかりはまったく得られなかった。残りの三つのグループは北京のすべての汽車の駅と長距離バスのターミナルを集中して捜索した。一つには李雪蓮《リー・シエリエン》が自分たちより後から北京に到着することを期待して、「株を守って兎を待った」[33]のである。第二に李雪蓮《リー・シエリエン》に北京で旅館に泊まるだけの金はないだろうから、夜のうちに汽車の駅か長距離バスのターミナルに着いて屋根の下で休むと思ったのだ。だが、三日が過ぎて、汽車の駅もバスのターミナルも千万人の人が入れ換わったが、一人の李雪蓮《リー・シエリエン》もいなかった。毎日捜しても見つからないので王公道《ワン・コンタオ》は怒りを賈聡明《ジア・ツォンミン》にぶつけた。北京での李雪蓮《リー・シエリエン》捜しに賈聡明《ジア・ツォンミン》は来たくなかったが、王公道《ワン・コンタオ》は県長鄭重《チェン・ジョン》のように賈聡明《ジア・ツォンミン》を叱責した。

「北京に来ないわけにいくか。おまえがことの発端を作ったんだぞ。おまえがいなければ裁判所は人捜しとは無縁だったんだ。おまえは自分の私利私欲のために自分だけどころか裁判所全体に迷惑をかけたというのに、逃れられると思うのか」

　さらに言った。

「おまえが捜す捜さないの問題じゃない。おまえに見つけられるかどうかの問題なんだ。李雪蓮《リー・シエリエン》を見つけられなかったら、県長が俺の職を解く前に俺がおまえの専属委員をクビにして、おまえの公務員の身分を剥奪してやる」

　賈聡明《ジア・ツォンミン》は自分が悪いと分かっていたので仕方なくやって来たが、手柄を立てて罪を償うつもりで人捜しにも熱を入れた。だが、人が見つかるかどうかは熱意とは関係がない。李雪蓮《リー・シエリエン》が北京に来ているのかどうかも分からないのだ。北京に来ていたとしても、その泊まっている所すら手がかりがないのに、いたずらにあちこち捜してどうなるというのだ。人捜しをしてみると、北京は本当に大きくて人が多かった。この人の海の中で見つけるのはほとんど偶然でしかない。

見つからないほうが必然だ。見つからなくても捜し続けるしかない。いつ見つかるか、見当もつかなかった。北京の警察とも連絡をし、それぞれの旅館、建築現場、野菜市場、ゴミ拾いの者たちの居住地とそこの地域の派出所と連絡を取った。すべての汽車の駅、長距離バスの駅の派出所にも行った。李雪蓮《リー・シェリエン》の写真を見せて、確認してもらった。一つには北京が全人代期間中なので警官たちも忙しかった。二つには北京には彼らのように人捜しに来るものがそれこそ全国各地からやって来る。この種の案件は彼らだけではなかった。そこで北京の警察は相手にしなかった。忙しいので地方からの助けに応じなかった。裁判所の紹介状があろうと、市政府の紹介状があろうと、省政府の紹介状があろうと同じだ。王公道《ワン・コンタオ》たちはがっかりした。何か所かの北京の警察は彼らの紹介状を見て、逆に不思議がった。

「人捜しなら警察でしょう。なんだって裁判所の人が捜すんです」

王公道《ワン・コンタオ》は思わずムカッとして、賈聡明《ジア・ツォンミン》を指さして言った。

「こいつに聞いてください」

北京の警察のほうがびっくりしてしまった。賈聡明《ジア・ツォンミン》は犯人のようにコソコソと身を小さくした。王公道《ワン・コンタオ》が賈聡明《ジア・ツォンミン》に腹を立てているだけでなく、北京に一緒に捜しに来た十三人の同僚たちも皆、賈聡明《ジア・ツォンミン》が余計なことをしたからだと恨んでいた。自分が副所長になるために、大勢に大迷惑をかけている。北京に人捜しに来るのは、北京に観光に来るのとはわけが違う。旅行なら何の心配もなく、ただ遊ぶだけだが、人捜しでは頭の中は裁判のことだけだ。旅行ならさっさと休めるが、李雪蓮《リー・シェリエン》を捜して毎日夜中の二時まで歩き回り、朝は早朝から、旅館やバスのターミナル、汽車の駅で見張っている。皆、疲れ切っていた。この日も夜中の二時まで捜して旅館に戻り、疲れたのと腹が減ったのとで口々に賈聡明《ジア・ツォンミン》に恨みごとを言い始めた。賈聡明《ジア・ツォンミン》は皆への謝罪のつもりで、夜食をご馳走すると申し出て、皆に何が食べたいかと聞いた。だが、ワンタンを一杯ご馳走してもらうぐらいなら、さっさと寝たほうがマシというものだ。そこで、賈聡明《ジア・ツォンミン》は鶏肉、ダック、魚、豚肉をよりどりみどり揃えたうえに、白酒まで何本かつけて、ようやく皆をなだめると、王公道《ワン・コンタオ》の部屋にも王公道《ワン・コンタオ》を呼びに行った。王公道《ワン・コンタオ》は仏頂面をして言った。

「人も見つかってないのに、そんな気になれるか」

だが、王公道《ワン・コンタオ》も食べないと言っているのではなく、人捜しが気になるからだけでなく、要するに賈聡明《ジア・ツォンミン》のメンツを立ててやりたくないのである。所長が来なければ、このご馳走は何のためだ？　賈聡明《ジア・ツォンミン》は王公道《ワン・コンタオ》に懇願した。

「王所長、お怒りは分かりますが、どうかそんなことを仰らず」

わざと自分の頬をひっぱたいて見せた。

「何もかも、私の親父が悪いんです。私に指導者の悩みと用件を解決しろとそそのかしたのは親父なんです」

王公道《ワン・コンタオ》はそこで渋々、皆と飯を食った。ホッとしたのは、三日経っても李雪蓮《リー・シェリエン》は見つからない代わり、李雪蓮《リー・シェリエン》も北京で三日経っても何も騒ぎを起こしていないことだった。王公道《ワン・コンタオ》は、「群盲がゾウをなでる」(34)ようにあと十日捜し続けて、李雪蓮《リー・シェリエン》が十日間何も起こさず全人代が閉幕してくれて、李雪蓮《リー・シェリエン》が見つからなくても何とか戻って申し開きが出来ることを期待した。県長の鄭重《チェン・ジョン》は毎日一回電話してきて、李雪蓮《リー・シェリエン》は見つかったかと追及する。三日経ってもまだ見つかっていないが、あと十日何事もなく全人代も閉幕すれば、自分たちは無事役目を果たしたと言えるという道理を鄭重《チェン・ジョン》に王公道《ワン・コンタオ》が話すと、鄭重《チェン・ジョン》は電話の向こうで雷を落とした。

「バカを言え。そんなことを考えてるからダメなんだ」

さらに言った。

「李雪蓮《リー・シエリエン》には足があるんだぞ。李雪蓮《リー・シエリエン》に足があるのに、どうして十日間が無事で終わるなどと思えるんだ」

また言った。

「全人代はまだ三分の一終わったにすぎん。後になればなるほど、何かが起きやすくなる。油断するんじゃない。もう一度言うぞ。見つからなかったら、辞表を持って出頭しろ」

王公道《ワン・コンタオ》は、はい、はいと返事をした。だが、一人の人間を見つけることはそんなに容易ではない。人も見つけるけれど、同時に李雪蓮《リー・シエリエン》にことを起こさないでほしいと願うことは間違いではあるまい。

毎日夜中の二時まで李雪蓮《リー・シエリエン》を捜し、夜風にさらされて、四日目に二人の随行員が病気になった。昼間は咳だけだったが、夜中に三十九度五分の熱を出した。王公道《ワン・コンタオ》は慌てて病院に点滴を打ちに行かせた。翌日の朝になっても高熱は下がらず、咳もひどくなるばかりで、一人は咳と一緒に血まで吐いた。その日の捜索は、病気になった二人が参加できないだけでなく、一人を病院に残して看病させなければならず、五人のグループの三人が欠けたので、王公道《ワン・コンタオ》は残った人員を臨時に四人のグループに編成し直した。ところが一人の随行員の侯《ホウ》が、あと一週間で母親の三回忌なのでどうしても帰るとゴネだした。父親が早く亡くなり、彼は母親に女手一つで育てられた。三回忌はどうしても自分がやらなくてはならないと言う。人捜しは数日で終わると思っていたのに、こんなに長くかかるとは思わなかったと言うのだ。侯《ホウ》が家に帰ると言いだすと、他の随行員たちも浮き足立ってきた。王公道《ワン・コンタオ》は侯《ホウ》を批判した。個人の利益が大事か、それとも仕事が大事か。普段なら、侯《ホウ》に休暇をやって母親の三回忌を弔わせるだけでなく、その当日は王公道《ワン・コンタオ》も法事に出席したことだろう。問題は李雪蓮《リー・シエリエン》がまた北京に告訴に来ていて、国が全人代を開催中だということだ。全人代が重要か、それとも母親の三回忌が重要か。国家公務員として、どっちが重要か分からないはずはあるまい？　頭を剃って、どっちが冷たいか暖かいか、分からないはずはあるまい？　母親の三回忌がかちあったのはなぜだ？　李雪蓮《リー・シエリエン》が告訴するからだ。恨むなら、李雪蓮《リー・シエリエン》を恨め。さらに慰めて言った。もし、侯《ホウ》が大局を重んじて、母親の三回忌に参列せず北京に残って李雪蓮《リー・シエリエン》捜しを続けたら、李雪蓮《リー・シエリエン》が捕まった暁には侯《ホウ》を裁判員助手から裁判員に昇格させる件は裁判所に戻って党組織とよく検討しよう。そうなだめすかし、飴と鞭を使って、なんとか侯《ホウ》を納得させ、ようやく全員の気持ちを落ち着かせたのである。

だが、それからさらに三日が経っても李雪蓮《リー・シエリエン》は依然として見つからなかった。その三日が過ぎても李雪蓮《リー・シエリエン》は依然として北京で何事も起こさなかった。王公道《ワン・コンタオ》は人捜しに憔悴しつつも、同時に三日間何事もないことに慰めを感じた。あと一週間、何事もなく、全人代が閉幕し、全員がこの厄災から解放されることを王公道《ワン・コンタオ》は祈った。そして、また李雪蓮《リー・シエリエン》は自分たちと隠れんぼをしていて実は北京になど来てなくて、どこか別の場所に行っていて、また考えを変えて告訴をやめたのではないかと疑った。でも、二十年も告訴し続けて、犬がクソを食うのをやめられないように、さらに彼女は趙大頭《チャオ・タートウ》と仲違いして頭に来ているわけだから、告訴するのを辞めたのではなく、告訴するタイミングをうかがっているのだとも思えてきた。北京に来ていないのではなく、北京のどこかに隠れていて、全人代の新政権選出の日を狙って人民大会堂に乗りこむ気なのかもしれない。そう思うと冷や汗が溢れてきて、県長の鄭重《チェン・ジョン》が怒鳴るのも無理はないと思うのだった。

その日も朝早く出かけようとしていると、北京でレストランを開いている同郷の白《ハク》が人を連れて王公道《ワン・コンタオ》に会いに来た。李雪蓮《リー・シェリエン》捜索の手がかりを探して、数日前、王公道《ワン・コンタオ》は白《ハク》のレストランを訪ねていた。レストランといっても、手のひらほどの小さなところで、いくつかのテーブルにワンタン、水餃子、臓物スープなどを売っている店だ。王公道《ワン・コンタオ》は白《ハク》が李雪蓮《リー・シェリエン》の行方を知って情報提供に来たのかと思い、大喜びした。すると、白《ハク》は同行者を指さして言った。

「王所長、これは毛《マオ》といいます。やはり同郷の人間で、今夜、ご馳走したいと言っています」

王公道《ワン・コンタオ》はがっかりして言った。

「それは無理だ。まだ任務執行中だから」

白《ハク》は王公道《ワン・コンタオ》たちが李雪蓮《リー・シェリエン》が人民大会堂に乗りこむのを心配していることを知っているので、こう言った。

「食べるのは夜です。夜は人民大会堂も会議はしません。李雪蓮《リー・シェリエン》が乗りこんだって何も起きません。大丈夫ですよ」

さらに言った。

「もう一週間も経って、さぞお疲れでしょう。ここらで一杯やって、お疲れを取らないと」

そして、王公道《ワン・コンタオ》を脇に引っ張ると、こっそりと王公道《ワン・コンタオ》の部下の十数人を指さして言った。

「夜の捜索は彼らに行かせればいいですよ。所長が自ら率先して行かれることはありません」

ひどいことを言うようだが、よく聞けば荒っぽいながらも道理がないわけではない。王公道《ワン・コンタオ》は笑った。そして、白《ハク》が連れて来た人物を指さして言った。

「何者だい」

白《ハク》はまた小さな声で言った。

「隠さずに言います。この者は自分では貿易をやってると言いますが、実は北京で豚の大腸を売っているんです」

王公道《ワン・コンタオ》は驚いた。豚の大腸売りと食事したら、裁判所長の身分に関わるというものである。

白《ハク》は王公道《ワン・コンタオ》がギョッとしたのを見て、慌てて言った。

「豚の大腸を売っていると言っても、そこらの豚の大腸売りとは違います。北京市の豚の大腸はすべて、この人のところで卸しているんで。要するに問屋ですな」

王公道《ワン・コンタオ》はうなずくと、職業の貴賤で人を判断してはならないと思った。人は外見じゃない。海水は一斗枡では量れない。だが、それでも不思議に思って聞いた。

「豚の大腸売りがどうして自分をご馳走したいんだ」

「何もありませんよ。同じ県の出身で、北京で会ったので、所長と近づきになりたいというだけで」

「騙されないぞ。何もないという人こそ怪しい」

白《ハク》は仕方なく本当のことを言った。

「実家でもめごとがあり、裁判所長に助けてもらいたいのだそうです」

王公道《ワン・コンタオ》はギョッとして言った。

た。

白《ハク》は王公道《ワン・コンタオ》が李雪蓮《リー・シェリエン》の離婚訴訟でビビッているのを知っているので、慌てて手をふって言った。

「離婚訴訟か」

「離婚じゃない、離婚じゃない。金銭上のもめごとです」

金銭のもめごとなら王公道《ワン・コンタオ》も怖くない。だが、すぐには返事をせずに言った。

「考えておこう」

そう言うと部下たちを連れて、李雪蓮《リー・シェリエン》捜しに出かけた。一日が過ぎて、王公道《ワン・コンタオ》はその件は忘れていた。ところが、夕方の五時頃になり、白《ハク》がまた王公道《ワン・コンタオ》に電話してきて、どこにいるのか、毛《マオ》がご馳走したいのだがと言った。王公道《ワン・コンタオ》はそこで今朝のことを思い出し、適当にあしらって言った。

「永定門《ヨンディンメン》の汽車の駅(35)だ。夕食はまたにしよう」

ところが三十分後に、その豚の大腸売りの毛《マオ》がベンツを運転して白《ハク》を連れて永定門《ヨンディンメン》の駅に王公道《ワン・コンタオ》を迎えに来た。王公道《ワン・コンタオ》はピカピカのベンツを見て、ようやく大腸売りの毛《マオ》のすごさを知った。相手の誠意を感じたのと、この七、八日、人捜しに奔走してちゃんとした食事もしていないのを思い出し、半分背中を押されるように部下には引き続き人捜しを命じて、自分は毛《マオ》のベンツに乗りこんだ。

毛《マオ》はちゃんと分かっていて、王公道《ワン・コンタオ》を白《ハク》の店には連れて行かず、西四環路脇の八八八公館に連れて行った。公館に入るとシャンデリアの下に仙女のような美女が二列になって出迎えた。王公道《ワン・コンタオ》はようやくこの世に戻ってきた気がした。まずサウナで体を洗い、蒸されて、垢こすりを受け、全身隈なくきれいになったところで、個室で食事と相成った。個室は百平米はあり、広々と明るく、部屋の中央には小さな橋までかかっている。橋の下は水が流れ、橋に沿って次々と運ばれてくる料理はフカヒレ、ツバメの巣、カラスガイ、ナマコなどなど……、王公道《ワン・コンタオ》が県の世外桃源でよく食べるような宴席だった。当該県は内陸にあるが、世界各地の海鮮には事欠かない。だが、いまは北京で、この七日あまりは駆けずり回っていてまともな食事をしていないので、こういう宴席に思わず懐かしさを覚えた。そして、仙境のような室内の内装を見渡すと、北京と地元は確かに違うなあと思った。料理は同じでも環境が違う。あるいは、料理は同じでも人が違う。同じ自分でも、地元にいるのと北京にいるのとで違う。まさに、あれはあれ、これはこれというものである。数杯の酒が腹に収まると、王公道《ワン・コンタオ》は少し酔いが回ってきた。酔ってはいないのだが、酔った気分になってきた。これも所長としての七、八年の経験のなせる技だ。豪勢な宴会ほど、何かがあればあるほど、美味ければ美味いほど、消化できない。そこで「酔う」ことで、千軍万馬に対応できる。酒が何巡かすると、白《ハク》は毛《マオ》に話をするよう促した。その視線を王公道《ワン・コンタオ》は察したが、見なかったふりをした。そこで、毛《マオ》が話し始めた。自分には従兄がいて、毛《マオ》が北京で豚の大腸を売っているのに乗じて、県の外貿局と共同で豚の剛毛の商売を始めた。最初の数年は合作は上手く行っていたのだが、去年になってトラブルが起きた。その時から今に至るまで、県の外貿局が一切金を払わない。何度話し合っても埒が明かず、ついては裁判をすることになったので王所長にご尽力願いたい、と言うのだった。王公道《ワン・コンタオ》は聞いた。

「年間の売り上げは」

「二千万余りです」

王公道《ワン・コンタオ》は驚いた。豚の剛毛の商売がそんなに儲かるとは。もっとも儲かるからこそ、裁判になってもめるのである。そこでさらに酔ったふりをして、呂律の回らない舌で言った。

「ちょっと酔ったらしい」

毛《マオ》は物分りよく、すぐに言った。

「王所長、話はまた今度にします」

さらに言った。

「よく言いますからね。酔ったら話は出来ない。話をするのに酔ってはならないと」

王公道《ワン・コンタオ》は毛《マオ》は実直な人間だと思った。さらに十数杯飲んで、王公道《ワン・コンタオ》は本当に酔っ払った。酔うとタガがはずれる。自分から毛《マオ》に案件について尋ねた。毛《マオ》はそこで詳しく話し始めた。だが、王公道《ワン・コンタオ》の頭は乱れ始め、千軍万馬が五里霧中になり始め、ひと言も理解出来なかった。白《ハク》が口をはさんだ。

「王所長、この件は李雪蓮《リー・シエリエン》の案件よりはるかに単純ですよ」

白《ハク》が李雪蓮《リー・シエリエン》を持ち出したので、王公道《ワン・コンタオ》の頭は逆に回転し始めた。頭の中の千軍万馬が全部、李雪蓮《リー・シエリエン》の案件に向かって走り始めた。そこで、毛《マオ》の案件を打ち切って、自分から李雪蓮《リー・シエリエン》の案件を話し始めた。毛《マオ》の案件はひと言も理解できなかったが、李雪蓮《リー・シエリエン》の案件はきちんと説明出来た。なぜなら、二十年前、李雪蓮《リー・シエリエン》の案件は彼が判決を下したからだ。二十年間のあれこれを全部経験したからだ。二十年間の艱難辛苦をすべて舐めつくし、二十年も経ったのに、いまだにどこに落ち着くのかすら分からない。話すうちに、王公道《ワン・コンタオ》は泣きだして、拳でテーブルを叩いた。

「李雪蓮《リー・シエリエン》め、おまえのせいで俺がどれだけひどい目に遭ったことか」

毛《マオ》と白《ハク》は顔を見合わせ、何と言って慰めていいか分からなかった。王公道《ワン・コンタオ》はぐらぐらと体を揺らしつつ、まだ話し続けたそうだったが、頭をガクッとテーブルの上に突っ伏すと眠ってしまった。白《ハク》と毛《マオ》は王公道《ワン・コンタオ》を担ぎ出して車に載せると、宿舎へと送り返した。

翌朝、目が醒めると、前の晩の食事の時、毛《マオ》と白《ハク》と何を喋ったか、王公道《ワン・コンタオ》はひと言も覚えていなかった。酒は醒めたが、二日酔いがひどく、頭がズキズキと痛んだ。昨夜飲んだのは茅台酒である。偽酒だったのかもしれない。王公道《ワン・コンタオ》は頭を抱え昨夜の食事もムダだったと思った。一度の食事のために豚の大腸売りと同席してしまった。さらには何をペラペラと喋ったかも覚えていない。悔恨は悔恨として、悔やまれるのは昨日の今日で休むわけにもいかず、またもや街に出て李雪蓮《リー・シエリエン》を捜さなくてはならない。王公道《ワン・コンタオ》は頭痛をこらえて、部下たちと出かけた。なんとか午前中をやりすごしても二日酔いはまだ完全には治らなかった。王公道《ワン・コンタオ》のグループは三人で、昼は三人で麺屋で昼飯にした。二人の部下がズルズルと麺を食べているそばで王公道《ワン・コンタオ》はただ水だけ飲んでいた。お碗の中の麺と煮玉子が目の前でグルグルと回っていた。その時、王公道《ワン・コンタオ》の携帯電話が鳴った。取り出して液晶画面を見ると、別のグループの侯《ホウ》からだった。王公道《ワン・コンタオ》は侯《ホウ》がまた母親の三回忌のことでかけてきたのかと思い、力なく言った。

「お袋さんのことはもう話がついたはずだろう」

ところが侯《ホウ》は言った。

「王所長、李雪蓮《リー・シエリエン》を見つけました」

王公道《ワン・コンタオ》が昨夜飲んだ酒がグッという音と共に全身汗となって吹き出してきて、酔いは一気に醒めた。声の調子も変わり、急いで言った。

「どこにいる」

「宋家荘《ソンジアジュアン》の地下鉄入口です」

「何をしてるんだ。さっさと捕まえろ」

「ここは私一人で、地下鉄口で人も多いし、抵抗されたら押さえつけられません」

「他の二人はどうした」

侯《ホウ》と同じグループの残りの二人である。

「飯を食っています。自分はちょっと下痢気味なので便所を捜しに出て来たところで見つけたんです」

王公道《ワン・コンタオ》は相手に構わず、急いで言った。

「とにかく、驚かさないで、まずは見張るんだ。逃がすな。すぐに応援を寄こすから」

頭痛もしなくなった。二人の部下に食べるのをやめるよう言い、一緒に麺屋を出て残りの二つのグループに電話をかけ、彼らにもタクシーで大至急宋家荘《ソンジアジュアン》に向かうよう伝えた。電話をかけ終ると、三人もタクシーに乗りこんだ。三十分後、彼らは宋家荘《ソンジアジュアン》の地下鉄口に着いた。もう一つ別のグループも駆けつけた。侯《ホウ》のグループの残りの二人も侯《ホウ》のそばに戻っていた。だが、王公道《ワン・コンタオ》が侯《ホウ》の目の前に行くと、侯《ホウ》は李雪蓮《リー・シエリエン》はいなくなったと言った。王公道《ワン・コンタオ》は怒った。

「見張っておけと言っただろう」

侯《ホウ》は地下鉄口を出入りする人の流れを指さして言った。

「そう言いますが、この人ですよ。どうやって見張るんです？　あっという間に見えなくなりました」

王公道《ワン・コンタオ》は怒ってもいられず、全員を指揮した。

「急いで手分けして、地下鉄の中と外を捜せ。徹底的に捜して、彼女を見つけ出すんだ」

全員が手分けして、地下鉄の内外を捜索し始めた。この時、第四のグループも到着し捜索の仲間入りをした。昼から午後遅くまで十二人でザルをすくうようにして宋家荘《ソンジアジュアン》地下鉄駅の内外を七、八遍もさらったが、どこにも李雪蓮《リー・シエリエン》の姿は見当たらなかった。地下鉄は流動的な場所だから、李雪蓮《リー・シエリエン》はとっくに地下鉄に乗って別の所に行ってしまったのかもしれない。そこで全員でまたグループごとに地下鉄に分乗して別の地下鉄駅に捜索に向かうことにした。だが、北京の地下鉄は路線が多い。一号線、二号線、五号線、八号線、十号線、十三号線、八通線、亦荘線……と全部で十数路線もある。停まる駅はさらに多い。二百以上はあるだろう。どうやって捜すというのだ。問題は地下鉄の車両と停まった駅を捜したからといって、その路線と駅はもう大丈夫ということにはならないことだ。列車は絶えず錯綜して走っているので、捜し終えたばかりの駅に李雪蓮《リー・シエリエン》が別の車両で戻って来て、別の車両に乗らないとも限らない。そこで捜せるだけの列車を捜し、捜せるだけの駅を捜すしかなかった。そうやって午後遅くから夜の十二時まで、晩飯を食う暇もなく捜したが、やはり李雪蓮《リー・シエリエン》は陰も形も見えなかった。夜中の一時になり、北京のすべての地下鉄は営業を停止した。すべての地下鉄駅も閉まった。四つの捜索グループはまた宋家荘《ソンジアジュアン》の地下鉄口に集合した。李雪蓮《リー・シエリエン》が見つからない時はこんなに心配しなかった。見つかったのに、捕まらないとなると彼女が今度は何をしでかすか分からなかった。あと数日、何事もなければ全人代も閉幕するというのに、いきなり李雪蓮《リー・シエリエン》が出現するとは。李雪蓮《リー・シエリエン》が北京にいて、まもなく何か起こりそうなのに、それが明日なのか明後日なのかは分からないとなると、王公道《ワン・コンタオ》は焦り、唇に水泡がいくつも出来た。だが、そんなことに構ってはいられず、また侯《ホウ》を恨んだ。

「見つけた時になんで突進しないんだ。おまえみたいなデブなら、女の一人ぐらい押しつぶせただろう」

侯《ホウ》も納得しない。

「脅かすなと仰ったじゃないですか」

さらに弁解した。

「制服も着ていないし、突進していって李雪蓮《リー・シェリエン》が叫んだら、通行人は俺を痴漢だと思うじゃないですか」

他の部下たちは侯《ホウ》の言葉に笑った。王公道《ワン・コンタオ》は笑わずに聞いた。

「ちゃんと見たのか。本当に李雪蓮《リー・シェリエン》だったのか」

そう言われると、侯《ホウ》はまた少し、しどろもどろになった。

「後姿を見ただけで、こっちをふり向かなかったから、ちゃんと前から顔は見てません」

「だったら、どうして李雪蓮《リー・シェリエン》だと断定できたんだ」

侯《ホウ》はあの時は断定できたが、いまはまた断定できなくなった。

「似てたんですよ」

部下の一人も侯《ホウ》にぼやいた。

「もう見間違うなよ。皆、昼から夜中まで走り回って、晩飯も食ってないんだぜ」

王公道《ワン・コンタオ》も胸の内では侯《ホウ》を恨んだ。やっと似ているのにめぐり合ったかと思えば、よく顔を見ていないとは。はっきり見てないとなると二つの状況が考えられる。李雪蓮《リー・シェリエン》だったかもしれないし、そうではないかもしれない。李雪蓮《リー・シェリエン》でなければそれでいいが、万が一そうだとしたら？そうなると大変である。王公道《ワン・コンタオ》は気を緩めることが出来ず、翌日からは北京の地下鉄を捜索の重要ポイントとし、三つの捜索グループを地下鉄に派遣した。残りの一グループは通りと汽車の駅と長距離バスのターミナルを捜した。だが、二日が経っても、地下鉄にも通りにも汽車の駅にも長距離バスのターミナルにも李雪蓮《リー・シェリエン》を見つけることは出来なかったし、李雪蓮《リー・シェリエン》が北京でことを起こすこともなかった。王公道《ワン・コンタオ》は侯《ホウ》が二日前に宋家荘《ソンジアジュアン》地下鉄駅で見かけたその人は李雪蓮《リー・シェリエン》ではなかったと思うようになった。そう思うと、また少し心が慰められた。全国人民代表大会はあと五日で閉幕だ。この五日間を無事に過ごせば李雪蓮《リー・シェリエン》が見つかろうと見つかるまいと構うものかと、王公道《ワン・コンタオ》は南無阿弥陀仏と念仏まで唱えた。

だが、その日の夜中、彼らは李雪蓮《リー・シェリエン》を捕まえられなかったが、李雪蓮《リー・シェリエン》は北京の警察に捕まった。一日捜して何も手がかりはなく、旅館に戻って寝ることにして王公道《ワン・コンタオ》が服を脱いで横になった途端、携帯が鳴った。出てみると、北京の西城区のとある通りの派出所からだった。十日前、王公道《ワン・コンタオ》が部下たちを連れて北京に来たばかりの時、西城区の地下旅館を捜索したことがあった。李雪蓮《リー・シェリエン》は毎年、北京に告訴に来る時はここに泊まっていたからだ。何も手がかりがないので、通りの派出所に事情を話し電話番号を置いて来たのだ。その派出所の警官は電話で言った。その夜、彼らが中南海附近を警邏中に一人の農村女性と出会い、様子が陳情に来た風だったので派出所に連れ帰って話を聞いたが、ひと言も喋らない。話はしないが、どうも口が利けないわけではなさそうだ。聾唖者なら耳も聞こえないはずだが、警官が話を聞くと明らかに聞き取れているようだ。様子から見て、十日前に王公道《ワン・コンタオ》たちが言っていた人物ではないかと思ったと言う。

王公道《ワン・コンタオ》は雷に打たれたようにベッドから飛び起きた。

「いくつぐらいです」

北京の警官が電話の向こうで言った。

「五十歳ぐらいですかね」

「見た目はどんなです」

「中肉中背で髪が短い」

「太ってますか、痩せてますか」

「どちらでもないですね」

王公道《ワン・コンタオ》は両手を打った。

「間違いない。すぐにいきます」

急いで十数名の部下を叩き起こし、旅館を飛び出した。三台のタクシーに分乗して大慌てでその派出所に駆けつけた。王公道《ワン・コンタオ》の胸に塞がった石がとうとう取れた思いだった。やはり李雪蓮《リー・シェリエン》は北京に来ていたのか。北京に来ている以上、李雪蓮《リー・シェリエン》が人民大会堂で騒ぎを起こそうと起こすまいと、李雪蓮《リー・シェリエン》を捕まえたほうが手ぶらで帰るより各レベル政府の幹部に申し開きが立つというものだ。王公道《ワン・コンタオ》はついに重荷を下ろした気分で、王公道《ワン・コンタオ》と同じタクシーに同乗した他の三人の部下たちも皆一様に興奮していた。

「北京の警察はさすがですね。俺たちが十日以上捜しても見つけられなかったのに、ひと晩で捕まえてしまうんだから」

別の部下も言った。

「李雪蓮《リー・シェリエン》が誰に捕まろうと、俺たちで県に連れて帰れば手柄は俺たちのものですよね」

十日以上もしょんぼりとしていた賈聡明《ジア・ツォンミン》はこの時ようやく王公道《ワン・コンタオ》に冗談が言えるまでになった。

「李雪蓮《リー・シェリエン》が捕まったんですから、所長、おごってくださいよ」

王公道《ワン・コンタオ》も興奮を抑えがたく、賈聡明《ジア・ツォンミン》のずる賢さも気にならず、太腿を叩いて言った。

「よし、絶対におごってやる。皆で十日以上も苦労したんだ。明日の昼は北京ダックを食おう」

そう言ううちに、派出所の入り口に着いた。全員で下車し派出所に入り、宿直室にやって来て宿直の警官に話すと警官は後ろの建物に行った。二分後に農村の女性を連れて出て来たのを見て、全員、あ然とした。李雪蓮《リー・シェリエン》ではなかった。年のほども体つきも似ていたが、顔が違う。

北京の警官が言った。

「いかにも陳情のベテランという風で、口が利けないふりをするんです。彼女ですか」

今度は王公道《ワン・コンタオ》が口が利けなくなって、アホのように首をふるばかりだった。

翌朝早く、全員でまた北京中を李雪蓮《リー・シェリエン》捜しに行くほかなかった。

訳註
(33)「株を守って兎を待った」＝株にぶつかって気を失った兎に味を占めて以来、株を見守って兎がまたぶつかるのを待ったという故事から、同じ方法を固守する愚かさを言う。
(34)「群盲がゾウをなでる」＝盲人たちがよってたかってそれぞれゾウをなでても、それぞれが触った部分しか分からず、ゾウの全体像はつかめないこと。

(35) 永定門《ヨンディンメン》の汽車の駅＝かつて北京の南にあった駅。現在は高速鉄道の北京南駅になっている。

十二

全人代が十二日目になったが、李雪蓮《リー・シエリエン》はまだ北京に来ていなかった。裁判所長王公道《ワン・コンタオ》たち十数人は北京で待ちぼうけを食らったも同然だった。県警察数十名の警官は人民大会堂の周囲を北京の警察のさらに外側に網を張ったが、この網も無駄張りだった。李雪蓮《リー・シエリエン》が北京に来なかったのは彼女が北京に告訴に来る考えを変えたからではない。彼女は来る途中だった。山東や河北の警察が彼女を止めたからでもなく、李雪蓮《リー・シエリエン》は途中で病に倒れたのだった。警察に途中で告訴に行くのを止められると思い、李雪蓮《リー・シエリエン》は泰安から北京まで京滬《けいこ》線の汽車には乗らず、泰安から北京までの長距離バスにも乗らなかった。乗ったのは、泰安から長清まで、長清から晏城まで、晏城から禹城まで、禹城から平原まで、平原から徳州まで、徳州から呉橋まで、呉橋から東光まで、東光から南皮まで、南皮から滄州まで、滄州から青県まで、青県から覇州まで、覇州から固安まで、さらに固安から大興まで、大興から北京に入る……すべて県と県を結ぶローカルバスだった。田舎町から田舎町へと乗り継いだのは京滬《けいこ》線沿いに張りめぐらされた各地の警察網を避けるためで、二十年来の陳情告訴で警察と知恵比べをし編み出した経験則だった。乗り換えに継ぐ乗り換えは疲れるし、旅費も何倍もかかるのだが、手軽さと節約を求めて警察に捕まるよりはマシである。乗り換えを続けて行くのは時間もかかるが、どうせ全人代は半月もやっているのである。大会期間中に北京に着けば告訴には間に合う。自分が北京に告訴に行くことを知って、県が北京に捜索のため人を派遣することも予想がついた。二十年間、彼女の告訴を県は毎年毎年邪魔してきたのである。北京まで告訴に行けたのは五回しかない。警察は北京まで追いかけてきた。北京で警察と鬼ごっこをした経験から、あまり早く北京に着くと警察も気力充分なのですぐに見つかってしまう恐れがあり、何日か経ってから北京に行けば警察も人捜しに疲れていて、見つからない隙に潜りこめる可能性があった。

泰安から出発し、休みなく移動し続けて五日後、李雪蓮《リー・シェリエン》は河南の固安にやって来た。道中、しんどくはあったが何事もなかった。固安は河北と北京の境にあり、固安から二回乗り換えれば北京に着く。李雪蓮《リー・シェリエン》はうれしくなった。固安にバスが着くともう夕方で、李雪蓮《リー・シェリエン》は横丁奥に小さな宿屋を見つけ、早々と寝た。明日は北京に入るので精気を養おうとしたのだ。夜は何事もなかった。翌朝、李雪蓮《リー・シェリエン》がベッドから起きると突然、頭が重く、足がふらついた。手で額を触ると火を熾した炭のように熱い。李雪蓮《リー・シェリエン》は思わず舌打ちをした。旅の途中で病気になるとは。告訴の旅ではなおさら体の具合が悪くなってはならない。具合が悪くなると体が問題ではなく、告訴に支障が出るからだ。固安に来て、北京はすぐ目の先だ。北京の全人代は刻々と進んでいる。李雪蓮《リー・シェリエン》は具合が悪いからと固安で休むわけにはいかなかった。なんとか起きて顔を洗うと宿屋を出て横丁から大通りに出ると、一歩一歩長距離バスのターミナルに歩いて行った。駅の外の屋台で熱いお粥を一杯買った。熱いお粥を食べれば汗が出て熱も下がるだろう。ところが、お粥をひと口食べると胸がムカムカしてきて、食べたばかりのお粥を吐いてしまった。お粥を置き、固安で休むのは嫌なので、なんとかバスの切符を買い大興の県境に行くバスに乗った。バスの中でつらつら考えるに、泰安から十何回も乗り換えて疲れたのだろうと思った。節約のため、一つ所に着くと、大餅と漬物だけで三日間ひと口も野菜を食べていない。熱いスープも飲んでいない。李雪蓮《リー・シエリエン》は後悔した。どんなに金がなくても道中はケチるな、と言う。道中、こんなに自分を痛めつけるべきではなかった。自分を痛めつけるのは構わないが、北京での告訴に差し障ったら元も子もない。また思った。道中、自分を痛めつけたのもそうだが、もっと大きな原因はやはり趙大頭《チャオ・タートウ》に腹を立てたことだ。高校の時、趙大頭《チャオ・タートウ》は李雪蓮《リー・シエリエン》に気があった。二十年前、李雪蓮《リー・シエリエン》が初めて北京に告訴に来た時、趙大頭《チャオ・タートウ》は李雪蓮《リー・シエリエン》を助けてくれた。二十年後、趙大頭《チャオ・タートウ》はまた李雪蓮《リー・シエリエン》に迫ってきた。李雪蓮《リー・シエリエン》を手に入れるため、趙大頭《チャオ・タートウ》は彼女を見張っている警官を酔い潰して、一緒に山東に逃げた。自分を助けてくれたのは自分と結婚するためだと思ったから、隣県の旅館で体を許した。二人でいると楽しかったから、李雪蓮《リー・シエリエン》は趙大頭《チャオ・タートウ》の話を聞き入れて北京に行って告訴するのをやめて、彼と泰安に旅行に行ったのだ。まさか、それが趙大頭《チャオ・タートウ》が県の役人と結託した計略だったとは。趙大頭《チャオ・タートウ》が自分を籠絡したのは自分と結婚するためだけでなく、結婚の背後に自分を告訴させないという目的があったとは。自分が告訴しなければ、役人たちは上から下まで肩の荷が卸せる。自分を告訴させないため、趙大頭《チャオ・タートウ》は県の役人と裏取引きまでしていた。李雪蓮《リー・シエリエン》はたまたま趙大頭《チャオ・タートウ》の電話を聞いて頭がガーンと殴られたようになった。趙大頭《チャオ・タートウ》と役人が結託していたのを恨んだからだけではない。自分にも腹が立ったからだ。李雪蓮《リー・シエリエン》は今年で四十九歳になる。告訴し続けて二十年、南北を行き来して、どんな場面にも遭遇してきた。どんな大波も乗り越えてきた。まさか、こんな小さなドブに足をすくわれるとは。

趙大頭《チャオ・タートウ》の手にかかるとは。騙されたのは何でもない。趙大頭《チャオ・タートウ》に体まで許してしまった。騙されたのは復讐すればいいが、許してしまった体はどうやって洗い清めればいい？　お盆や茶碗は汚れれば洗えばいいが、体が汚れてしまったら、どうやって清めればいい？　穆桂英《ぼくけいえい》(36)は五十三歳で再び元帥となったが、李雪蓮《リー・シェリエン》は四十九歳で再び貞操を失ってしまった。二十年前に告訴した理由の一つが秦玉河《チン・ユイホー》に潘金蓮と言われたことだった。二十年の間、潘金蓮ではなかったのに、趙大頭《チャオ・タートウ》に体を許したために潘金蓮になってしまったではないか。あの時、李雪蓮《リー・シェリエン》は趙大頭《チャオ・タートウ》を殺してやりたいと思ったが、趙大頭《チャオ・タートウ》をただ殺すだけでは怒りが収まらない。趙大頭《チャオ・タートウ》を殺しても相討ちに過ぎない。役人の上から下までをやっつけないことには、奴らをのさばらせるだけだ。趙大頭《チャオ・タートウ》を殺す前に告訴しなければならない。告訴してから趙大頭《チャオ・タートウ》を殺しても遅くない。今度の告訴はいままでの告訴とも違っていた。というより、二十年前の最初の告訴と同じことになった。秦玉河《チン・ユイホー》だけのせいではなく、上から下までの役人どものせいだ。趙大頭《チャオ・タートウ》と取引をした裁判所の専門委員の賈聡明《ジア・ツォンミン》、裁判所長の王公道《ワン・コンタオ》、県長の鄭重《チェン・ジョン》、市長の馬文彬《マー・ウェンビン》……奴らがよってたかって李雪蓮《リー・シェリエン》をここまで追いつめたのだ。そんなむかっ腹を抑えて旅に出たので、道中、全身が煮えくり返っていた。煮えくり返ってたので全身がカッカしてきて、バスの窓を開けて風に吹かれた。立春を過ぎたとはいえ、道中の風は冷たかった。道中ずっと風に吹かれていたため、熱っぽかったのが風邪を引いて高熱を出す羽目になったのだ。固安から大興までの路線バスでは李雪蓮《リー・シェリエン》は隣りの窓をしっかりと閉めたが、窓にもたれた体の熱はますますひどくなっていた。朝起きた時は頭が熱っぽかっただけだが、今は明らかに全身が火にくべられたようだった。バスが進むうちに頭がぼうっとしてきた。バスが固安と北京の大興との境にさしかかった時、李雪蓮《リー・シエリエン》は県境で四、五台のパトカーがランプを点したまま停まっているのに気づいた。道端に立った警官が手にした警棒を挙げて、北京に向かう車すべてに道端に停まって検査を受けるよう指示している。道端にはすでにたくさんの車両が停まっている。大型バス、トラック、バン、乗用車など。李雪蓮《リー・シエリエン》は驚いて冷や汗をかいた。泰安から出発して京滬《けいこ》線の汽車に乗らなくても、泰安から北京までの長距離バスに乗らずにローカルバスを乗り継ぎ乗り継ぎして来ても、どうやら警察のチェックを免れることは出来なかったらしい。この十数回もの乗り換えはムダだったようだ。風に吹かれて熱を出しのもムダだった。冷や汗が出たことで体はだいぶ涼しくなった。停まって検査を待つ車両が列をなしていて、一時間以上待ってようやく二人の警官が李雪蓮《リー・シエリエン》の乗ったバスに乗りこんできた。

警官は順番に一人一人の証明書を見て北京に行く理由を聞き、それぞれの北京に行くための県政府の証明をチェックしている。二十年前に李雪蓮《リー・シエリエン》が最初に北京に来た時に河北と北京の境で受けた検査と同じである。だが、こういう場面を李雪蓮《リー・シエリエン》はもう何度も経験していたので検査にぶつかっても慌てなかった。警官は次々と尋問し、パスする乗客もいれば、下車するよう命じられる者もいた。下車を命じられた者も黙って何も言わない。ついに一人の警官が李雪蓮《リー・シエリエン》の前に来た。まず李雪蓮《リー・シエリエン》の身分証を見た。李雪蓮《リー・シエリエン》は本物の身分証は出さなかった。渡したのは偽物である。警察の尋問を免れるため、三年前、二百元払って北京の海淀《ハイディエン》区(37)のとある横丁で偽の身分証を作ったのである。身分証の名は彼女の名の「雪」を取って前に「趙」を加え、「趙雪」とした。「昭雪」(38)の意味である。

二十年前に告訴したのはまさに冤罪を晴らすためだった。この偽の身分証は本物そっくりで、過去の警官たちも見抜けなかった。今、李雪蓮《リー・シエリエン》を尋問している警官も見抜けず、身分証を李雪蓮《リー・シエリエン》に返すと聞いた。

「北京へは何しに？」

「診察です」

答えも二十年前と同じだ。警官がじっと見つめて聞く。

「北京のどの病院？」

「北京病院」

これも二十年前と同じである。

「何の病気です」

「私の額を触ってみて」

警官はギョッとして、手を伸ばして李雪蓮《リー・シエリエン》の額を触った。李雪蓮《リー・シエリエン》はさきほど冷や汗をかいたが、額はまだ炭のように熱かった。警官は急いで手をひっこめると聞いた。

「県政府の証明書は？」

「病気でこんななのに、証明なんて出してる暇ないわ」

「それじゃダメだ。降車してもらおう」

「頭がぼうっとしてるのに、降りたら死んじゃうわ。責任取ってくれるの？」

警官はイライラして言った。

「話が違うだろう。病気ならまず地元の病院に行き、全人代が終わったら北京の病院に行けばいい」

二十年前の警官と同じことを言う。李雪蓮《リー・シェリエン》は頭を窓にもたせかけた。

「私は肺気腫なの。息が出来なくなったら終わりよ。何と言われても、私は降りないわ」

警官は李雪蓮《リー・シェリエン》をつかんで引っ張った。

「でたらめを言うな。証明がないなら下りてもらう」

二人は引っ張り合いになった。もめていると、李雪蓮《リー・シェリエン》の隣りに座った年寄りが突然立ち上がった。年寄りは軍服を着て、幹部のようである。年寄りが警官を指さして言った。

「証明というなら、彼女が病気なことが何よりの証明だろう」

さらに言った。

「バスに乗った時から、わしにもたれかかっていた。まるで火の玉のようだった。彼女があんたの姉さんだったら、そんな風に無情なことが言えるかね」

その言葉に李雪蓮《リー・シェリエン》は感動した。そんな思いやりのある言葉を聞いたのは何日ぶりだろう。よその土地の見知らぬ老人の言葉に李雪蓮《リー・シェリエン》は感極まった。この道中の七、八日間の苦労がこみあげてきて、思わず大声を出して泣き始めた。李雪蓮《リー・シェリエン》が泣くのを見て、警官も驚いて手を震わせて言った。

「北京に行くなと言ってるんじゃありませんよ。北京は今、人民代表会議の最中だから」

「人民代表会議がどうした？　人民代表会議だと人は北京に行っちゃいかんのか。彼女は人民じゃないのか」

李雪蓮《リー・シェリエン》が泣くのを見て、社内の乗客たちも怒り出した。皆が立ち上がって、警官を糾弾する仲間に加わった。

「そうとも」

「それでも人間か」

坊主頭の青年が叫んだ。

「ダメだと言うなら、バスを焼くぞ！」

集団の怒りに慌てた警官は言った。

「自分だってやりたくてやってるわけじゃありません。上からの指示なんです」

そう言うと降りて行った。

警官が下車すると、バスは大興に向かって走り出した。李雪蓮《リー・シエリエン》は隣りの老人に礼を言うと、もう泣くのはやめた。だが、体が弱っていたせいで、大泣きしたことでさらに体が弱ってしまった。泣く前は全身発熱していたが、今度は寒気がしてきた。歯をガチガチと鳴らし、体もブルブルと震えていた。北京に行って告訴するため、李雪蓮《リー・シエリエン》はじっと我慢して耐えた。しばらく震えていたが、また全身が発熱してきた。今度はただ熱があるだけで汗は出ない。寒気がしたり、熱が出たりして、李雪蓮《リー・シエリエン》は気を失って年寄りに倒れかかった。

年寄りは李雪蓮《リー・シエリエン》が意識を失ったのを見ると、運転手に車を停めさせた。運転手が様子を見にやって来て李雪蓮《リー・シエリエン》が意識不明なのを見ると、さきほど警官に肺気腫だと言ったのも聞いていたので、慌てだした。慌てたのは李雪蓮《リー・シエリエン》が病気になったからではなく、そのままバスの中で死ぬのではないかと心配になったからである。バスで死人を出したとなれば、彼もいい面の皮である。

年寄りが叫んだ。

「何をぼんやりしてる。早く病院に運ぶんだ」

運転手はハッとして慌ててバスを動かし、公道から小さな田舎の舗装道路に曲がると、全速力で走り出した。十五キロほど行ったところで牛頭鎮《ニュウトウ》という町に出た。牛頭鎮は北京と河北省の省境にあり、行政は河北省に属した。半日グルグルして、また河北省に戻ったことになる。牛頭鎮の西に鎮の衛生院があった。バスは市場を通り抜けて衛生院に向かった。

李雪蓮《リー・シエリエン》は牛頭鎮衛生院で四日間意識不明の末に目を醒ました。目が醒めて初めて自分がよその病院のベッドにいるのに気づいた。腕には点滴の注射をされ、薬の入った瓶が頭上に吊り下がっていた。李雪蓮《リー・シエリエン》は二十年間告訴し続けて、さまざまな苦労をしたが病気になったことなどなく頑健そのものだった。それゆえに、突然病気になった途端、二十年間に蓄積したすべての病が一気に吹き出した。目が醒めると医者が言った。初めは重い風邪だったが、マラリアになった。さらに胃腸炎も併発していた。どこかで不衛生なものを食べていたのだろう、と。李雪蓮《リー・シエリエン》は知らなかったが、もう四日も下痢をしていた。さらに、四日前に自分で言った通りに肺気腫も併発していた。いずれの病気も炎症を引き起こし、それで四日間も高熱が下がらなかったのだった。白血球も異常に多い。四日間、点滴をし続けた。鎮の衛生院はもともと薬が少ないため、李雪蓮《リー・シエリエン》に衛生院の消炎剤をすべて投入したという。李雪蓮《リー・シエリエン》は医者に礼を言うと慌ててだした。慌てたのは自分が重病になったからではなく、ベッドの壁にかかった暦を見たからだ。四日間も意識を失っていて、彼女が意識を失っている間中も全人代は開かれていた。日数を数えてみると、あと四日で全人代は閉幕する。それまでに北京に行かれなければ告訴は全人代には間に合わない。全人代を逃したら告訴の重みが減ってしまう。同じ告訴でも全人代から離れれば、虎が猫になってしまい、告訴はただの陳情になってしまう。県から市までの誰も怖がらなくなってしまう。李雪蓮《リー・シエリエン》は医者がいなくなるとベッドから下りようとした。だが、横になっているとたいしたことはないのに、足を床につけると体はとても弱っていて、天地がグルグル回るだけでなく、両足はうどんのように柔らかく足を踏み出すことが出来ない。足を踏み出せなければ、病院を出て告訴にはとても行けそうにない。李蓮雪はしゃがみこんで息を切らすと、しかたなくまたベッドに倒れた。

二日がまた過ぎた。あと二日で全人代は閉幕する。李雪蓮《リー・シエリエン》はベッドにじっとしていられなくなった。気もそぞろという言葉の意味を李雪蓮《リー・シエリエン》は初めて知った。病気で起き上がれないからではない。今年の告訴が出来なくなるからだ。告訴が出来ないとなると、県から市までの各レベルの行政府の役人たちがどれほど喜ぶことか。趙大頭《チャオ・タートウ》と役人たちに騙されて、趙大頭《チャオ・タートウ》に体まで許したことが許せなかった。自分は本当に潘金蓮になってしまった。そう思うとますます気が焦る。ここを出なければならない。這ってでも、全人代が閉幕するまでに北京に行かなくてはならない。李雪蓮《リー・シエリエン》は同室の病人に医者を呼んでもらい、退院したいと言った。医者は痩せた小柄の中年男で虫歯だらけだが、何度か話をして悪い人ではないと分かっていた。医者は李雪蓮《リー・シエリエン》が退院したいと言うと本人よりも焦って言った。

「死にたいんですか。こんな体でどうやって退院すると言うんです」

李雪蓮《リー・シエリエン》は自分は北京に告訴に行くのだとも言えず、別の退院しなければならない理由も思いつかないので、こう言った。

「金がないんです」

医者は茫然とした。そうして、そのまま出て行った。十五分後、医者は院長を連れて病室に入ってきた。院長は中年の女性で、太ってパーマをかけていた。院長は李雪蓮《リー・シェリエン》に聞いた。

「いくらあるの？」

李雪蓮《リー・シェリエン》は枕元からバッグを取り、チャックを開けると洋服の間から財布を取り出した。財布を開くと紙幣から小銭まですべて取り出して、五百十六元八角だけだった。院長は慌てた。

「困ったわね。六日間も入院して、毎日点滴して、薬という薬を全部使い果たしたのよ。医療費に入院費で五千元にはなるわ」

「退院したら？」

「お金がないなら、もっと退院はさせられないわ」

「退院しなければ、もっとお金がかかるでしょう？」

院長は李雪蓮《リー・シェリエン》の言うことにも道理があると思って言った。

「急いで親戚にお金を持って来させて」

「うちの実家はここから千五百キロ離れてます。親戚も皆、貧乏だから、金をやると言えば来てくれるけど、お金を持って来いと言ったら、路費もかかるわけだし、誰も来てはくれないと思います」

「じゃ、どうすればいいの」

李雪蓮《リー・シェリエン》は考えて言った。

「北京はここから近いわ。百キロほどです。親戚が一人、北京の東高地農貿市場でゴマ油を売っているので、私を送ってくれれば北京でお金を借りて来ます」

訳註
(36) 穆桂英《ぼくけいえい》＝宋の楊将軍家の楊宗保の妻で、自身も武芸に秀でた女武将であるという、京劇などの演目『楊家将』の架空の人物。
(37) 海淀区《ハイディエン》＝北京の文教区。大学やIT企業が集まる地区で、パソコン関連の商店も密集、技術を駆使してさまざまな偽の証明書を作成する業者も多い。
(38) 昭雪＝冤罪を晴らすという意味の中国語。李雪蓮が使った偽名の趙雪の「趙」と「昭」は同じ音「チャオ」になる。

十三

翌朝早く、李雪蓮《リー・シエリエン》は救急車で北京に入った。救急車は河北の牛頭鎮衛生院のもので多少オンボロで肺気腫を患った年寄りのようにゴホゴホと走りながら咳きこんだ。救急車は人を助けるものだが、牛頭鎮衛生院が救急車で李雪蓮《リー・シエリエン》を北京に送り届けたのは診療を受けさせるためでも転院させるためでもなく、李雪蓮《リー・シエリエン》と北京東高地農貿市場に金を取りに行くためだった。ただ金を受け取るためだけなら、衛生院も救急車を出しはしなかったが、衛生院も薬を早く購入しなければならず、もともと明日には北京に薬を取りに行く予定になっていたのが李雪蓮《リー・シエリエン》の医療費の件で一日前倒しになったわけで、いわば一挙両得であった。だが、李雪蓮《リー・シエリエン》にとっては救急車に乗るのと長距離バスに乗るのとでは全然違った。救急車は田舎の舗装道路を十数キロ走ると北京への国道に出た。河北と北京の省境に来ると、ここでも十数人の警官が北京に入る車をチェックしていた。長距離バスだったら李雪蓮《リー・シエリエン》はまた危ない目に遭っただろうが、今は救急車に乗っているので、たとえオンボロだろうと警官は他の車を停めて路肩に寄せて検問を受けさせながら、救急車には手をふってそのまま通過させた。李雪蓮《リー・シエリエン》は救急車で無事に北京に入ることが出来た。

李雪蓮《リー・シエリエン》が北京に来たのは告訴のためである。だが、人民大会堂に告訴に行く前にまず東高地農貿市場に行かなくてはならない。李雪蓮《リー・シエリエン》と共に金をもらうついでに衛生院の薬を買いに行くのは三十代の青年だった。運転手が呼んでいるのを聞くと、「安静《アン・ジン》」と言うらしい。だが、彼はちっとも安静ではなく、道中ずっと衛生院と李雪蓮《リー・シエリエン》の文句を言い続けた。

「本当は明日のはずだったのに。今日は俺は用事があったんだ」

また言った。

「病院にかかるなら、まず金を用意しろと言うんだ。いい迷惑じゃないか」

さらに言った。

「人道主義もいいが、それでうまい汁を吸おうという者がいるからな」

李雪蓮《リー・シエリエン》は、牛頭鎮の衛生院に入院したのはわざとではなく当時自分は意識を失って担ぎこまれたのだと弁解しようと思った。同時に、こんなに何日も入院してたくさん薬を使わせたのもわざとではなく、四日間も意識不明だったのだ。それに、それだけたくさん金を使って、別に払わないと言っているのではなく、こうして彼を連れて東高地農貿市場の親戚に金を借りに行くところではないか。だが、体が弱っていて言い合いをするのも億劫だし、第二にこの男ともこれきりのことだと思えば、やり合う気にもならなかった。道理の分かる人間とならやり合ってもいいが、頭の働かない人間に言って分かる道理でもない。そう考えて口を閉じたまま窓の外を見ながら黙っていた。

北京に入って一時間もすると救急車は東高地農貿市場に着いた。李雪蓮《リー・シェリエン》の母方の従弟は楽小義《ラー・シャオイー》といい、七年前に故郷から北京に出て来てここでゴマ油を売っていた。李雪蓮《リー・シェリエン》は楽小義《ラー・シャオイー》より十二歳年上だった。楽小義《ラー・シャオイー》が三歳の年、彼の母親が肝炎になり、父親は母親を連れて病院に行かなければならず、また母親の肝炎が楽小義《ラー・シャオイー》にうつってはいけないというので、父親が楽小義《ラー・シャオイー》を李雪蓮《リー・シェリエン》の家に預けに来てそのまま三年間預かっていたのだった。楽小義《ラー・シャオイー》は言葉が遅く、三歳になるのに言葉が文章にならなかった。李雪蓮《リー・シェリエン》の弟の李英勇《リー・インヨン》は当時八歳だったが楽小義《ラー・シャオイー》を嫌って、いつもこっそり畑で楽小義《ラー・シャオイー》を馬にして乗っかっていた。李雪蓮《リー・シェリエン》は楽小義《ラー・シャオイー》をかばって、よくおんぶして畑仕事をし、イナゴを捕まえて遊ばせてやった。楽小義《ラー・シャオイー》は大人になってもそのことを忘れず、北京でゴマ油を売るようになっても故郷に帰れば李雪蓮《リー・シェリエン》に会いに来た。李雪蓮《リー・シェリエン》が数年前、北京に告訴に来た時は楽小義《ラー・シャオイー》のゴマ油店に泊めてもらった。楽小義《ラー・シャオイー》はただで泊めて食べさせてくれ、何も恨み言を言わなかった。恨み言を言わないばかりか、李雪蓮《リー・シェリエン》の案件の話し相手にもなった。楽小義《ラー・シャオイー》にはなぜこの案件がゴマからスイカに変わってしまったのか、アリがゾウになってしまったのかは分からないものの、すぐに李雪蓮《リー・シェリエン》の味方になってくれ、李雪蓮《リー・シェリエン》の代わりに不平を漏らしてくれた。李雪蓮《リー・シェリエン》はこの従弟には仁義があると思った。いま、困ったことになり、それで楽小義《ラー・シャオイー》を頼ったのである。李雪蓮《リー・シェリエン》は楽小義《ラー・シャオイー》のゴマ油店は東高地農貿市場の東北の角にあり、左隣りはロバの腸を、右隣りは活きた鶏をしめて売る店と記憶していた。救急車が東高地農貿市場に横づけになると、李雪蓮《リー・シェリエン》はなんとか体を起こして牛頭鎮衛生院の安静《アンジン》を連れて農貿市場を通り抜け市場の東北角へとやって来たが、楽小義《ラー・シャオイー》のゴマ油店はなくなっていた。左隣りのロバの腸の店も、右隣りの鶏を売る店もあるが、楽小義《ラー・シャオイー》のゴマ油店は炒め物屋になっていた。李雪蓮《リー・シエリエン》は慌てて炒め物を売る親父に聞いた。

「ここでゴマ油を売っていた楽小義《ラー・シャオイー》は?」

炒め物屋の親父は言った。

「知らないな。この店舗を譲り受けた時は空き家だった」

李雪蓮《リー・シエリエン》は今度は左隣りのロバの腸を売る店に聞いた。

「お兄さん、隣でゴマ油を売っていた楽小義《ラー・シャオイー》を知らない?」

ロバの腸売りは言った。

「三か月前にいなくなった」

「どこに行ったか、知らない?」

ロバの腸売りは言った。

「知らないな」

李雪蓮《リー・シエリエン》は今度は右隣りの活きた鶏をしめて売る店に聞いた。鶏屋はちょうど鶏をしめている最中で、顔も上げずにうるさそうに首をふるだけだった。李雪蓮《リー・シエリエン》はさらに慌てた。慌てたのは李雪蓮《リー・シエリエン》だけではない。李雪蓮《リー・シエリエン》について借金を徴収に来た牛頭鎮衛生院の安静《アンジン》も慌てた。だが、彼の動揺と李雪蓮《リー・シエリエン》の動揺とは違っていた。李雪蓮《リー・シエリエン》は人が見つからないので焦り、安静《アンジン》は李雪蓮《リー・シエリエン》に騙されたのだと思い、李雪蓮《リー・シエリエン》をつかんで捕まえて言った。

「騙したな」

さらに言った。

「あんたところでこれ以上時間をつぶしてる暇はない。いろいろ用事があるんだ」

李雪蓮《リー・シェリエン》は手を震わせて言った。

「前に来た時は確かにここにいたのよ。いなくなってるなんて思わなかったわ」

「そんな役にも立たないことを言ってないで、さっさと金を返せ」

さらに言った。

「返せないなら、また牛頭鎮まで引き返してもらうからな」

李雪蓮《リー・シェリエン》は泣きだした。楽小義《ラー・シャオイー》が見つからないからでも、金を返せないからでもない。金を返せなくてまた安静《アンジン》と百キロ以上も引き返して牛頭鎮に行けば、全人代で告訴できなくなるからだ。全人代はあと一日半で閉幕してしまうのだ。農貿市場の買物客たちは、いい若い男が女性を引っ張って喚いているのを見て、人だかりを作った。李雪蓮《リー・シェリエン》が泣いているのを見て仲裁に入ろうとする者もいたが、金絡みのもめごとと分かると口を出す者もいなくなり、ただ取り巻いて眺めているだけだった。その時、一人の太っちょで胸にゴム引きの前掛けをして、豚肉を担ぎ鉈を手にした、ひと目で豚肉売りと分かる男が人混みを割ってきて、どうしたんだと聞いてきた。話を聞いて、李雪蓮《リー・シェリエン》がここでゴマ油を売っていた店主を訪ねて来たと知ると、急いで李雪蓮《リー・シェリエン》を引っ張ってロバの腸売りのところに行って聞いた。

「季《ジー》さん、ここでゴマ油を売っていたあの男はどこに行ったんだ」

ロバの腸売りは言った。

「知らないよ」

「隣りで店を出していて、出て行く時に言い残しておかないはずがあるか?」

そして、李雪蓮《リー・シエリエン》を指して言った。

「泣いてるだろう。借金で困っているんだ」

ロバの腸売りはますます意固地になった。

「知らんね」

「俺の顔を立てられないって言うのか」

豚肉売りはロバの腸売りに指を突き立てて言った。

「それ以上、しらばっくれる気なら店をぶち壊すぞ」

足を持ち上げて、ロバの腸売りの屋台を壊そうとすると、ロバの腸売りは慌てて豚肉売りを抱きかかえて言った。

「張《チャン》さん、分かったよ。ゴマ油売りは三か月前、そこの鶏売りとケンカして岳各荘《ユエグージュアン》に引っ越したんだ」

さらに言った。

「聞いた話だけどな」

そして、李雪蓮《リー・シエリエン》を白目で睨むと喚いた。

「タダで聞く奴がいるかよ。腸の一つも買わないで」

岳各荘は北京の南の郊外にある別の農貿市場だった。李雪蓮《リー・シエリエン》は楽小義《ラー・シャオイー》の居所を知り、北京を離れていないと知ってようやく安心した。そして、自分のうかつさにも気がついた。タダで人に物を聞くという法はなかった。豚肉売りに感謝した。豚肉売りは手をふって言った。

「いじめられてる貧乏人を見捨てておけないだけさ」

そう言うと、地面に置いた豚肉を担いで行ってしまった。李雪蓮《リー・シェリエン》はその時、突然、この男の後ろ姿が二十年前に故郷の拐湾鎮市場で豚肉を売っていた胡《フー》に似ているのに気がついた。胡《フー》に殺人を手伝わせようとして交渉したことがあった。だが、胡《フー》は義理に厚いようで、一旦殺人と聞くと腰が引けてしまったのだった。李雪蓮《リー・シェリエン》は思わず、ため息をついた。

救急車は東高地農貿市場から岳各荘農貿市場へと向かい、一時間後、岳各荘農貿市場に着いた。救急車が岳各荘農貿市場の端に停まると、李雪蓮《リー・シェリエン》と牛頭鎮衛生院の安静《アンジン》は岳各荘農貿市場に入って楽小義《ラー・シャオイー》を捜し始めた。東高地農貿市場のロバの腸売りは楽小義《ラー・シャオイー》は岳各荘農貿市場に移ったと言っただけで、楽小義《ラー・シャオイー》のゴマ油屋は農貿市場のどのあたりかを言わなかったので、二人は一軒一軒虱潰しに店を捜して行くしかなかった。だが、東の端から西の端、南の端から北の端まで捜しても楽小義《ラー・シャオイー》は見つからなかった。ゴマ油屋すらなかった。楽小義《ラー・シャオイー》が東高地農貿市場でゴマ油屋を開いていた時は、ゴマ油屋の前にいつも二つの大きな鍋があり、一つの鍋でごまを炒め、続いて電動ミルで汁を絞り、それをもう一つの鍋に流しこんだ。もう一つの鍋の横には電動機が置かれて、二つの鉄のひょうたんがついていて、それが上下に揺れ油の匂いをさせていたので、ゴマ油屋とすぐ分かった。それに、ゴマ油屋は二百メートル離れた所からでもゴマ油の匂いをかぐことが出来る。李雪蓮《リー・シェリエン》は自分たちの捜し方が悪いのかと、引き返してもう一度捜してみた。だが、北から南、西から東までもう一度捜してみても、やはり楽小義《ラー・シャオイー》とゴマ油屋は見つからなかった。李雪蓮《リー・シェリエン》は、楽小義《ラー・シャオイー》が岳各荘農貿市場からまたどこかに引っ越したか、あるいはそもそも岳各荘農貿市場に来ていなくて、東高地農貿市場のロバの腸売りに騙されたのかとまた慌て出した。原因はどうであれ、結果は同じことで、楽小義《ラー・シャオイー》は見つからなかった。見つからないだけでなく、これからどうやって捜せばいいのかも分からない。李雪蓮《リー・シエリエン》が慌てただけでなく、牛頭鎮衛生院の安静《アンジン》も焦った。

「どうなってるんだ。俺はあんたに付き合って人捜ししている暇なんかないんだぞ」

腕時計を見て言った。

「もう十二時じゃないか。薬を仕入れに行かなくちゃ」

さらに言った。

「もう捜すのはやめて、一緒に牛頭鎮に戻ろうぜ。あんたを院長に引き渡すから、後のことは院長と話してくれ」

安静《アンジン》のその言葉を聞いて、李雪蓮《リー・シエリエン》はますます焦った。楽小義《ラー・シャオイー》が見つからなければ、自分の告訴が出来ないからであり、また安静《アンジン》がもう昼の十二時だと言うのを聞いて、全人代は明日閉幕だと思うと、いても立ってもいられなくなったからだ。李雪蓮《リー・シエリエン》は決心した。楽小義《ラー・シャオイー》が見つかろうと見つかるまいと、牛頭鎮衛生院の金を返せようと返せまいと、安静《アンジン》と牛頭鎮に帰るわけにはいかない。だが、もう五十近い女性で大病をしたばかりで、少し足を踏み出しただけで汗がにじみ出てくる。隣りの元気一杯の青年からは到底逃げおおせない。焦っていると後ろで売り声が聞こえてきた。

「太刀魚、舟山の太刀魚だよ。さばいて五百グラム十元!」

李雪蓮《リー・シエリエン》はその声に耳覚えがあった。ふり返ると、とある店先にゴム長靴に袖カバーをつけ、ゴム手袋をはめた人が大きなねじ回しを手に凍った太刀魚のウロコをそぎ落としている。その人こそ、誰であろう、李雪蓮《リー・シエリエン》の母方の従弟の楽小義《ラー・シャオイー》ではないか。とうとう楽小義《ラー・シャオイー》を捜し当てた。李雪蓮《リー・シエリエン》の足はへなへなとなってしまった。楽小義《ラー・シャオイー》は東高地農貿市場から岳各荘に移って来て、ここではゴマ油を売らずに太刀魚を売っていたのだった。李雪蓮《リー・シエリエン》は足をふんばるとひと声叫んだ。

「小義《シャオイー》」

楽小義《ラー・シャオイー》は太刀魚から顔を挙げて、自分を呼んだ者の顔をじっと見つめた。しばらくして、ようやく李雪蓮《リー・シエリエン》と認めた。李雪蓮《リー・シエリエン》だと認めると、今度はびっくりした。びっくりしたのは李雪蓮《リー・シエリエン》が来たことではなく、そもそも東高地にいた自分が岳各荘に移って来ているのに李雪蓮《リー・シエリエン》が捜し当てたことに驚いたのである。

「姉さん、そんなに痩せてどうしたんだ。昔はこんなに痩せてなかったじゃないか。もう少しで分からないところだった」

李雪蓮《リー・シエリエン》は目に涙をためて言った。

「病気したのよ」

また言った。

「どうして、ゴマ油をやめて太刀魚を売っているの？」

「今年はゴマが値上がりしたから、ゴマ油を売っても儲けが出ないんだ」

それから、李雪蓮《リー・シエリエン》を隅のほうに引っ張って行くと聞いた。

「また告訴に来たのかい」

李雪蓮《リー・シエリエン》はうなずいた。

「やっぱり。県の裁判所の人が十何回も来たよ。数日前までは三日に一度来てたが、昨日からは一日に二度も来るようになった」

李雪蓮《リー・シエリエン》は楽小義《ラー・シャオイー》がそう言うのを聞いて、また焦った。ここに長居してたら、県の裁判所の人間がまた来るだろう。そこで急いで言った。

「じゃあ、ここにはいられないわ」

そう言うと行こうとした。だが、牛頭鎮衛生院の安静《アンジン》が走って来て、李雪蓮《リー・シエリエン》を引っ張って言った。

「行くな。金はどうなる」

李雪蓮《リー・シエリエン》は自分が楽小義《ラー・シャオイー》を訪ねて来たのは、借金があったからだと思い出した。そこで、李雪蓮《リー・シエリエン》は牛頭鎮衛生院に入院して借金していることを一部始終、楽小義《ラー・シャオイー》に話して聞かせた。衛生院に五百元払ったが、まだ四千八百元足りないことを。楽小義《ラー・シャオイー》は話を聞くと、きっぱりと牛頭鎮衛生院の安静《アンジン》に言った。

「姉さんが借りてる金は俺が代わりに払うよ」

続けて困ったように言った。

「でも、四千八百なんて大金は持ち合わせてないな」

安静《アンジン》が李雪蓮《リー・シエリエン》を押しとめて言った。

「だったら、どこかに行こうと思うなよ」

楽小義《ラー・シャオイー》が言った。

「待っててくれ。銀行に行って引き出して来るから」

急いで太刀魚を隣りで豚の大腸を売っている商人に頼むと、ゴム手袋を外し、袖カバーを取り、そそくさと農貿市場の外に出て行った。李雪蓮《リー・シエリエン》は牛頭鎮の安静《アン・ジン》とそこで待つしかなかった。まさにその五分後、王公道《ワン・コンタオ》が裁判所の部下数人を連れてやって来た。数人が李雪蓮《リー・シエリエン》を見て喜んだ様子は三日も飢えていたハエが血を見たようだった。数名はものも言わず駆けよって来ると李雪蓮《リー・シエリエン》を取り囲んだ。李雪蓮《リー・シエリエン》は犯罪を犯したわけではないので、彼らも李雪蓮《リー・シエリエン》に手錠をかけるわけにはいかない。王公道《ワン・コンタオ》は息を切らせながら笑って李雪蓮《リー・シエリエン》に言った。

「従姉さん、ずいぶん捜したよ」

李雪蓮《リー・シエリエン》は王公道《ワン・コンタオ》に構ってられず、牛頭鎮の安静《アン・ジン》のほうをふり向くと恨みがましく言った。

「あんたのせいでとんだ迷惑をこうむったわ」

安静《アン・ジン》も茫然としていた。たくさんの人が李雪蓮《リー・シエリエン》を捜しているので、李雪蓮《リー・シエリエン》が彼らにも借金をしていると思ったのだ。李雪蓮《リー・シエリエン》に構ってられず、王公道《ワン・コンタオ》のほうを見て言った。

「物事には順番がある。あんたたちの金は俺に金を返してからだぜ」

王公道《ワン・コンタオ》たちが私服だったので、安静《アン・ジン》は彼らが裁判所の人間だとは分からなかったのだ。

王公道《ワン・コンタオ》が答える前に、太っちょの侯《ホウ》が進み出ると安静《アン・ジン》をこづいて言った。

「あっちへ行け。借金を踏み倒されたのなら裁判所に訴えればいい。こっちは公務執行中なんだ。分かったか」

安静《アン・ジン》は警察に出くわしたかと思い、目を白黒させて何も言えなくなった。普段は文句が多いが、自分より強そうな人間に出会うと押し黙ってしまうのである。王公道《ワン・コンタオ》も笑って李雪蓮《リー・シエリエン》に言った。

「従姉さん、告訴はやめて俺たちと帰ろう」

さらに言った。

「楽小義《ラー・シャオイー》は親戚だ。いつかここに来ると思ったんだ」

李雪蓮《リー・シェリエン》はムキになった。

「告訴しないと言ったのに信じないのね。私をここまで追いつめて告訴させまいとするなら、あんたたちの前で死んでやるわ」

王公道《ワン・コンタオ》がふり向いて遠くに手をふったので李雪蓮《リー・シェリエン》は初めて気がついた。遠くの路肩に裁判所のパトカーが一台停まっていて、パトカーから何人かが降りてきた。李雪蓮《リー・シェリエン》は彼らも裁判所の人間かと思ったが、近づいてみると彼らの中に一人、裁判所の人間でない、李雪蓮《リー・シェリエン》と秦玉河《チン・ユイホー》の息子の秦有才《チン・ヨウツァイ》がいた。李雪蓮《リー・シェリエン》は秦有才《チン・ヨウツァイ》を見てびっくりした。秦有才《チン・ヨウツァイ》が六歳の年、李雪蓮《リー・シェリエン》はもう一人子供を身ごもった。まさにその子供のせいで、李雪蓮《リー・シェリエン》と秦玉河《チン・ユイホー》が離婚騒動を起こした。半年後、李雪蓮《リー・シェリエン》が娘を一人産むと、あろうことか秦玉河《チン・ユイホー》は心変わりをして、偽装離婚が本当の離婚になってしまった。そして、その離婚の真偽をめぐり李雪蓮《リー・シェリエン》は告訴を始めた。二十年来、偽の離婚は偽とはならず、本物も本当とはならなかった。その後、雪だるま式に役人が次々と巻きこまれ、ゴマがスイカとなり、アリがゾウになった。娘は小さな時から李雪蓮《リー・シェリエン》と暮らしたのに長じても一つ心とはならず、逆にこの息子の秦有才《チン・ヨウツァイ》はずっと秦玉河《チン・ユイホー》のもとで育ったのに、成長すると母親思いになった。去年、県城の通りで偶然顔を会わすと、こっそり李雪蓮《リー・シェリエン》に二百元握らせた。李雪蓮《リー・シェリエン》は北京で秦有才《チン・ヨウツァイ》を見て、てっきり裁判所が秦有才《チン・ヨウツァイ》を人質に自分に帰るよう脅迫に来たのかと思った。そう思うと、なんだか納得がいかなかった。娘は他人行儀で息子のほうが母親思いだとはいえ、娘は自分のもので、息子は秦玉河《チン・ユイホー》のものだ。李雪蓮《リー・シェリエン》は秦玉河《チン・ユイホー》と裁判をしているのに李雪蓮《リー・シェリエン》に告訴させないための人質に何も秦有才《チン・ヨウツァイ》を使うことはないではないか。

だが、その裁判もこれだけ長いことかかっていると、彼らが決まり手でない手を使わなかったことがあるだろうか、とも思えてきた。秦有才《チン・ヨウツァイ》は近づいてくるとまず驚いて言った。

「母さん、なんでそんなに痩せたんだい」

李雪蓮《リー・シェリエン》はそれどころではなく言った。

「有才《ヨウツァイ》、あんた奴らに捕まったの？」

「捕まってないよ。俺はただ母さんに言いたくて来たんだ。母さん、告訴はやめろよ」

「そんなことを言うために来たのなら、さっさと帰って。いままでなら忠告にも耳を貸したかもしれないけど、今年はいままでとは違うの。絶対に告訴するわ」

「告訴するなと言ってるんじゃないよ。告訴できなくなったんだ」

「どういうこと？」

秦有才《チン・ヨウツァイ》は突然泣き出し、頭を抱えて地面にしゃがみこんだ。

「親父が死んだんだ」

李雪蓮《リー・シェリエン》はその場で茫然とし、一瞬何が何だか分からなくなった。しばらくして、ようやく秦有才《チン・ヨウツァイ》の言う「親父」が秦玉河《チン・ユイホー》であることを理解した。秦玉河《チン・ユイホー》が死んだと聞いて、李雪蓮《リー・シェリエン》の頭はガーンと殴られたようになった。というのは、秦玉河《チン・ユイホー》が死んだからではなく、秦玉河《チン・ユイホー》がいなくなったら李雪蓮《リー・シェリエン》が告訴する理由がなくなるからだ。秦玉河《チン・ユイホー》と李雪蓮《リー・シェリエン》は二十年前に偽装離婚し、その後、偽装が本物になったことが告訴の核心だった。続いて、李雪蓮《リー・シェリエン》が潘金蓮かどうかという問題が付帯し、さらに役人たちが付帯してきた。いま、秦玉河《チン・ユイホー》が死んだとなれば、すべてのチェーンが切れてしまうではないか。皮が存在しなければ毛も存在しないではないか。だが、今年の告訴はいままでとは違う。いままでは秦玉河《チン・ユイホー》を告訴するついでに役人を告訴してきた。だが、今年は役人を告訴するのが主で、秦玉河《チン・ユイホー》を告訴するかどうかは二の次だった。だが、秦玉河《チン・ユイホー》が死んでしまうとなると告訴のチェーンが断ち切れてしまい、役人たちを告訴することも出来なくなる。今年、趙大頭《チャオ・タートウ》が役人と結託して李雪蓮《リー・シェリエン》を騙したばかりか、李雪蓮《リー・シェリエン》の体まで騙し取り、李雪蓮《リー・シェリエン》は本当に潘金蓮となってしまった。北京に告訴に来るために命まで落としかけた。それなのに、ようやくのことで北京に来たと思えば、こんなことになろうとは。十数日間の苦労もまったくのムダ骨ではないか。役人たちを告訴出来ないのなら、ムダに潘金蓮になったようなものだ。李雪蓮《リー・シェリエン》はしばらくの間、反応が出来ず、ようやくのことで聞いた。

「なんで死んだの？　病気でも災害でもないでしょう？」

秦有才《チン・ヨウツァイ》はようやく立ち上がると言った。

「病気でも災害でもないよ。車で事故を起こしたんだ」

また言った。

「もう五日前のことだ」

さらに続けた。

「あの夜、親父は継母と口げんかして腹を立てて、また肥料の運搬に出かけたんだ。揚子江大橋に着いて、車に追い越しをかけようとして橋げたにぶつかって、そのまま車ごと揚子江に落っこちたんだ」

それから泣いて言った。

「自分の歳を考えればいいのに、もう老眼だったのに、腹を立てると運転に専念できないのに」

李雪蓮《リー・シェリエン》はようやく秦玉河《チン・ユイホー》は本当に死んだのだと理解した。秦玉河《チン・ユイホー》が死んだ時、李雪蓮《リー・シェリエン》は牛頭鎮衛生院で意識を失っていた。李雪蓮《リー・シェリエン》は理解すると思わず罵った。

「秦玉河《チン・ユイホー》、あんたっていう奴は。私の一生をめちゃくちゃにして、死ぬ時まで私を苦しめるのね。何も言わずに死んでしまって、残された私はどうなるのよ。私たちのことはまだ片づいていないのよ」

　さらに言った。

「私たちのことだけじゃないわ。あんたが死んでしまったら、残りの他のことはすべて、どうしたらいいのよ」

　そうして大勢の見ている前で大声を挙げて泣いた。泣きだすと急ブレーキの利かない車のように、鼻水と涙がとめどなくあふれ出て来ても拭うこともしなかった。李雪蓮《リー・シェリエン》と秦玉河《チン・ユイホー》は仇だったはずなのに。親戚が死んでも、これほどには泣かなかっただろう。

　岳各荘農貿市場の向かいは八十六階建てのオフィスビルだった。ビルの市場に向かい合った壁は巨大なデジタルハイビジョンのスクリーンになっていて、ちょうど全人代の盛会の模様を伝えていた。今日の午前中に各決議事項が検討されていた。各決議事項は採決の結果、すべてが圧倒的賛成多数で通過した。人民大会堂に万雷の拍手の音が鳴り響いた。

十四

秦玉河《チン・ユイホー》は五日前に死んだ。亡くなって二日は誰も気にとめず、彼の死を李雪蓮《リー・シエリエン》の告訴と連想する者もなかった。だが、三日前になり県長の鄭重《チェン・ジョン》がたまたま秦玉河《チン・ユイホー》の死を知り、次にそのことと李雪蓮《リー・シエリエン》の告訴の関連性に気がついた。その日、鄭重《チェン・ジョン》は市の会議から帰って来て化学肥料工場の入り口にさしかかった。化学肥料工場は県城の西にあり、市から県城までの公道は化学肥料工場の前を通る。鄭重《チェン・ジョン》は車の中から、化学肥料工場の門のところに人だかりができて花輪が置かれ、中年の女性が喪服姿でこれも喪服姿の子供を一人連れて、花輪の前にしゃがんでいるのを見た。中年女性は手に紙の札を持ち、紙の札には大きな字が書かれていた。

秦玉河《チン・ユイホー》の死に賠償を

鄭重《チェン・ジョン》ははじめ「秦玉河《チン・ユイホー》」という名を気にもとめず、ただ工場の入り口で人だかりがして騒いでいるので何を騒いでいるのかと思い、運転手に言った。

「停めろ」

運転手は車を公道の端に寄せて停めた。鄭重《チェン・ジョン》は前の助手席に座った秘書に言った。

「聞いて来てくれ。一体、何事かと。ここは県城の西の入り口だ。道路でこんな騒いでいては、みっともないじゃないか」

秘書は車から下りると、五分後に駆け戻って来て鄭重《チェン・ジョン》に、化学肥料工場の運転手が交通事故死して賠償金の額のことで遺族と工場がもめていると告げた。鄭重《チェン・ジョン》はそういうことなら企業内部のことで県長も口をはさめないと判断した。役所が口出しすれば遺族はますます勢いづく。何も口出ししなければ、十日か半月もすればそれぞれが譲歩して解決するだろう。この種の紛争は放っておくのが無難で、手出しをしないほうがいい。鄭重《チェン・ジョン》は気にしないで運転手に発進を命じた。車が県城の通りを抜け県政府の門をくぐった時、鄭重《チェン・ジョン》は突然思い出した。

「秦玉河《チン・ユイホー》、聞き覚えのある名前だな」

秘書もすぐには秦玉河《チン・ユイホー》が誰だか思い出せず、急いで携帯電話で化学肥料工場の工場長に電話して確認した。鄭重《チェン・ジョン》が車から降り執務室に入ると、秘書がついて来て言った。

「分かりました。死んだ秦玉河《チン・ユイホー》というのは例の小白菜の前夫でした」

鄭重《チェン・ジョン》は秦玉河《チン・ユイホー》が李雪蓮《リー・シエリエン》の前夫だと聞いてもはじめは気にもとめなかった。机の向こうに座ってようやく秦玉河《チン・ユイホー》と李雪蓮《リー・シエリエン》の告訴の関連性に気づいてハッとなった。その関連性に気づくと興奮して机を叩いて言った。

「これは大変だ」

秘書も驚いた。

「何が大変なんですか。ただの交通事故じゃありませんか」

「別人ならただの交通事故だが、李雪蓮《リー・シエリエン》の前夫となればただの交通事故ではない」

さらに言った。

「李雪蓮《リー・シエリエン》が告訴したそもそもの原因は彼女と彼女の前夫の結婚じゃないか。いま、前夫が死んだとなれば告訴が出来るか？　相手が死んでるなら、結婚も自然消滅するじゃないか」

さらに続けた。

「結婚が解消されれば告訴したくても理由がなくなる」

秘書も理解した。

「では、交通事故のおかげですね」

鄭《チェン・》重《ジョン》は交通事故のおかげかどうかには構わず、急いで電話を取ると北京で李雪蓮《リー・シェリエン》を捜索している裁判所長の王公道《ワン・コンタオ》に電話した。秦玉河《チン・ユイホー》の交通事故の話をすると王公道《ワン・コンタオ》も電話口で愕然とした。だが、さすがは裁判所長ですぐに理解して言った。

「いいことです。秦玉河《チン・ユイホー》が死ねば李雪蓮《リー・シェリエン》の案件は成立しなくなります。案件がなくなれば告訴も出来なくなります」

続けて興奮して言った。

「鄭県長、では撤退しますね」

すると、鄭《チェン・》重《ジョン》は一緒に興奮するどころか逆に焦って言った。

「そういうことじゃない。そうなったら、余計に何が何でも李雪蓮《リー・シェリエン》を見つけ出すんだ」

王公道《ワン・コンタオ》は驚いた。

「案件が成立しないのに捕まえてどうするんです。徒労じゃありませんか」

「秦玉河《チン・ユイホー》は死んだばかりだ。李雪蓮《リー・シェリエン》は北京にいて知らない可能性が高い。人民大会堂に押しかけるかもしれないじゃないか」

王公道《ワン・コンタオ》は言った。

「案件が成立しないなら、李雪蓮《リー・シエリエン》が人民大会堂に押しかけて騒ごうと我々は痛くもかゆくもないですよ」

鄭重《チェン・ジョン》は言った。

「おまえはどこまで間が抜けているんだ。だからこそ騒がせてはならないんだ。これで彼女が騒げば上が追及するのは告訴の原因ではなくなり、人民大会堂に乗りこんだ政治的事故ということになる。彼女の案件が成立するなら我々が追及されても情状酌量の余地があるが、案件が成立しないのに我々が追及されたら、ますます冤罪もいいところではないか」

王公道《ワン・コンタオ》はようやく鄭重《チェン・ジョン》の言う意味が分かった。だが、王公道《ワン・コンタオ》は十数人の部下を引き連れて北京で十日も捜し北京の隅から隅まで地上も地下も捜したのに、李雪蓮《リー・シエリエン》は見つからないのだ。見つからないだけでなく、手がかりすらつかめない。北京はこんなに大きいのに、たった一人の人間を捜すことがどんなに大変なことか。だが、鄭重《チェン・ジョン》はそんなことは意にも介さずに厳粛に言った。

「急いで李雪蓮《リー・シエリエン》を捜し出して、前夫が死んだことを告げて初めてことはかたづく」

王公道《ワン・コンタオ》は頭を抱えた。

「捜し出せたとして、秦玉河《チン・ユイホー》が死んだと言っても信じないかもしれませんよ。我々が騙していると思うかもしれません」

鄭重《チェン・ジョン》もそれはあり得ると思い、そこで李雪蓮《リー・シエリエン》と秦玉河《チン・ユイホー》の息子の秦有才《チン・ヨウツァイ》を北京に送りつけることを思いついた。他人が秦玉河《チン・ユイホー》が死んだと言っても李雪蓮《リー・シエリエン》は信じまい。でも、息子が父親が死んだと言えば李雪蓮《リー・シエリエン》も信じるだろう。王公道《ワン・コンタオ》への電話の後、鄭重《チェン・ジョン》は北京にいる県の警察署長に電話した。警察署長は数十名の警官を動員して、人民大会堂の周辺に北京の警察のさらに外側に包囲の網を張っている。その網もすでに張ってから十日になるが同じように何の収穫もなかった。鄭重《チェン・ジョン》は電話で秦玉河《チン・ユイホー》が死んだというニュースを知らせたほか、王公道《ワン・コンタオ》に要求したように警察署長にも全人代開催期間の最後の数日を特に網を締めてかかるように、李雪蓮《リー・シェリエン》を人民大会堂に乗りこませないように厳重に命令した。李雪蓮《リー・シェリエン》を人民大会堂に乗りこませれば自分たちも処分を受けて大変な冤罪を蒙ることになる、と。同時に警察署長に最後になればなるほど慣れで感覚がマヒしてくる、ことが起きるのは大抵そういう時だと言った。半月前、李雪蓮《リー・シェリエン》が村から逃げ出したのも警察の人間の感覚のマヒが招いた結果だった。だが、あれは村でのことだが、北京でとなると話が違ってくる。今度こそ気をつけろ。警察署長は電話の向こうで、はい、はいと続けざまに答えた。

時間がないので、李雪蓮《リー・シェリエン》と秦玉河《チン・ユイホー》の息子の秦有才《チン・ヨウツァイ》は裁判所のパトカーで夜を徹して北京へと送り届けた。王公道《ワン・コンタオ》は秦有才《チン・ヨウツァイ》を見ても何も言わなかったが、秦有才《チン・ヨウツァイ》を北京まで送って来た副所長が王公道《ワン・コンタオ》に言った。王公道《ワン・コンタオ》が裁判所の十数人の部下を連れて北京で李雪蓮《リー・シェリエン》を捜していると同時に、県長鄭重《チェン・ジョン》は警察署長にも数十名の警官を北京に送りつけて、李雪蓮《リー・シェリエン》を捜させている。数日前は裁判所もそれを知らなかったが、どうも最近、警察局の人間が見当たらないというので情報が洩れてきた、と。王公道《ワン・コンタオ》はそれを聞くと驚いて、県長の鄭重《チェン・ジョン》に腹を立てると同時に、北京に二つのグループを派遣していることを自分に知らせないというのは裁判所を信頼していないということであり、王公道《ワン・コンタオ》を信用しないということではないかと思った。と同時に、万が一、李雪蓮《リー・シェリエン》を見つけられなくて、李雪蓮《リー・シェリエン》が人民大会堂に乗りこんでも、責任は裁判所だけにあるのではなく、警察も半分責任を追わなくてはならないと思い、安心した。警察のほうが人手が多く、裁判所のほうが人手が少ないのだから、警察が追うべき責任のほうが大きいとも言える。警察は数十人も北京で飲み食い寝泊まりして、費用は裁判所の数倍多くかかっている。県長鄭重《チェン・ジョン》は秦有才《チン・ヨウツァイ》を派遣してきたが、王公道《ワン・コンタオ》は李雪蓮《リー・シェリエン》捜しに自信はなかった。それに、あと三日で全人代は閉幕する。たとえ李雪蓮《リー・シェリエン》を捜し出せなくても、李雪蓮《リー・シェリエン》があと三日、何もことを起こさなければ、皆、無事だということだ。だが、王公道《ワン・コンタオ》はその思いを部下には告げなかった。鄭重《チェン・ジョン》が厳しく言いつけた通りに、王公道《ワン・コンタオ》も十数名の部下たちに厳しく言い含めた。十数日前、王公道《ワン・コンタオ》は十四人の部下を連れて来た。八日前に二人が病気になったが、それも治った。さらに副所長が一人来て、運転手を加え王公道《ワン・コンタオ》と合わせると全部で十七人になり、陣営はさらに強固になったと言える。鄭重《チェン・ジョン》は絶対に全人代閉幕までに李雪蓮《リー・シェリエン》を捕まえろと厳重に命令した。李雪蓮《リー・シェリエン》がこの三日の間に何か起こしたら、ただでは済まないだろう。自分がクビになる前に全員の公職を解除するに違いない。王公道《ワン・コンタオ》はそう言ったが、彼の部下たちはその様子を見て本気にした。李雪蓮《リー・シェリエン》を捜索するにも、それまでの十数日に比べさらに力が入った。皆もあと三日で終わると思うと、この肝心要の時に何かあってはいけないと思った。十数日間が無事に過ぎたのに、最後の最後に何かあれば、ロバを盗めないばかりか、ロバをつないだ柱を抜くことも出来ないのと同じだ。責任を追及されたら、さらに濡れ衣を着せられてしまう。王公道《ワン・コンタオ》は李雪蓮《リー・シェリエン》を捕まえられるとは思ってなかったが、皆が更に力を入れて、行くべき所に三日に一度行っていたのが一日に二度行くようになって二日が経ち、岳各荘農貿市場で李雪蓮《リー・シェリエン》を捕まえることが出来たのだった。厳密に言えば捕まえたのではなく、全員と李雪蓮《リー・シェリエン》が偶然にも岳各荘で行きあったのだった。あるいは、この偶然の遭遇は王公道《ワン・コンタオ》たちと李雪蓮《リー・シエリエン》とは関係なく、牛頭鎮衛生院の安静《アン・ジン》に感謝すべきだったかもしれない。牛頭鎮衛生院の安静《アン・ジン》がしつこく金の返済を迫らなければ、行きあわなかったかもしれないのだ。

いずれにしても、李雪蓮《リー・シエリエン》を捕まえることが出来て王公道《ワン・コンタオ》はやはり嬉しかった。胸のつかえがついに取れた。県長鄭重《チェン・ジョン》はろくでもない奴で、裁判所の人間を北京に派遣すると同時に内緒で警察の数十人も派遣していたが、李雪蓮《リー・シエリエン》を捕まえて手柄を立てたので、王公道《ワン・コンタオ》が李雪蓮《リー・シエリエン》を捕まえたとなれば警察の数十人はムダ骨というものではないか。数十人が十数日、北京で飲み食い寝泊まりした金は誰が払うんだ？　李雪蓮《リー・シエリエン》が岳各荘農貿市場で身も世もなく泣いている時、王公道《ワン・コンタオ》はそれに背を向けて県長鄭重《チェン・ジョン》に電話をし、李雪蓮《リー・シエリエン》を捕まえたことを報告した。

「鄭県長、李雪蓮《リー・シエリエン》はとうとう我々が捕まえました。十数日の苦労の甲斐がありました」

さらに言った。

「秦玉河《チン・ユイホー》の事故死のことも伝えました。お聞きください。泣いています」

続けて言った。

「これを聞いて告訴できないと分かったので、人民大会堂に乗りこむこともありません」

県長鄭重《チェン・ジョン》は李雪蓮《リー・シエリエン》がとうとう捕まったと聞き、胸のつかえがとれた。だが、鄭重《チェン・ジョン》の胸のつかえがとれたのと王公道《ワン・コンタオ》の胸のつかえがとれたのとでは異なる。王公道《ワン・コンタオ》はそのものずばり、北京で李雪蓮《リー・シエリエン》を捕まえて手柄を立て、すぐに帰ればいいだけのことだった。鄭重《チェン・ジョン》が喜んだのは、今回李雪蓮《リー・シエリエン》を捕まえたのは例年李雪蓮《リー・シエリエン》を捕まえたのと違い、秦玉河《チン・ユイホー》が死んだのだから李雪蓮《リー・シエリエン》は今回北京で騒ぎを起こさないだけでなく、今後も永遠に事を起こさないからである。毎年ことを起こす根っこが秦玉河《チン・ユイホー》によって抜き取られたのだ。李雪蓮《リー・シエリエン》は二十年間告訴してきて雪だるま式にことが膨れ上がり、ゴマがスイカになり、アリがゾウになり、李雪蓮《リー・シエリエン》は現代の小白菜として有名人になった。それがとうとう白菜は熟して鍋に落ちたのである。さらに妙なことに白菜は別の人によって煮崩されたのでなく、自分たちによって煮崩されたのだ。ロバをつないだ柱は別の人に引っこ抜かれたのでなく、自分たちが引っこ抜いたのだ。ゴマもアリもなくなり、おかげでスイカとゾウも成仏した。人一人の死がこれほど大きな解放感をもたらしたことはない。一人の人が死んだことが別の人たちにこれほどの喜びをもたらしたことはない。その喜びと解放感のせいで、裁判所長王公道《ワン・コンタオ》の過去の失策と犯した過ちを鄭重《チェン・ジョン》は一切咎めないことにした。鄭重《チェン・ジョン》は電話口で王公道《ワン・コンタオ》に言った。

「皆にご苦労だったと伝えてくれ。県に戻ったら、全員に祝いの酒をご馳走すると」

王公道《ワン・コンタオ》も県長鄭重《チェン・ジョン》が喜んでいるのを見て、これも過去の鄭重《チェン・ジョン》に対する恨みと不快がすっかり雲散霧消して、喜んで言った。

「皆に代わって鄭県長にお礼を申し上げます。李雪蓮《リー・シエリエン》が泣きやんだら、彼女を連れて県に帰ります」

鄭重《チェン・ジョン》は電話を切ると、また取り上げて市長馬文彬《マー・ウェンビン》に電話した。ついに解放されましたと鄭重《チェン・ジョン》は市長馬文彬《マー・ウェンビン》に報告した。鄭重《チェン・ジョン》が馬文彬《マー・ウェンビン》に報告するのは、王公道《ワン・コンタオ》が鄭重《チェン・ジョン》に報告したのと違っていた。王公道《ワン・コンタオ》は手柄を争っての報告だが、鄭重《チェン・ジョン》の報告は手柄を争ったのではなく、馬文彬《マー・ウェンビン》にも王公道《ワン・コンタオ》のように少しでも早く胸のつかえをとらせてやるためだった。胸のつかえをとらせるのは単に馬文彬《マー・ウェンビン》をこの件から解放させてやるためではない。馬文彬《マー・ウェンビン》は李雪蓮《リー・シエリエン》のことで鄭重《チェン・ジョン》に「失望した」と言った。馬文彬《マー・ウェンビン》が誰かに失望するというのは、その人間の政治生命が危ういということだ。鄭重《チェン・ジョン》は少しでも早くこの「失望した」を撤回させて、「失望した」から解脱したかったのだ。李雪蓮《リー・シエリエン》が山東で逃亡した時、鄭重《チェン・ジョン》はすぐに馬文彬《マー・ウェンビン》に電話せずに市政府の秘書長に電話して、秘書長に馬文彬《マー・ウェンビン》には内緒にしてくれるよう頼んだ。今度はことが片づいたので、一刻も早く馬文彬《マー・ウェンビン》に電話して報告したかった。悪い知らせは馬文彬《マー・ウェンビン》に電話する勇気がなかったが、今回はいい知らせである。そこで、鄭重《チェン・ジョン》は秘書長を跳び越えて、直接、馬文彬《マー・ウェンビン》に電話した。馬文彬《マー・ウェンビン》はまだ北京で全人代の会議中で、明日終わるところだった。電話が通じると、鄭重《チェン・ジョン》は一気に李雪蓮《リー・シエリエン》の前夫の秦玉河《チン・ユイホー》の交通事故のいきさつをはっきりと説明した。はっきり説明したのは李雪蓮《リー・シエリエン》が今年、ことを起こさないことを言うためでなく、李雪蓮《リー・シエリエン》が永久にことを起こさないと言うためだった。告訴というゴマとアリがなくなり、スイカとゾウからも永久に解放されたのだった。実は李雪蓮《リー・シエリエン》が山東から逃げたことは、その日の夜に馬文彬《マー・ウェンビン》は知っていた。こんな大事なことを秘書長が市長に隠しておけるはずがない。だが、馬文彬《マー・ウェンビン》はすぐに電話して鄭重《チェン・ジョン》を責めることをしなかった。責めても無駄なので責めなかったのだ。そして馬文彬《マー・ウェンビン》は鄭重《チェン・ジョン》に「完全に失望」した。鄭重《チェン・ジョン》に一刻も早く李雪蓮《リー・シエリエン》を捕まえるよう厳しく秘書長から督促させた。李雪蓮《リー・シエリエン》が本当に捕まらず李雪蓮《リー・シエリエン》がことを起こしたら、とんでもないことになる。起こるべきことがすべて起こり、止めようにも止められなくなる。この時、馬文彬《マー・ウェンビン》はつくづく思った。政治というのは実に危うい職業である、と。悪い奴がのさばるのを見るだけで、悪い奴がやっつけられるのを見ることは出来ない。だが、馬文彬《マー・ウェンビン》も思いもかけなかったことに、李雪蓮《リー・シエリエン》の案件はゴマとアリが突然消えて片づいてしまった。鄭重《チェン・ジョン》の報告を聞いて、馬文彬《マー・ウェンビン》の胸のつかえも一緒にとれた。だが、馬文彬《マー・ウェンビン》は鄭重《チェン・ジョン》のようには興奮もせず、喜びもせずに言った。

「それは意外だったな」

鄭重《チェン・ジョン》は馬文彬《マー・ウェンビン》が秦玉河《チン・ユイホー》の事故のことを言っているのだと思い、慌てて言った。

「本当です。秦玉河《チン・ユイホー》は車ごと揚子江に落っこちたんです」

ところが、馬文彬《マー・ウェンビン》はこう言った。

「私が言ってるのはそのことじゃない。今回の事件の解決が我々が努力した結果ではなく、意外な事故のせいで終止符が打たれたことを言ってるんだ。ことは解決すべくして解決したのではない。こういう局面の出現を意外だと言ったんだ」

鄭重《チェン・ジョン》は電話の向こうで押し黙った。馬文彬《マー・ウェンビン》はさらに厳しい調子で言った。

「李雪蓮《リー・シェリエン》の件は解決したが、我々の考え方は変わっていない。我々の指導能力も向上していない。我々がことを制御し、導くレベルは相変わらずだ。やはりあの言葉に尽きる。千里の堤もアリの穴で潰れる。さっき、おまえもアリだと言っただろう。それと、小さなことから断つ、小に因りて大を失う、だ。李雪蓮《リー・シェリエン》の件で今年は何度もかき回されたが、今年だけではない。二十年間、かき回され続けたのだ。どこに問題があったと思う？　大きな方面で問題が起こったのなら、私も何も言わん。やはり、他のどんなこととも同じように、私が何度も言っているように、小さな方面でことは起こり、些細なことが原因で起こるのだ。鄭よ、くれぐれも気を緩めるなよ。李雪蓮《リー・シェリエン》の件が解決したからとすべてが解決したと思うな。李雪蓮《リー・シェリエン》の件から深い教訓を汲み取らなければならない。でないと、李雪蓮《リー・シェリエン》はいなくなってもまた別の王雪蓮が現れるぞ」

報告の結果がこんなことになろうとは、これも鄭重《チェン・ジョン》が思いもかけないことだった。喜びの報告の電話のはずが馬文彬《マー・ウェンビン》からまた叱責される羽目になった。鄭重《チェン・ジョン》はまた全身からどっと冷や汗が吹き出て来た。だが、鄭重《チェン・ジョン》はすぐに言った。

「馬市長、ご安心ください。必ずや李雪蓮《リー・シエリエン》の件から深い教訓を汲み取り、小さなことから入手し、細部から入手して、更に深く更にしっかりと仕事をし、小さなことを疎かにせず、小さなことで大きなことを逸して、千里の堤をアリの穴で潰すようなことはしません！」

馬文彬《マー・ウェンビン》は言った。

「それから、あの女性の告訴が成立しなくなったとは言っても、すぐに彼女を県に連れ帰るんだ。全人代はまだあと一日ある。切羽つまって北京で何か引き起こすことのないように、これも細部の一つだぞ」

「馬市長、どうかご安心ください。あの女性はすでに裁判所の人間と一緒です。すぐに彼らに県に連れ戻させますので」

十五

馬文彬《マー・ウェンビン》が電話で鄭重《チェン・ジョン》に李雪蓮《リー・シエリエン》を県に連れ戻すように言い、鄭重《チェン・ジョン》が電話で王公道《ワン・コンタオ》に李雪蓮《リー・シエリエン》を県に連れ戻すように言ったのに、王公道《ワン・コンタオ》は李雪蓮《リー・シエリエン》を県に連れ戻さなかった。県に連れ戻さなかったのは王公道《ワン・コンタオ》たちが連れ戻したくなかったからでも、李雪蓮《リー・シェリエン》がどうしても帰らないと騒いだからでもなく、李雪蓮《リー・シェリエン》が岳各荘農貿市場で大泣きした時に泣き続けるうちに突然意識を失ったからである。李雪蓮《リー・シェリエン》は大病したばかりで河北の牛頭鎮から北京まで無理して出て来て、身体が相当に衰弱していた。借金の返済を迫られ告訴にも間に合わなければならず、そうでなくても焦っていたのに秦玉河《チン・ユイホー》が死んだと突然聞かされて、十数日間の苦労がムダ骨になってしまった。今年の十数日間だけでなく、この二十年間の苦労もすべてムダになってしまった。どれもこれも腹立たしく、どれもこれもなおざりに出来ないことばかりだった。泣き続けるうちにドタッと地面に倒れてしまったのである。王公道《ワン・コンタオ》たちはびっくりした。李雪蓮《リー・シェリエン》と秦玉河《チン・ユイホー》の息子の秦有才《チン・ヨウツァイ》が慌てて李雪蓮《リー・シェリエン》を抱きかかえ、楽小義《ラー・シャオイー》も銀行から金を下ろして戻ってきた。皆で何とか協力して李雪蓮《リー・シェリエン》を岳各荘農貿市場の裏手にある楽小義《ラー・シャオイー》が借りている一間の民家に運びこんだ。李雪蓮《リー・シェリエン》はベッドに横たわったままで意識が戻らないだけでなく、また高熱を出し始めた。意識不明で高熱の人間が長旅に適さないのは明らかだ。李雪蓮《リー・シェリエン》は意識がなくなすがままなので、どうしても彼女を連れ帰ろうと思えば彼女には分からないはずだった。だが、王公道《ワン・コンタオ》はそうはしたくなかった。李雪蓮《リー・シェリエン》が病気と刺激とで途中で死ぬことを怖れたのだ。秦玉河《チン・ユイホー》が死んだばかりなのに、このうえまた李雪蓮《リー・シェリエン》が死んでしまったら、秦玉河《チン・ユイホー》が死んだのは良いことだったが、李雪蓮《リー・シェリエン》が万が一、道中亡くなりでもしたら大事である。秦玉河《チン・ユイホー》は交通事故死で自分で死んだわけだが、李雪蓮《リー・シェリエン》が途中で死んだりしたら一番の責任者は王公道《ワン・コンタオ》になる。王公道《ワン・コンタオ》は困り果てて、また鄭重《チェン・ジョン》に電話をした。鄭重《チェン・ジョン》とても重病の李雪蓮《リー・シェリエン》を連れ帰る責任は負いたくない。しばらく呻吟してから言った。

「面倒なことになったな」

またしばらく呻吟して言った。

「こうしよう。全人代はあと一日で終わる。連れ戻せないのなら、そこで彼女を見張っておき、全人代が完全に終わったら引き上げて来い」

こうなったら、そうするほかない。王公道《ワン・コンタオ》は裁判所の十七人全員を岳各荘に集合させて順番で見張らせることにした。三人一組で一組四時間ずつ、順番に楽小義《ラー・シャオイー》の家の前をぶらつかせて李雪蓮《リー・シェリエン》を見張った。見張りは半時間に一度、中に入って李雪蓮《リー・シェリエン》の動静を監視した。王公道《ワン・コンタオ》と副所長はそれぞれ見張りの指導役を務め、これも四時間ずつ交代とした。だが、彼ら二人は見張りの間も家の外に停めたパトカーに座って休んでいい。幸い、昼から夜まで、夜から翌朝早くまで、朝から昼まで、李雪蓮《リー・シェリエン》はずっと目を覚まさなかった。翌日の午前十一時半に農貿市場向かいのビルのスクリーンが全人代が閉幕したことを報道した。新しい政権が誕生した。会場は万雷の拍手に包まれた。王公道《ワン・コンタオ》たちも歓呼した。十数日間の仕事がついに円満に終了したのである。上から下までが、とうとうこの一件から解放された。それも今年だけでなく、過去の二十年間からも解放された。過去が解放されただけでなく、今後も永久に李雪蓮《リー・シェリエン》の件からは解放されるのである。裁判所の十七人は王公道《ワン・コンタオ》の指揮のもと、岳各荘農貿市場から引き返し始めた。秦有才《チン・ヨウツァイ》は母親の李雪蓮《リー・シェリエン》がまだ意識不明なので、王公道《ワン・コンタオ》と相談して残ることにした。

李雪蓮《リー・シェリエン》は楽小義《ラー・シャオイー》の家でずっと意識不明のままだった。その病状から本来は病院に連れて行くべきなのだが、楽小義《ラー・シャオイー》は李雪蓮《リー・シェリエン》の牛頭鎮衛生院の借金を肩代わりしたばかりで余分な金がなかった。秦有才《チン・ヨウツァイ》も余分な金は持ってない。二人とも李雪蓮《リー・シェリエン》を入院させる金がないので、楽小義《ラー・シャオイー》は社区の衛生室の医者を小屋に呼んできて李雪蓮《リー・シエリエン》に点滴を打ってもらった。二日点滴しても李雪蓮《リー・シエリエン》は目覚めない。秦有才《チン・ヨウツァイ》は落ち着かなくなった。田舎では秦玉河《チン・ユイホー》の葬儀が彼を待っている。秦有才《チン・ヨウツァイ》は楽小義《ラー・シャオイー》と相談して田舎に帰った。

李雪蓮《リー・シエリエン》は更に二日間昏睡して、ようやく目を醒ました。目が醒めると自分がどこにいるのか、分からなかった。楽小義《ラー・シャオイー》を見て、周囲を見回して、ようやく自分が楽小義《ラー・シャオイー》の家にいるのに気がついた。意識不明に陥る前のさまざまなことがやっとはっきり蘇ってきた。すべてを思い出すと隔世の感があった。楽小義《ラー・シャオイー》は李雪蓮《リー・シエリエン》が意識を取り戻したのを見て喜んだ。急いで鍋の中の粟のお粥を李雪蓮《リー・シエリエン》に食べさせた。

「姉さん、驚かせるなよ」

李雪蓮《リー・シエリエン》は起き上がろうとして言った。

「小義《シャオイー》、すっかり迷惑かけたわね」

楽小義《ラー・シャオイー》は昔ながらの楽小義《ラー・シャオイー》で少しも迷惑そうでなく言った。

「姉さん、何を言うんだ。人の命は何よりも大事じゃないか」

李雪蓮《リー・シエリエン》は感動して言った。

「小義、立て替えてくれた金のことは心配いらないわ。うちには家もあるから、家を売れば返せるから」

「姉さん、何を言うんだよ」

李雪蓮《リー・シエリエン》の目から涙が溢れ出て来た。楽小義《ラー・シャオイー》は李雪蓮《リー・シエリエン》の告訴のことや、いまの彼女の進退窮まった結末を知っていた。李雪蓮《リー・シェリエン》の気まずい思いを知っているからこそ、楽小義《ラー・シャオイー》は李雪蓮《リー・シェリエン》に勧めた。

「姉さん、病気が良くなっても家に帰りたくなかったら、俺とここで太刀魚を売ろうぜ」

李雪蓮《リー・シェリエン》の目にまた涙が溢れて来た。

「小義」

また三日が過ぎ、李雪蓮《リー・シェリエン》の熱はついに下がって起き上がれるようになった。さらに三日が過ぎ李雪蓮《リー・シェリエン》は歩けるようになり、楽小義《ラー・シャオイー》の食事の支度を手伝えるようになった。李雪蓮《リー・シェリエン》が自分のことは自分で出来るようになったのを見て、楽小義《ラー・シャオイー》は安心して表にある農貿市場に太刀魚を売りに出かけた。

その日の朝早くも二人は朝食を食べ、楽小義《ラー・シャオイー》は農貿市場に太刀魚を売りに行った。李雪蓮《リー・シェリエン》は洗い物をし、昼食を作り始めた。昼食を作り終えると、出来たおかずを盛りつけ、茶碗をテーブルに伏せた。それから、テーブルに座って、メモを書いた。

小義、ありがとう。私は行くわ。借金の返済についてはすでに言った通りだから。

それから、自分の鞄を持って外に出た。家に帰るためではない。死に場所を探すためだ。死ぬ方法も考えてあった。首吊りである。首を吊るのは秦玉河《チン・ユイホー》が死んだからでも、告訴の理由がなくなり二度と告訴出来なくなり、二度と汚名を雪《そそ》ぐことが出来ないからでもない。秦玉河《チン・ユイホー》の死で李雪蓮《リー・シェリエン》の告訴が笑い話となってしまったからだ。李雪蓮《リー・シェリエン》の告訴はもうすでに以前の告訴ではない。二十年間で、ゴマがスイカとなり、アリがゾウとなっていたのに、ゴマとアリが突然消えてしまい、告訴の連鎖が断たれて告訴が出来なくなってしまった。連鎖が断たれて笑い話となり、告訴全体も笑い話となってしまった。今年の告訴が笑い話となっただけでなく、二十年来の告訴も笑い話となってしまった。告訴が笑い話となっただけでなく、告訴する人までが笑い話となってしまった。ゴマが自分で飛んで行ってしまい、アリが自分で巣を壊してしまった。まして、今年の告訴はこれまでの告訴とは違っていた。今年は人に騙されて体まで騙されてしまった。体を騙されたことを天下に知られてしまい、李雪蓮《リー・シェリエン》は本当に潘金蓮になってしまった。この結末自体が笑い話であった。告訴で勝てないのはただの仇だが、告訴が笑い話となってしまった。告訴に勝てないのはただの仇だが、告訴が笑い話となれば仇ではなく恥である。仇だけなら生きていくことも出来るが、恥をかいたままで生きていくことは出来ない。言うではないか。おめおめと生き恥をさらすな、と。それが李雪蓮《リー・シェリエン》の今の心境だった。だが、死にたいと思い首吊りを思いついたものの、どこで首を吊るかで李雪蓮《リー・シェリエン》はまたはたと困ってしまった。李雪蓮《リー・シェリエン》は本当は自分の仇の目の前で首吊りしたかった。趙大頭《チャオ・タートウ》の家の前で、県の裁判所の前で、県政府の前で、市政府の前で首を吊って、死んでも奴らを困らせてやりたかった。だが、告訴が笑い話となったために人の軒先で首吊りする理由がなくなった。無理に首を吊ればそれも笑い話となってしまう。生きていることが笑い話なだけでなく、どこで死んでも笑い話となるのであれば、李雪蓮《リー・シェリエン》は死ぬに死にきれない。この死ぬに死にきれないというのも、口にすれば笑い話となってしまう。人が死ぬに死にきれないというのはよほど恨みがあるか、貧しいせいだが、李雪蓮《リー・シェリエン》が死ぬに死にきれないのは恥と笑い話のせいなのだ。

岳各荘を出てから李雪蓮《リー・シェリエン》は考え考え歩いて、市の中心地ではなく郊外へと向かった。死ぬに死にきれないと思うと気が楽になり、どこでもいいから適当な場所で死んでしまおうと思った。昼まで歩き続けて山道に出た。山はどこもかしこも桃の木だらけだった。二十日間以上、告訴と意識不明のせいで外の景色に注意を払わないでいたら、二十日間余りが過ぎて春が来て、桃の花が満開になっていた。山道の桃の花は見事に咲き誇っていた。李雪蓮《リー・シェリエン》が桃の花の林に入ると、そこの洞窟に小屋があるのに気づいた。小屋の扉は開いていて、中には布団や鍋釜があり、地面には枝を切る鋸やハサミや梯子やらの道具があった。桃の木の剪定をする人がここに住んでいるらしい。春になり、桃の木も枝を切り揃えるのだろう。李雪蓮《リー・シェリエン》は山道を登り、また下って行った。前方の山は日当たりが良く、桃の花がさらに真っ赤に咲き誇っている。李雪蓮《リー・シェリエン》は桃の林の奥深くまでやって来ると、その景色を眺めて思った。

「ここにしよう」

山一杯に咲く桃の花を見て、また思った。

「どこでもいいと思ったけど、どこでもいいわけじゃないわ」

自分の鞄のチャックを開けると、中から用意してきた縄を取り出した。左右を見渡し、大きな太い桃の木を選んで、木の股に縄を投げた。縄が木にかかると桃の花が散った。縄で輪を作ると岩を運んできた。岩の上に立ち、首を輪にくぐらせ、足で岩を蹴れば人は木に宙吊りになる。だが、李雪蓮《リー・シェリエン》が息を切らす前に、彼女の両足は誰かに捕まれていた。その人は李雪蓮《リー・シェリエン》の体を上に持ち上げながら、息を切らして李雪蓮《リー・シェリエン》に怒った。

「奥さん、俺たちに何の恨みもないのに、ひどいことをしないでくれ」

そうして李雪蓮《リー・シェリエン》を無理やり下ろした。中年の男だった。

「あんたの様子を見てたんだ。何か盗みに来たのかと思えば、死にに来たとは」

李雪蓮《リー・シェリエン》は解せずに言った。

「私が死んだら、あんたがどうして困るの」

中年男はむきになった。

「簡単に言うが、この桃の林は俺が請け負ってるんだ。秋になると都会の人が摘みに来るんだよ。山道の下に桃狩りという看板があっただろう。ここで首吊り自殺があったと知ったら、誰が桃狩りにやって来るんだい」

李雪蓮《リー・シェリエン》はようやく相手の言ってることを理解し、おかしくなった。どうやら自分は本当に死ぬに死にきれないらしい。李雪蓮《リー・シェリエン》は驚いて聞いた。

「じゃあ、私はどこに行けばいいの」

相手も驚いて李雪蓮《リー・シェリエン》をまじまじと見た。

「本当に死にたいのかい」

「人が死にたいと思ったら誰にも止められないわ」

「なんで死にたい」

「ひと言では説明できないわ。説明できるくらいなら死にはしないわよ」

その男は向かいの山を指さして言った。

「本当に死にたいなら、俺を助けてくれ。向かいの山も桃の林だ。花も咲いている。あっちは曹《ツァオ》が請け負ってる。あいつは俺のライバルなんだ」

さらに言った。

「よく言うだろう。同じ一本の木で死ぬな、と。死ぬ木を換えてもたいした手間じゃないはずだ」

その言葉を聞いた李雪蓮《リー・シエリエン》はプッと吹き出した。

第三章
正文：人生は遊びだ

一

××省に××県というところがある。××県城の西街に有名な飯屋「又一村」がある。この店が有名なのは店の料理「連骨熟肉」のせいだ。「又一村」は「連骨熟肉」の他に、臓物のスープや焼餅、冷菜、各種酒類を売っている。臓物スープ、焼餅、冷菜は他の店と似たり寄ったりだが、「連骨熟肉」だけは他では食べられない。他の店は肉を大鍋で煮込み、くたくたに煮込むと肉と骨が離れる。「又一村」の肉は煮込んでも骨が離れない。味が肉だけでなく骨にまで浸みこむ。肉を食べ、骨を残して骨の髄までしゃぶっても味わいが減らない。味わいだけでも他とは違い、しょっぱさの中に香しさがあり、香しさの中に甘みがあり、甘みの中に辛さがあり、辛さがまた爽やかで滑らかである。この県に来る人は、ご馳走を食べるなら「太平洋海鮮城」

に行き、小吃を食べるなら県城の西街にある「又一村」で「連骨熟肉」を食べる。通の食べ方は買ってその場で食べる。肉を鍋から出したてのところをふうふうさせながら肉をちぎって食べる。肉をふうふういって食べながら酒を飲むと、二両しか飲めない酒が半斤は飲める。「又一村」は一日に大鍋二つ分の肉を煮る。お昼に一鍋、夕方に一鍋。客は皆、この肉が目当てなので飯時になると店の前に行列が出来る。「又一村」の規則では店で飯を食う人だけが肉を買える。飯を食わずに肉だけ買うには、飯を食べる人が買い終わって残れば買える。飯を食っても肉が買えるとは限らない。その日の客が多いか少ないか、行列の前のほうに並んだかどうかによる。よそから来た者はよくこう聞く。こんなに売れるんだから、どうしてもっとたくさん煮ないんだい？　店主の史《シー》は言う。疲れたくないからさ。

二

史《シー》は今年で六十になる。肉を売る合間に麻雀を好む。店は一日に二鍋分煮るだけなので、麻雀を楽しむ時間があるというわけだ。肉を売るのも疲れたくないが、麻雀も疲れてはいけない。一週間に史《シー》は一度しか麻雀をしない。時間も決まっている。木曜日の午後三時から始めて夜の十一時までの八時間である。麻雀友だちも決まっている。酒工場経営の布《プー》と、酒タバコの卸売りの王《ワン》と、銭湯経営の解《シエ》だ。毎年毎月、時は移ろっても人は変わらない。勝負が終われば勝ち負けも同じぐらい、儲けもすったのも同程度、一緒に時間をやり過ごすのにちょうどいいわけだ。

　四人が麻雀をするのは「又一村」だ。木曜の午後は史《シー》は店の個室を空ける。店にひと皿分余計に「連骨熟肉」を作らせ、四人の晩飯用にする。晩飯の時は酒も飲む。酒は酒工場を経営する布《ブー》が持ってくる「一馬平川」だ。「連骨熟肉」を食べ、「一馬平川」を飲み、また麻雀を続けるのである。

三

　金曜日のこの日、史《シー》はある電話を受け取った。母方の叔母が東北の遼陽《リャオヤン》で亡くなったという。叔母の息子、つまり史《シー》の従弟が史《シー》に葬式に来てくれと言ってきた。史《シー》は従弟に叔母が死に際に何か言い残さなかったかと聞いた。従弟は言った。夜中に心筋梗塞で死んで、明け方に発見した時には冷たくなっていて何も言い残さなかった、と。史《シー》はため息をついて、東北の遼陽に葬式に行くことにした。葬式に行くことにしたのは叔母が何も言い残さなかったからではない。叔母にひと目会いに行こうと思ったのは自分の子どもの頃を思い出したからだ。史《シー》が子どもの頃、叔母の夫は東北の遼陽で兵隊をしていた。叔母は軍に従い遼陽の紡績工場の女工になり、五年も帰らなかった。史《シー》が八歳の年、叔父と叔母は故郷に帰って来て史《シー》家に史《シー》の両親に会いに来た。史《シー》の父親は外で働いている叔父と叔母を見るや、借金を申し入れた。叔父が何も言わないうちに、叔母がすぐに断った。そして言った。

「義兄さん、貸さないんじゃないのよ。うちは貧しい親戚が多いから、義兄さんだけに貸したら他の人たちに悪いし、全員に貸したら私はズボンまで売らなくちゃならなくなるからよ」

だが、食事の時になると、叔母は史《シー》をそばに引き寄せて、史《シー》の両親に内緒でこっそりと史《シー》に二元をくれた。叔母は言った。

「あんたが生まれた時、あんたを最初に抱いたのは私よ。この手でね」

当時の二元はいまの百元ぐらいに相当する。あの頃の給料はせいぜい数十元だった。その二元を史《シー》はずっと使わずに小学校二年から小学校六年までとっておいた。小学校二年から小学校六年まで、史《シー》はずっと懐に余裕がある気分だった。小学校六年になり史《シー》は一人の女の同級生を好きになり、二元から二角を引き出して模様のついたハンカチを買って女の子にやった。史《シー》は今でも覚えている。ハンカチには二羽の蝶々が印刷され、花びらの上を飛んでいた。

××県から東北の遼陽までは二千キロ以上ある。史《シー》が遼陽に着くと従弟が迎えに来て、弔問を済ませると昔話になった。葬式が終わり、遼陽から帰るのに北京で乗り換えると、いつのまにかもう年の暮れで、北京の駅は人でごった返していた。全国から来た人たちが故郷に帰って年を越すからだ。いつのまにかまた一年が経ったのだ。史《シー》は四時間並んだが、家に帰る汽車の切符は買えなかった。その日の切符が買えないだけでなく、三日先までの切符もない。なぜなら、その日は暮れの二十七日で誰もが故郷に帰るからだった。暮れが近くなると誰もが急いで帰りたがる。史《シー》は叔母の死が年の暮れであったことを嘆いた。そこで駅の附近に宿を探し、いっそのことここで年を越して正月の一日に家に帰ることにした。年越し前に皆がいなくなれば正月一日の切符はあるかもしれないからだ。そう考えると、家にいたからって何もすることもないのに北京で焦っても始まらないと思った。年末に急いで帰ることもあるまいと駅を出て南へと歩いて行くと、通りの東の一本入った横丁に数軒の旅館があった。横丁の人混みではさまざまな地方の言葉が聞こえ、皆、荷物を持った旅行客ばかりだ。史《シー》がさらに小さな横丁に入り宿の値段を聞こうとした時、携帯電話が鳴った。出ると、故郷で酒工場を経営する布《プー》からだった。布《プー》は言った。今夜、「又一村」の「連骨熟肉」を一皿欲しいのだが、布《プー》の親戚が来てどうしても史《シー》のところの「連骨熟肉」を食べたいと言うのだという。史《シー》が時計を見るともう六時近い。他のことなら、たとえ借金でも史《シー》は何も言わずに承知しただろう。だが、「連骨熟肉」となると史《シー》にもどうにも出来ない。なぜなら、それは「又一村」の規則で店の前には行列が出来ていて、裏からこっそり売るわけにはいかないからだ。いまは午後六時で、ちょうど行列が出来ている頃である。史《シー》がためらっているとと布《プー》が言った。

「何しろ親戚なんだ。いまから店にあんたを訪ねて行くよ」

史《シー》は言った。

「店に来ても俺はいないよ」

「どうして？」

「北京にいるんだ」

史《シー》が北京にいると聞いて布《プー》は焦った。

「そいつは大変だ」

「たかが肉だろ。肉を食わなきゃ、親戚は死ぬわけじゃあるまい」

「肉のことじゃない。今日は水曜だろ。明日は麻雀の日じゃないか」

史《シー》もそこで今日は水曜だったかと気がついた。木曜の午後三時は四人で麻雀をする決まりだった。史《シー》は言った。

「汽車の切符が買えなくて帰れないんだ。今週は休むしかないな」

布《ブー》は言った。

「休めないよ。休んだら大変だ」

「たかが麻雀じゃないか。麻雀しなけりゃ、死ぬのかい」

布《ブー》が言った。

「俺は死なないが、解《シエ》が死ぬ」

「どういう意味だ」

布《ブー》は言った。

「解《シエ》はこのひと月、ずっと頭が痛くて一昨日病院に検査に行ったんだ。検査したら、脳腫瘍だと分かった。年が明けたら手術だそうだ。良性か悪性かはまだ分からん。良性ならいいが、悪性なら解《シエ》の奴は大変なことになる。解《シエ》にとって、これが最後の麻雀にならんとも限らん」

そう言うと布《ブー》は電話を切り、そもそもの用事の「連骨熟肉」のことも忘れてしまった。

史《シー》も携帯電話を切ると、これは大事だと思った。布《ブー》が言う解《シエ》も史《シー》の木曜の麻雀仲間の一人である。県城の南街で銭湯を経営している。実は麻雀の癖は解《シエ》が一番悪かった。勝つと得意になり口笛を吹いて歌を歌いだす。負けると牌を投げ捨て、唾を吐き、汚い言葉で罵る。だが、去年の冬のある日、史《シー》は解《シエ》を見直したことがある。その日の夕方、史《シー》は女房と口げんかをし、晩酌に少し飲み過ぎた。飲めば飲むほどむしゃくしゃしてくる。飯も食べ終わらないうちに、すっかり酔っ払ってしまった。酔って、家にいたくないのでヨタヨタと家を出た。女房も彼に腹を立てていたので止めなかった。家を出ると、いつの間にか綿雪が降ってきた。降り続ける雪の中、史《シー》はどこへ行くとも知れず県城の西街から南街へとふらふらと歩いて行き、解《シェ》の銭湯を見つけた。銭湯に入った途端、倒れて何も分からなくなった。翌朝、目を覚ますと銭湯のベッドに横になって隣りには解《シェ》がいた。ベッドの前には銭湯の三助が二人、肩にタオルを置いて立っている。気がつくと、自分の腕には針が刺さり、頭の上には点滴の瓶が吊り下がっていた。史《シー》は片方の手で薬瓶を指して言った。

「なんだい」

ベッドの前の三助の一人が言った。

「昨夜、人事不省になったので、主人が何かあっては大変と医者を呼んだんでさあ」

史《シー》が言った。

「酒を飲んだだけだ。何があるっていうんだ」

別の三助が言った。

「医者が言うには呼んでよかった。脈拍が百もある。もう少し遅かったら、今頃は死んでいたそうですぜ」

史《シー》はムキになって言った。

「死んだら死んだでいいさ。誰だって、いつかは死ぬんだ」

解《シェ》が隣りでかぶりをふって言った。

「そりゃ、いかん。あんたが死んだら、俺たちはどこで麻雀をやるんだい」
史《シー》はそれを聞いて胸が熱くなった。胸が熱くなったのは解《シエ》が自分を救ったからではない。肝心な時にその人の人柄が分かると思ったからだ。いま、解《シエ》が脳腫瘍で生死が分からないと聞き、この麻雀が解《シエ》の人生最後の麻雀になるかもしれないと思うと、史《シー》もこれは大変だ、ぜひとも帰らなければと思った。それも、明日の午後三時までに帰って麻雀に間に合わせなければならない。だが、切符はもうない。どうやって汽車に乗ればいいのか。だが、史《シー》は横丁から駅に取って返し、切符の払い戻し所に行ってキャンセル待ちをすることにした。だが、年の暮れで誰もが家に帰ろうという時で切符すら買えないのに、払い戻しする者がいるだろうか。史《シー》は駅の宿直主任を訪ね、家に急病人が出てどうしても一枚手に入れたいのだと頼んだ。宿直主任は史《シー》を同情して見て、史《シー》のような状況は今日だけで三十人はくだらない、だが、汽車の座席はあるだけでそのいずれも売り切れてしまっている。どこに空席があるというのか。ないと言ったら、ないんです、と言った。史《シー》は駅の広場でダフ屋から高値で買おうかとも思ったが、年の暮れで駅の中も外も警官ばかり、ダフ屋の一人も見当たらなかった。焦っているうちに駅の広場には灯りが点り、一日が暮れていこうとしていた。その時、史《シー》は突然、ある方法を思いついた。鞄から紙を一枚とペンを取り出すと、紙にさらさらと字を書いた。

訴えたいことがあります。

そうして、紙を頭の上に掲げた。一分もしないうちに四人の警官が飛んできて、史《シー》を陳情者と見て地面に押さえつけた。

四

陳情者の史《シー》を地元に護送する役目を負ったのは北京の二人の協警で、一人は董《トン》といい、もう一人は薛《シエ》といった。協警とは警官の手伝いのようなもので、警官ではないのだが警官の仕事をする。汽車は大変な混みようで座席はなかった。だが、陳情者を家に送り返す以上、混雑には制限されない。年末となれば余計に陳情させるわけにいかない。列車長は乗務員の休憩車両に史《シー》と董《トン》と薛《シエ》のために寝台席を二つ確保した。陳情は違法ではないので、董《トン》と薛《シエ》も史《シー》に手荒な真似はしない。手荒な真似をしないどころか、史《シー》を途中で逃がしてはいけないのでかなり気を遣った。列車長が二つ寝台席を都合すると、彼らは一つに史《シー》を座らせ、二人で一つの席に詰めて座った。汽車が発車すると史《シー》はホッとして、董《トン》と薛《シエ》もホッとした。董《トン》と薛《シエ》は史《シー》を見張り、史《シー》は窓の外を見つめた。汽車が豊台を過ぎると董《トン》は史《シー》に聞いた。

「何だったんだい。年の瀬に北京まで陳情に来るとは」

史《シー》は窓の外を見つけたまま言った。

「あんたらに言っても仕方ないことさ。言ったら、解決してくれるのかい」

董《トン》と薛《シエ》は顔を見合わせた。正式な警官でない彼らには確かに何も解決は出来ない。

何も解決できないので二人は史《シー》を説得し始めた。董《トン》が言った。

「どんなことだろうと、ことが起こった地元で解決することだ」

薛《シェ》が言った。

「安心しろ。この世に解決できない矛盾はないから」

そうこうするうちに食事の時間になり、董《トン》は弁当を三つ買って言った。

「陳情は陳情だ。飯は食わないとな」

史《シー》は弁当を手にして食べた。董《トン》はホッとして言った。

「そうとも」

飯を食うと、薛《シェ》は紙コップにお茶を注いで史《シー》に手渡した。

「茶を飲めよ」

史《シー》は紙コップを手に茶を飲んだ。

飯を食い、茶を飲み、史《シー》は寝台に横になって寝た。史《シー》が寝たのを見ると董《トン》と薛《シェ》は交替で見張りをした。一人三時間ずつ、史《シー》を見張るのである。夜から朝にかけての三時間は薛《シェ》の番だった。薛《シェ》は熟睡している史《シー》を見ると何度かあくびをして、寝台に斜めになって董《トン》と一緒に寝こんでしまった。ふと目を覚ますと窓の外の太陽はすでに高く昇っている。薛《シェ》がハッとして冷や汗をかいて急いで向かいの寝台の史《シー》を見ると、史《シー》は寝台に横たわったまま、目を見開いて考えごとをしていて逃げる様子はない。薛《シェ》はまたホッとして親指を史《シー》に向かって突き立てて言った。

「仁義があるな」

五

××市で汽車を下り、また二時間バスに乗り、午後の二時に董《トン》と薛《シェ》は史《シー》を護送して、××県に着き、××県の警察に引き渡した。県の警察の人間もよく県城西街の「又一村」に「連骨熟肉」を食べに行くので、史《シー》とは顔見知りだった。その日の宿直警官は劉《リュウ》と言った。

劉《リュウ》は史《シー》が護送されてきたのを見て不思議に思って、頭を掻いて史《シー》に聞いた。

「史《シー》さん、どういうことだい。なんだって北京に陳情になんか行ったんだい。なんだって北京から護送されてきたんだい」

史《シー》はこの時、初めて本当のことを言った。

「してない、してない」

さらに言った。

「北京で乗り換えたら、汽車の切符が買えなくて、急いで麻雀に帰らないといけないのでこの手を使ったんだ」

また言った。

「遊んだのさ」

そう言って、さっさと帰って行き、劉《リュウ》を煙に巻いた。董《トン》と薛《シェ》もあ然とした。董《トン》は口ごもって言った。

「どういうことだ。こんな遊びがあるか」

薛《シエ》は机を叩いて言った。

「いい度胸をしてやがる」

外を指して言った。

「一体、何者だ」

そこで劉《リュウ》は簡単に董《トン》と薛《シエ》に紹介した。あの男は史為民《シー・ウェイミン》といって、二十数年前はよその地で県長をしていた。その後、ある事件に関わり、聞くところによると女性らしいが、史《シー》は何か私腹を肥やしたか汚職をしたかで職を解かれた。県長なら私腹を肥やせるが、県長でなくなれば大家族を養うことも出来ない。そこで故郷に帰って来て、西街で飯屋を開いた。飯屋の名を「又一村」という。「又一村」の「連骨熟肉」は評判だった。というのも、史の祖父がかつて太原でコックをしていて、この料理を伝えたのだそうだ。「連骨熟肉」はよく売れるが、史《シー》は一日に二鍋分しか作らない。唯一の趣味が麻雀で毎週木曜の午後は何があっても麻雀をするのだ、と。

六

県の警察の劉《リュウ》の紹介を聞いて、董《トン》と薛《シエ》は苦笑した。一つには、腹が立つやら、おかしいやらで、もう一度、史《シー》に会いたくなった。もう一つには、「連骨熟肉」の来歴を聞き、史《シー》の経歴を聞き、「又一村」に好奇心を抱き、××県に来たからには「連骨熟肉」を食べてみたくなった。二人は警察署を出ると大通りにやって来た。道を聞いて、「又一村」にやって来た。史《シー》を訪ねて来たと言うと、女の従業員が二人を個室に通した。個室では四人が麻雀で熱くなっているところだった。史《シー》がその中にいた。董《トン》はすぐに叱責して言った。

「史《シー》よ、ずいぶんだな。麻雀のために、党と政府を騙すとは」

薛《シエ》も叱責した。

「党と政府を騙したばかりか、俺たちのことも道中ずっと騙したんだからな」

史《シー》は牌を捨てながら言った。

「兄弟、話が逆だよ。党も政府も、あんたたちも麻雀に感謝しないと」

薛《シエ》が聞いた。

「どういうことだ」

「俺は陳情するつもりだったのに、麻雀と聞いて気が変わった。でなきゃ、あんたらが汽車で眠っている間にとっくに逃げてたさ」

さらに言った。

「俺が逃げていたら、あんたら二人の責任は重大だろう？」

董《トン》と薛《シエ》はあ然とした。董《トン》が言った。

「ウソを言うな。陳情すると言うなら、何を陳情するんだ」

史《シー》は手にした牌を停めて言った。

「二十数年前、俺が県長だったことは知ってるかい」

薛《シェ》が答えた。

「さっき聞いたばかりだ」

「あの時、クビになったのはこの世で最大の冤罪さ。二十数年、毎年陳情に行くべきだ。だが、党と政府のため、俺は煮え湯を呑んで家で肉を煮ているんだ。こっちは我慢してるのに、あんたらのほうがムキになるとは」

董《トン》と薛《シェ》はあ然とした。酒工場経営の布《プー》がうるさそうに董《トン》と薛《シェ》に手をふって言った。

「いい加減にしてくれよ。こっちは取り込み中だ」

そして、またイライラして酒タバコ卸屋の王《ワン》に言った。

「何をグズグズしている。さっさと出せよ」

王《ワン》は迷って、牌をふり出した。

「アービン」

銭湯の解《シェ》が大喜びで牌を倒した。

「あがり」

続けて芝居の歌を唄い出した。王《ワン》は布《プー》を責め、二人はケンカになった。史《シー》は興奮して顔を赤らめて言った。

「楽しいな」

七

董《トン》と薛《シエ》は麻雀部屋から出て来ると、「又一村」のホールに来て「連骨熟肉」を買おうとして、「連骨熟肉」を買う人の列が遠くまで伸びているのに気づいた。入った時は気づかなかったが、いまになってようやく「連骨熟肉」の人気のほどを知った。竈のほうを見ると、竈には鍋一杯の肉だけが煮られていて、これではいまから並んでもとても間に合わない。董《トン》は肉を煮ている従業員に近づいて、自分たちは北京から来たんだが肉四両だけ融通を利かせて売ってくれないかと頼んでみた。従業員は首をふって、四両どころか、ほんの少しだって売るわけにはいかないと言った。そんなことをしたら、並んでいる人たちに殴られる、と。董《トン》と薛《シエ》はかぶりをふって、どこか別の店に食べに行こうと外に出た。その時、董《トン》と薛《シエ》を史《シー》のところに案内した女の従業員が追いかけてきて、二人を呼んだ。

「ちょっと待ってください」

董《トン》と薛《シエ》が立ち止まった。

「なんだい」

「主人が汽車の中でご馳走になったから、今度はこっちがご馳走すると言ってます」

董《トン》と薛《シエ》は顔を見合わせ、従業員について「又一村」に引き返し、個室に入って行った。

テーブルを見ると熱々の湯気を立てた「連骨熟肉」がひと山と、その横には二本の「一馬平川」白酒が立っている。二人は喜んだ。薛《シエ》が言った。

「史《シー》さんは汚職役人だったが、心を入れ換えたと見える」

　二人はテーブルに着くと手を伸ばして、「連骨熟肉」を裂いて食べ始めた。肉を口に入れた途端、この「連骨熟肉」の旨さを知った。しょっぱさの中に香しさがあり、香しさの中に甘みがあり、甘さの中に辛さがあり、辛さの中に爽やかさと滑らかさがあった。味は肉だけでなく、骨にまでしみとおっている。肉を食べ、骨の髄をしゃぶっても味わいは減ることがない。董《トン》と薛《シェ》は普段は酒量が多くないのに、この肉とだとどんどんいけた。しばらくすると酒瓶は底をついた。ひと瓶飲み終えると、董《トン》はもうひと瓶開けた。その時、董《トン》が薛《シェ》に言った。

「薛《シェ》、今回の護送は戻ったらなんと報告する？」

　薛《シェ》が言った。

「本当のことは言えないな。ありのままに言ったら、笑い話になる」

　董《トン》も言った。

「笑い話になるだけでなく、俺たち二人が間抜けだと思われる。二千キロも旅して、どうして途中で気づかなかったのか、とな。飯のタネもなくす羽目になるかもしれん」

　薛《シェ》が言った。

「無事送り届けましたとだけ言おう」

　さらに言った。

「道中の教育の結果、当事者は今後は二度と陳情はしません、と言ったことにしよう。案件が二度と起こらなければ、俺たちは表彰されるかもしれん」

　董《トン》が言った。

「二度としないと言ったのなら、陳情の理由を知っとかないとな。史《シー》の陳情理由は何にする？」

薛《シェ》が言った。

「ありのままを言うのさ。県長を辞めさせられた件だと。これだと大事だし、深刻に聞こえる」

董《トン》が言った。

「そうだな。深刻なんだから笑い話にはならない」

盃を挙げて言った。

「飲もうぜ」

薛《シェ》も盃を挙げた、二人はカチャリと盃をぶつけて、乾杯した。

空はだいぶ暗くなってきた。年の瀬である。店の外では爆竹を鳴らす者も、花火を打ち上げる者もいる。窓の向こうに花火が空中を上がるのが見えた。色鮮やかな光が四方に飛び散った。

訳者あとがき

前作『盗みは人のためならず』の原題が『俺は劉躍進《リュウ・ユエジン》』で、こちらはその姉妹篇ともいうべき、『わたしは潘金蓮じゃない』という原題です。実は中国の大ヒット・メーカーで作者の盟友でもある映画監督馮小剛《フォン・シャオガン》が去年の暮れから映画化中で、同映画のタイトルは『私は李雪蓮《リー・シェリエン》』。ヒロイン李雪蓮《リー・シェリエン》を日本のサントリーの烏龍茶のCMでの見事な食べっぷりでなじみのある人も多い中国きっての美人女優の范冰冰《ファン・ビンビン》が演じており、中国国内ではこの九月の中秋節に公開予定だそうです。ちなみに范冰冰《ファン・ビンビン》の映画デビュー作も、やはりこの原作・脚本劉震雲《リュウ・ジェンイン》、監督馮小剛《フォン・シャオガン》のコンビで大ヒットを記録した『手機（携帯電話）』でした。

このヒロインの李雪蓮《リー・シェリエン》は実に痛快です。一介の農村婦人でありながら、というよりも、農村婦人であるからか、権力にも世俗的な成功者にもまったく臆することがなく、自分が納得いかないことには決して巻かれずに、理不尽な夫や地域の権力者たちに立ち向かって行きます。あの手この手で彼女を懐柔しよう、丸めこもうとする自分たちの利益しか考えない裁判所長や、県長、市長の思惑をしっかりと見抜くところは実にたいしたもので、心から快哉を叫び、応援したくなります。

こういう女性を主人公にしたのは、作者の劉震雲《リュウ・ジェンイン》の奥さんである郭建梅《グオ・ジェンメイ》さんが農村の女性たちの権利を守る人権派の弁護士であることと無関係ではないでしょう。ちなみに郭建梅《グオ・ジェンメイ》さんはそのために権力者が雇ったヤクザに恐喝や嫌がらせを度々受け、それに敢然と立ち向かったことを評価されて、オバマ大統領のミシェル夫人とヒラリー・クリントンに表彰もされています。それだけでなく、小説内の描写で裁判所の組織や人間関係にやたらと詳しいあたりも奥さんに取材したのでは？　と思われます。

一方で、対する役人たちのいかにもせこい、自分の保身にだけ汲々とするさまも傑作です。まず、彼らの名前からして笑えます。裁判官が王公道、退役軍人で法律になどまったく興味のない裁判専属委員が董憲法、己の出世のことしか頭にない裁判所長が荀正義、その他、安く土地を奪われた大衆の集団抗議を警察力で弾圧した県長の名が鄭重だとか、これ以上の皮肉はないという名前のオンパレードなのです。そして、最高に秀逸なのは、全人代の分科会の描写です。何を討論しても採決は決まっているという予定調和の最高決議機関をおちょくって見事です。某国の国会のような居眠りや携帯チェックなど絶対にすることのない真剣そのものの会議の様子が毎年テレビで放映されますが、シナリオ通りの進行に発言者から千篇一律の発言内容までが決まっている会議の不毛さをあますことなく描き、中央に何か言われると、あっという間に指示されてもいないことまで先走って下へ下へと責任転嫁していく中国の官僚たちのふるまいがユーモアたっぷりに描かれます。あまりに生き生きとした描写ぶりに、人民代表ではないだろうけれど、作家や芸能界からも選ばれるという協商委員になって全人代に出席したことがあるのかと思って作者に聞いたところ、テレビで見ただけ、とのことで、さすがは以前の作品で役人社会の通俗ぶりを喝破した作者だけのことはあります。

最近の中国は本当に全国各地からの陳情者が後を絶たず、北京で何かイベントがあるとその取締りに政府が躍起になっていることは有名です。北京オリンピックの時は設備建設にはたくさん地方からの出稼ぎ労働者を駆り出したのに、オリンピック開催期間中は外国人の目に触れないよう、地方からの出稼ぎ労働者を追い出したのは有名な話です。鳥の巣と呼ばれるスタジアムの共同設計デザインを担当したアーティストの艾未未《アイ・ウェイウェイ》がそのことで目を醒まして、オリンピックの開会式にも出ず、ボイコットしたこともありました。小説に出てくる「役人は人民の公僕ではないのか。庶民の主人だと思っている役人が多すぎる」という言葉が読む者の心に響きます。その公僕を騙すという第三章のエピソードも実に痛快です。役人の世界から足を洗って自由人となった元県長の史為民《シー・ウェイミン》の生き方がどんなに人間らしいことか。中国で生きるにはそういう生き方が一番だと作者は言いたいのかもしれません。

二〇一六年四月

水野衛子

【著者】
劉震雲
（りゅう・しんうん）

1958年中国河南省延津県生まれ。
1973年から1978年まで人民解放軍兵士、1978年北京大学中国文学科入学、
1982年同大学卒業後「農民日報」勤務、1987年発表の『塔鋪』で注目される。
2003年『手機』が映画化される。
2010年『我叫劉躍進』（邦題『盗みは人のためならず』彩流社）が映画化される。
2011年『一句頂一万句』で第八回茅盾文学賞受賞。
2012年『温故一九四二』が映画化される。
邦訳は本作の他に『ケータイ』（桜美林大学北東アジア研究所）、
『温故一九四二』（中国書店）がある
小説は、14の言語に翻訳されている。

【訳者】
水野衛子
（みずの・えいこ）

1958年東京都生まれ。
1981年慶應義塾大学文学部文学科中国文学専攻卆。
訳書に劉震雲『盗みは人のためならず』（彩流社）のほか、
『中国大女優 恋の自白録』（文藝春秋社）、
『中華電影的中国語 さらば、わが愛 覇王別姫』（キネマ旬報社）
『ジャスミンの花開く』（日本スカイウェイ）
『セデック・バレ』（河出書房新社）がある

Sairyusha

わたしは潘《はん》金《きん》蓮《れん》じゃない

二〇一六年八月二十日　初版第一刷

著者――劉震雲
訳者――水野衛子
発行者――竹内淳夫
発行所――株式会社 彩流社
〒102-0071
東京都千代田区富士見2-2-2
電話：03-3234-5931
ファックス：03-3234-5932
E-mail：sairyusha@sairyusha.co.jp

印刷――明和印刷㈱
製本――㈱難波製本
装丁――坂川栄治＋鳴田小夜子（坂川事務所）

本書は日本出版著作権協会（JPCA）が委託管理する著作物です。
複写（コピー）・複製、その他著作物の利用については、
事前にJPCA（電話 03-3812-9424、e-mail: info@jpca.jp.net）の
許諾を得て下さい。なお、無断でのコピー・スキャン・
デジタル化等の複製は著作権法上での例外を除き、
著作権法違反となります。

©Eiko Mizuno, 2016, Printed in Japan
ISBN978-4-7791-2252-1　C0097
http://www.sairyusha.co.jp

【劉震雲の長編小説】

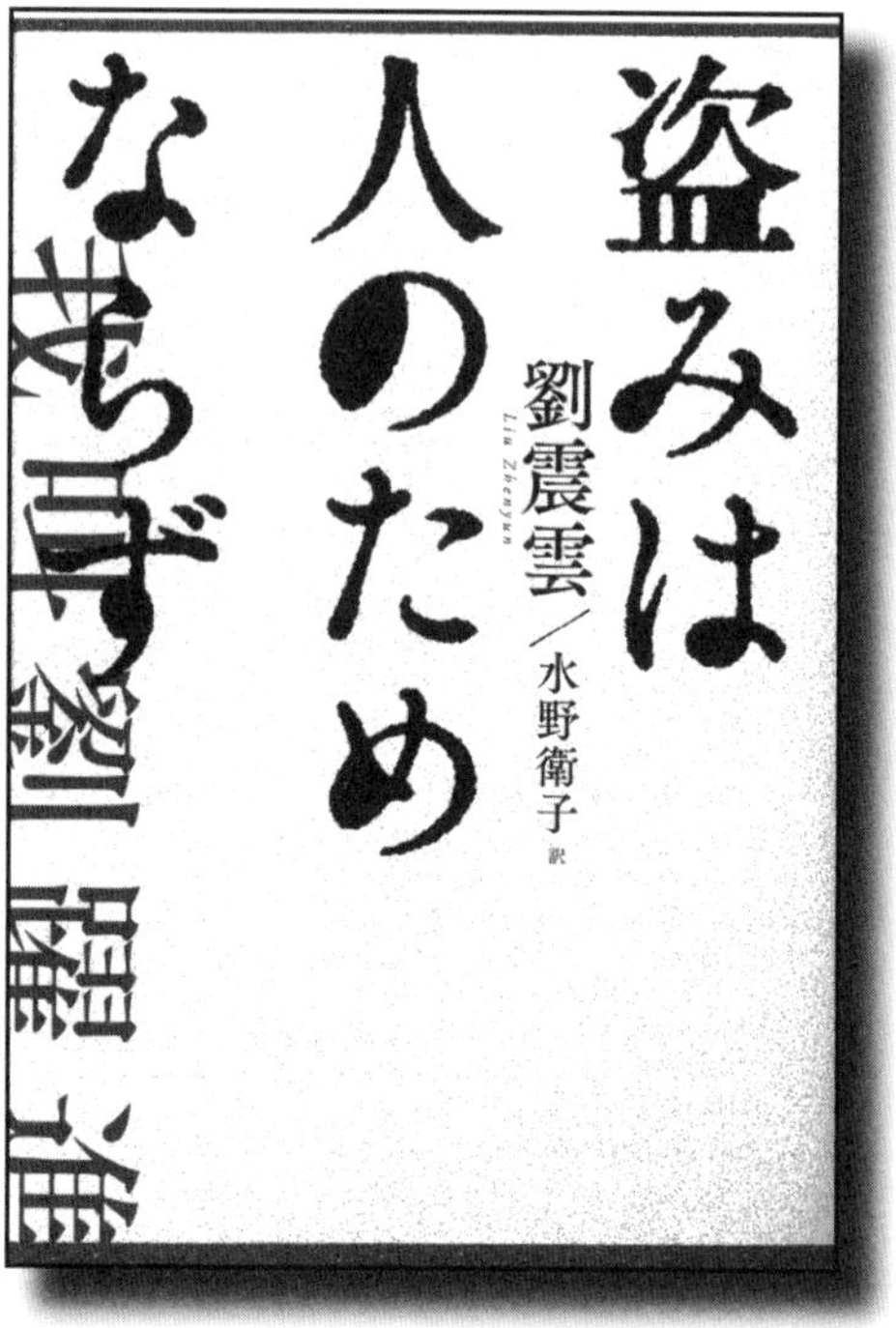

盗みは人のためならず

中国きってのユーモア作家、劉震雲が描く人間喜劇！

開発ラッシュの北京を舞台に、社会のあらゆる階層の人間たちが犯罪を犯して、二重三重に絡み合う意外な展開を、下世話でユーモアある語り口で描いた傑作長編！

◉原タイトルは『我叫劉躍進』。『我不是潘金蓮』（『わたしは潘金蓮じゃない』）の姉妹書です。

劉震雲◎著／水野衛子◎訳　419頁　四六判上製　2800円＋税